Der Tote in deinem Garten

Die Autorin

B.D.Thion wurde in der Eifel geboren und lebt heute in Köln und Südfrankreich. Mit ihrer Familie hat sie viele Länder bereist und mannigfaltige Eindrücke gesammelt. Seit ihrer Kindheit erfindet sie Geschichten, Kriminalromane faszinieren sie am meisten.

B.D. Thion

Der Tote in deinem Garten

Ina Helle ermittelt

Roman

Bibliografische Information der Deutschen Nationalbibliothek

Die Deutsche Nationalbibliothek verzeichnet diese Publikation in der
Deutschen Nationalbibliografie; detaillierte bibliografische Daten sind
im Internet über *http://dnb.dnb.de* abrufbar.

© 2016 **B.D. Thion**

B.D. Thion, Köln (krimiville@gmail.com)

Covergestaltung: B.D. Thion, HB Tjiong, B. Tjiong

Lektorat: Isa Schikorsky(www.stilisico)

Satz, Herstellung und Verlag: BoD – Books on Demand

ISBN 978-3-7392-3397-0

1. Kapitel

Pablo Cuerto, Kommissar der Ferieninsel Grandaria, musste seinen Wagen vor der Auffahrt zur Villa „Mon Bijou" am Fuße des Hügels stehen lassen. Polizeiautos und ein Krankenwagen versperrten den Weg, auch ein Leichenwagen war von Weitem zu erkennen.

„Immer dieser Umstand", murrte Pablo, der nicht der Sportlichste war, „immer dieses Chaos! Können die sich nicht ordentlich hier an die Seite stellen? So dass andere noch durchkommen." Es war erst Ende Juni und trotzdem herrschte eine ungewöhnliche Hitze. Pablo schaute zum wolkenlosen Himmel empor. Für diese Jahreszeit war es entschieden zu heiß. Es sah alles staubtrocken aus. Und dann dieser steile Weg nach oben. Pablo musste zugeben, dass er ein paar Kilos zu viel mit sich herumschleppte.

Missmutig musterte er den langen Kiesweg vor sich. Die weißen Steinchen sahen zwar gut aus, aber das Gehen erleichterten sie keineswegs. Von langen Wanderungen oder Spaziergängen hielt er ohnehin nichts. Tatsächlich keuchte er bereits nach wenigen Metern und spürte, wie ihm das Blut ins Gesicht schoss. Der Schweiß war ihm ausgebrochen. Er nahm ein Stofftaschentuch hervor und wischte sich die Stirn ab.

Wenn er mehr Zeit hätte, würde er ins Fitnessstudio gehen, vielleicht einmal in der Woche. Den Gedanken musste er weiterverfolgen, nahm sich Pablo vor. Wer schon einiges über dreißig war, sollte auch nicht mehr bei seiner Mutter wohnen, die ihn täglich mit ihren Kochkünsten verwöhnte. Das war ihm klar, aber er brachte es nicht übers Herz, seine Mutter allein zu lassen. Keuchend quälte sich Pablo weiter den Berg hoch. Jemand lachte schadenfroh hinter ihm, dann neben ihm – und ganz schnell vor ihm. Es war sein Mitarbeiter Sancho Delgado, der jede Gelegenheit zum Laufen nutzte. Mit den neuesten Joggingschuhen an den »Hufen«, wie er es selbst nannte, stürmte er leichtfüßig an ihm vorbei und rief: „Hey Comisario, ein bisschen schneller. Sie sollten es auch mal mit Sport probieren!"

„Nur keine Sorge, Sancho. Die Leiche läuft uns nicht davon. Übrigens: Die Schuhe passen nicht zu Ihrem hellblauen Anzug."

Darauf gab Sancho keine Antwort, er wieherte nur wie ein Pferd und spurtete weiter bergauf. Sancho hatte die Figur eines Marathonläufers, stellte Pablo verärgert fest. Zunehmend hatte er den Eindruck, Sancho warte nur darauf, dass sein Chef von einem Herzinfarkt dahingerafft und er selbst an seine Stelle treten würde. Aber den Gefallen würde er ihm nicht tun, dachte Pablo und seufzte tief auf.

Als er etwa die Hälfte des Weges geschafft hatte, lehnte er sich erschöpft an eine der wuchtigen Palmen, die den Wegrand säumten.

Als er wieder zu Atem gekommen war, machte er sich an den weiteren Aufstieg.

Völlig aufgelöst und verschwitzt kam er vor der Villa an. Er drehte sich herum und ließ seinen Blick über die sich kilometerweit erstreckende Bucht schweifen, über die weißen Strände, die schönen Sandbuchten zwischen steilen Felsen und den kleinen Ort Cala Grana, wo auch sein Elternhaus stand. Es war ein malerisches Städtchen mit einem beschaulichen Fischerhafen auf der einen und einem etwas größeren Yachthafen auf der anderen Seite. Im grellen Sonnenlicht erschien das Meer türkisblau.

Dann dreht Pablo sich herum und musterte das riesige Grundstück mit den Palmen und einer Unzahl farbenfroher Bougainvilleen, die das strahlende Weiß der Villa auf dem Hügel noch mehr hervorhoben. Mit ihren elfenbeinfarbenen Marmorsäulen wirkte sie wie das Kapitol, sie prunkte mit einem runden Turm und aufgesetzter Spitze.

Angeber, urteilte Pablo. Er fragte sich, wie man sich so was leisten konnte. Und dann mit diesem Ausblick. Um so etwas zu besitzen, müsste man womöglich an kriminellen Machenschaften beteiligt sein, überlegte Pablo. Denn als Kommissar war er immer kritisch.

Ein schmaler Zugang führte durch niedrige und kugelig geschnittene Lorbeerbüsche zu einem sprudelnden Springbrunnen, der Pablo dazu einlud, sich das erhitzte Gesicht mit kühlem Wasser zu bespritzen. Dann begab er sich links um die Villa herum, wo er deutliches Gemurmel vernahm, sodass er dort das übliche Polizeipersonal und vor allem die Leiche vermutete.

Wie zur Bestätigung trat ihm Sancho entgegen. „Hola Jefe! Der arme Abgelebte ist hier zu finden!" Dabei zeigte er auf eine längliche Grube, die zu einem Teil ausgehoben worden war. Dort war ein unansehnliches, verfaultes Bündel freigelegt worden. Pablo musste schlucken, als er die Leiche sah – oder das, was von ihr übrig geblieben war. Wegen der warmen Witterung und einiger nächtlicher Gewitterregen in den letzten Wochen war der Verwesungsprozess schon weit fortgeschritten. Von einem Gesicht konnte kaum noch die Rede sein. Auch sonst war keine Kontur mehr erkennbar. Ein höllischer Gestank! Pablo hielt sich die Nase zu und wandte sich ab. An so was konnte man sich nicht gewöhnen. Glücklicherweise kam ein solcher Fall auf dieser netten und ruhigen Insel nicht oft vor. Er konnte sich nur an einen ähnlichen Fall vor fünf Jahren erinnern. Damals hatte ein Hoteliersohn seinen Vater aus Wut erschlagen und ihn anschließend im Garten verscharrt.

„Was können Sie schon sagen?", wandte er sich fragend an den dunkel gekleideten Mann mit den weißen Latexhandschuhen.

Es war der Gerichtsmediziner Martinez. Er wurde Señor Obscuro genannt, hauptsächlich wegen seines Aussehens: streng zurückgegelte, dunkle Haare, zu einem Pferdeschwanz zusammengebunden, schwarze Kleidung. Martinez war ungefähr in Pablos Alter. Er stand an der Grube, besah sich das zu untersuchende Objekt und wiegte bedenklich den Kopf. Das war seine Art, mit unbekannten Leichen und deren zunächst noch unbekannteren Todesumständen umzugehen. Wenn er seine Arbeit getan hatte, war er der Sieger über die Ungewissheit. „Was ich vorläufig sagen kann: Es handelt sich um einen Mann, bekleidet nur mit einer Badehose. Er ist auf dem Rücken liegend gefunden worden, er ist oberflächlich vergraben, eher verscharrt. Liegt einige Wochen hier herum. Und das da sieht nach einer Schusswunde im Kopf aus." Martinez zeigte eine dunkle Stelle auf der Stirn des Toten. „Aber weit und breit ist keine

Schusswaffe zu finden, das ist nach dem Vergraben noch ein weiteres Indiz für ein Tötungsdelikt. Jetzt lassen Sie mich in Ruhe, Comisario!"

Damit wandte er sich schroff ab. Das war auch eine Eigenart von ihm. Pablo hatte den Eindruck, dass er nicht zeigen wollte, wie ergriffen er war. Das schien ihm wohl als langgedienter „el forenso" nicht standesgemäß. Obscuro pflegte auch keinen näheren Umgang mit seinen Mitarbeitern oder mit Angehörigen der Polizei. Entweder vergrub er sich in seinem Seziersaal oder er war unauffindbar. Wohin auch immer er sich zurückzog. Das war sein Geheimnis. Aber wenn er gebraucht wurde, war er wie ein Gespenst sofort wieder da. Pablo wusste, dass spätestens am nächsten Tag, eventuell schon am heutigen Abend, die ersten Ergebnisse der forensischen Untersuchung vorliegen würden.

„Wer hat die Leiche gefunden?", fragte Pablo seinen Mitarbeiter Sancho. Der zeigte auf einen etwas beiseite stehenden jungen Mann. Pablo schätzte ihn auf Mitte zwanzig. Braune Augen, dunkle Haare, markantes Gesicht, athletische Figur, der Typ des Latin Lovers. „Der Schönling da. Er ist der Gärtner", flüsterte Sancho ihm zu.

Dann schnaubte er leise, aber für Pablo unüberhörbar. Damit war schon ein Urteil gesprochen: Der Gärtner war viel zu schön, um nur Gärtner zu sein. Und ist nicht der Mörder immer der Gärtner? Bei diesen Überlegungen lächelte Pablo vor sich hin. Sancho erwiderte das Lächeln, er schien die Gedanken seines Chefs zu teilen.

Pablo wandte sich an den jungen Gärtner. „Guten Tag,

ich bin Comisario Pablo Cuerto. Sie haben also die Leiche gefunden? Wie heißen Sie?"

„Rico Manrique. Ich bin der Gärtner und wollte gerade mit der Arbeit beginnen. Es ist alles so verwildert, wie Sie sehen."

„Ja, weiter", warf Pablo ungeduldig ein.

„Als ich das Unkraut rund um den Pool beseitigen wollte, sah ich eine Hand aus der Erde ragen. Ich dachte nicht, dass es eine echte Hand ist, deshalb grub ich ein wenig und dann traf mich der Schlag. Ich habe sofort die Polizei gerufen", versicherte der Gärtner.

„Wissen Sie, wer der Tote ist?", erkundigte sich Pablo.

„Nein! Ich bin – wie ich Ihrem Kollegen schon gesagt habe – erst seit heute Gärtner hier, sozusagen als Vertreter für den vorigen. Der musste dringend zu seiner Familie, so die Information, die ich erhalten habe." Pablo hatte seinen Block hervorgeholt, um sich Wichtiges zu notieren.

„Aha, seit wann ist Ihr Vorgänger weg?"

„Das weiß ich nicht genau. Ich schätze, seit zwei Wochen. Da erhielt ich diesen Brief, dass ich ab heute die Stelle übernehmen soll. Und da ich zurzeit keinen Job habe, kommt das sehr gelegen. Dem Brief waren die Schlüssel für das Tor, für den Gartenpavillon und das Gerätehaus beigefügt." Damit reichte er dem Kommissar sowohl den Brief als auch die Schlüssel.

Mit fragendem Blick registrierte Pablo diese Eilfertigkeit. Dann warf er einen Blick auf den Brief und las ihn halblaut vor:

Sehr geehrter Señor Manrique,
da der vorherige Gärtner vorläufig verhindert ist, biete ich
Ihnen hiermit zunächst vertretungsweise einen Gärtnerjob
an.
Falls Sie interessiert sind, kommen Sie doch bitte am 23.
Juni um 10 Uhr zum Arbeiten zu Familie Hallstein, Gold-
hügel 2, Grande Cala.
Anbei die Schlüssel für das Grundstück, für Gartenpavillon
und Gerätehaus und ein Vorschuss.
Vielen Dank.
Mit freundlichen Grüßen

Es folgte eine unleserliche Unterschrift.

„Von wem ist der Brief?", fragte Pablo.

„Das weiß ich nicht, ich dachte von den Villenbewohnern. Ich habe alles mitgebracht, um mich möglicherweise bei ihnen auszuweisen, falls sie mich fragen
würden. Aber es scheint niemand hier zu sein. Ich habe
mehrfach geklingelt und geklopft. Doch nur Totenstille.
Ach, entschuldigen Sie …"

Entsetzt hielt er sich die Hand vor den Mund. Er
merkte wohl, wie wahrheitsträchtig diese Aussage war.

„Sie wissen also nicht, wer die Bewohner sind?"

„Soviel ich weiß, sind es Deutsche. Sie heißen Hallstein, das steht am Tor und hier auf dem Brief. Aber ich
habe niemanden gesehen", beteuerte der Gärtner. Was
für eine Verschwendung, das schöne Haus, nicht immer zu bewohnen, sondern vielleicht nur einige Wochen
während des Urlaubs, dachte Pablo.

Rico Manrique gab dem Kommissar noch seine
Adresse, seine Telefonnummer und alle Schlüssel. Es

musste sichergestellt werden, dass niemand an den Fundort der Leiche konnte, um eventuell etwas zu verändern, wichtige Indizien verschwinden zu lassen oder Ähnliches.

Der Gärtner Rico Manrique war keineswegs völlig unverdächtig. Oft hatte derjenige, der die Leiche fand, mit dem Mord zu tun. Nicht selten war er sogar der Mörder, überlegte Pablo. Aber so weit war man noch nicht. Bisher konnte man Manrique nichts vorwerfen. Er beteuerte eifrig, die Polizei sofort gerufen und nichts weiter am Tatort verändert zu haben. Für den Moment durfte er sich entfernen, wurde aber gebeten, sich für weitere Fragen zur Verfügung zu halten.

Nun versuchte Pablo mit Sancho und den Polizisten, mögliche Bewohner der Villa zu erreichen, doch nichts rührte sich, wie der Gärtner bereits gesagt hatte. Bei einem Rundgang um die Villa zeigte sich nichts Verdächtiges. Dennoch entschloss sich Pablo, die Terrassentür aufbrechen zu lassen. „Vielleicht befindet sich ein weiteres Opfer im Inneren des Gebäudes. Also nachsehen!" Alle atmeten auf, als niemand gefunden wurde.

Zusammen mit Sancho Delgado sah sich Pablo in den edel ausgestatteten Räumlichkeiten um. Alles in Marmor und goldglänzendem Messing. Im großen Salon, dessen zimmerhohe Fenstertüren auf die Poolterrasse führten, befanden sich eine weiße Ledersitzgruppe vor einem cremefarbenen Kamin und helle Regale mit neuen Büchern, die in ihrer offensichtlichen Unberührtheit Attrappen glichen. In einer Ecke setzte ein kirschbaumfarbener Louis-Seize-Aufsatzsekretär einen weiteren gediegenen Akzent. Auf der Ablage stand ein antik erscheinendes, elfenbeinfarbenes Keramiktelefon. Pablo streifte sich Handschuhe über und hob den Hörer ab, um die Funktionen zu überprüfen. Jedenfalls war ein Anrufbeantworter vorhanden. Den würde er auswerten lassen.

Pablo öffnete den Sekretär und blätterte in einem Terminkalender herum. Er fand den Eintrag: *„Abflug von Palmas nach Frankfurt am 31. Mai, 14.35 Uhr!"* Das bedeutete wohl, dass jemand von der Familie nach Deutschland vor etwa drei Wochen abgereist war, folgerte Pablo. Aber wohin genau? Vorsichtshalber ließ er die Kladde von der Spurensicherung einpacken.

Der Kommissar blätterte ein handbeschriebenes Telefonbüchlein durch. Dort hatte jemand in einer geschwungenen, fast noch kindlichen Handschrift Einträge vorgenommen. Bei einem davon blieb sein Blick hängen, den er auch notierte: „Meine Eltern Josef und Juliane Sommer in Hassfeld". Es folgten eine deutsche Telefonnummer und eine Adresse in Hassfeld.

Da Pablo durchaus der deutschen Sprache mächtig war – er war in jungen Jahren ein Jahr in Stuttgart gewesen und viel in Deutschland herumgereist –, überlegte er, dass „Sommer" der Mädchenname der Hausbewohnerin sein könnte. Ein Bild auf einem Highboard zeigte eine junge Frau mit einem älteren Mann, der sie umarmte. Waren sie Vater und Tochter? Oder waren die beiden ein Ehepaar? Die junge Frau hatte einen viel älteren Mann geheiratet? Besuchte sie ihre Eltern in Hassfeld? Den Ort kannte Pablo nicht. Man müsste die dortige Polizei informieren, dass die Familie Hallstein dringend gesucht würde.

„Als Erstes müssten wir am Flughafen nachfragen, ob und wann der Name Hallstein auftaucht", schlug Delgado vor.

„Dann müssen wir uns mit den deutschen Behörden in Verbindung setzen, um zu überprüfen, wer von den Hallsteins in Deutschland ist. Könnte der Tote eventuell der Hausbewohner, vielleicht der Hausbesitzer sein?", fragte Pablo seinen Kollegen Sancho.

„Sie meinen, die Dame des Hauses könnte ihren Mann getötet, ihn verscharrt haben und dann davongeflogen sein?", fragte Sancho.

„So weit sind wir noch nicht. Vielleicht sind sie auch zusammen abgereist", korrigierte Pablo.

„Wenn Frau Hallstein allein geflogen ist, dann müsste kontrolliert werden, seit wann sie sich in Deutschland aufhält", überlegte Sancho.

„Hier ist der einunddreißigste Mai als Abreisedatum vermerkt. Also fragen Sie bei den Fluggesellschaften nach. Zudem müssen wir den früheren Gärtner suchen. Er könnte etwas mit dem Mord zu tun haben", ergänzte Pablo.

Als die Leiche ins gerichtsmedizinische Institut Palmas, in das Instituto Anatómico Forenso, abtransportiert worden war und die meisten Polizisten das Feld geräumt hatten, ließen sich Sancho und Pablo im Schatten einer Palme auf der Terrasse nieder. Die Männer der Spurensicherung waren noch im und um das Haus herum beschäftigt.

Wer war der frühere Gärtner? Wo wohnte er? Auch der neue, Rico Manrique, wollte den früheren nicht gekannt haben und nichts über ihn wissen. Überhaupt war es ausgesprochen mysteriös, wie der neue Gärtner an seinen Job gekommen war. Jemand musste ihn kennen und wissen, dass er Arbeit suchte.

Die Kommissare sahen sich den Brief näher an, den Manrique erhalten hatte. Weder der Briefumschlag noch die Unterlagen in der Villa enthielten Hinweise darauf, wer den Brief geschrieben hatte. „Seltsam, seltsam!", wunderte sich Kommissar Pablo. „Warum diese unleserliche Unterschrift?"

„Der Schreiber wollte wohl unerkannt bleiben", vermutete Sancho.

„Warum hat Manrique nichts von dem Vorschuss gesagt?", fragte Pablo.

„Verdächtig. Zudem ist keine Summe angegeben. Auf jeden Fall hatte das Angebot den arbeitslosen Mann gereizt. Wir müssen Manrique danach befragen", überlegte Sancho.

„Außerdem müssen der Brief und die Schlüssel auf Fingerabdrücke und Genspuren untersucht werden", bestimmte Pablo.

„Könnte der Brief von dem vorigen Gärtner sein? Aber hätte er Geld für seinen Nachfolger dazu gelegt?", fragte Sancho.

„Vielleicht ist aber auch der ehemalige Gärtner das Mordopfer", warf Pablo ein.

„Auch möglich", bestätigte Sancho Delgado.

„Und mich wundert, dass hier nicht mal eine Putzfrau oder Haushälterin herumläuft. Wenn man sich so eine Villa leisten kann, dann kann man sich auch jemanden leisten, der das Ganze in Ordnung hält. Geradezu verwahrlost sieht das hier ja nicht aus", äußerte sich Pablo anerkennend.

„Man müsste die Nachbarn fragen. Oft tauschen Nachbarn untereinander das Personal aus", vermutete Sancho.

„Nun, dann schauen Sie sich mal bei den Nachbarn um", schlug Pablo vor. „Vielleicht können Sie etwas über die Villenbewohner erfahren."

Natürlich wollte Sancho das „laufend" erledigen. Er eilte die Auffahrt herunter und musste wieder einige Serpentinen aufwärts laufen, um zum nächsten Haus auf dem Goldhügel zu kommen. Pablo schüttelte den Kopf über Sanchos Eifer und sportlichen Ehrgeiz. Wie konnte jemand freiwillig diese Strapazen auf sich nehmen? Das würde er nie verstehen.

Er selbst setzte sich auf die schattige Terrasse und schaute bei den Arbeiten der Spurensicherung zu. Natürlich machte er sich auch Gedanken zu dem Fall. Aber bis jetzt standen nur Fragen in seinem Notizbuch. Wer war der Tote? Wie und warum wurde er getötet? Wo waren die Hausbewohner?

Nach einer halben Stunde kehrte sein Kollege Sancho unverrichteter Dinge wieder zurück. Die nächsten Nachbarn lebten einige hundert Meter von der Hallstein-Villa entfernt. Niemand sei zu erreichen gewesen. Auch rund um den Hügel habe niemand Auskunft geben können, da keiner anwesend war.

Nach Delgados Rückkehr mussten sich die Kommissare ohne weitere Erkenntnisse zurück ins Polizeirevier begeben. Dort veranlasste Pablo weitere Nachforschungen. Mehrere Anrufe zum Flughafen ergaben, dass eine Frau namens Lilo Hallstein am einunddreißigsten Mai allein nach Frankfurt geflogen war. Der Name Hallstein tauchte ansonsten weder Tage vorher noch nachher auf den Passagierlisten auf. „Ein Herr Hallstein ist auf jeden Fall nicht gereist, zumindest nicht zu dieser Zeit", folgerte Sancho Delgado.

„Vielleicht ist Frau Hallstein bei ihren Eltern in Hassfeld?", überlegte Pablo, „Wo das auch immer ist. Die Adresse habe ich mir notiert."

Die Sekretärin fand heraus, dass der Ort Hassfeld in der Eifel lag und zur Polizeidienststelle Dannstein gehörte.

„Geben Sie ein Gesuch zur Amtshilfe nach dort durch. Die deutschen Kollegen sollen sich spätestens morgen zu den Eltern von Frau Hallstein begeben", bat Pablo die Sekretärin.

2. Kapitel

Am nächsten Morgen kam die Kommissarin Ina Helle etwas verspätet und abgehetzt in ihrer Polizeidienststelle Dannstein an. Sie war dreißig, hatte halblange, hellbraune Haare, die im Sonnenlicht einen goldenen Schimmer annahmen. Mit ihren großen dunklen Augen, den ebenmäßigen Gesichtszügen und dem vollen Mund wirkte Ina fast schön, wessen sie sich durchaus bewusst war. Aber mit ihrer Nase, die auf den zweiten Blick etwas zu lang aussah, war sie nicht zufrieden.

Sie beeilte sich, möglichst unbemerkt in ihr Büro zu kommen. Doch auf dem Flur begegnete sie ihrer Kollegin Tanja Fischer. „Tut mir leid, ich musste noch mit den Hunden raus. Ich werde nachher eine halbe Stunde länger bleiben", bot Ina an.

„Ich befürchte, das kannst du dir nicht aussuchen. Der Chef hat schon nach dir gefragt. Und scheint sehr geladen. Also geh sofort zu ihm", teilte die Kollegin ihr mit.

Der Chef war ein hagerer Mann, Anfang fünfzig, mit schütterem, dunklem Haar. Es war für Ina immer eine Überwindung, in sein Büro zu müssen. Er überwachte mit Argusaugen das Verhalten seiner Untergebenen. Bei ihr rügte er oft ihre Probleme mit der Professionalität. „Es ist gut, nahe am Fall zu sein. Aber man muss dennoch eine emotionale Distanz wahren. Und das, Frau Helle, fehlt Ihnen. Denken Sie daran: Überlegung statt Emotionalität", hatte er wiederholt gesagt. Sie fühlte sich immer von ihm zurechtgewiesen, nur das angeblich Negative wurde hervorgehoben. Ina wollte erwidern, dass sie diese Emotionalität lieber Intuition nennen würde, unterließ es aber. Niemals wurden von ihm ihre Erfolge gewürdigt. Freundlich war der Chef nicht. Er war immer der grantige Boss, was er auch oft allzu deutlich zeigte. Warum wurden solche Leute Chef, hatte sie sich schon immer gefragt, Leute, die von Menschenführung nicht die geringste Ahnung hatten. Die müssen wohl andere Qualitäten haben, dachte sie ironisch.

„Ich drücke die Daumen, dass es nicht so schlimm wird", wünschte ihr die Kollegin.

Seufzend und leicht panisch klopfte Ina an der Bürotür ihres Chefs, Doktor Schulz. „Ja, kommen Sie schon herein", war von innen eine ungeduldige Stimme zu vernehmen. Ina trat ein.

„Guten Morgen, Herr Doktor Schulz. Sie wollten mich sprechen?"

Der Chef sah vorwurfsvoll auf die große Wanduhr. „Schon wieder eine halbe Stunde zu spät! Was haben Sie diesmal für eine Ausrede?", schnauzte er sie an. Ina schluckt und suchte nach einer unumstößlichen Erklärung. „Ich habe …", begann sie.

Doch der Chef machte nur eine wegwerfende Handbewegung. „Ach, lassen Sie das. Etwas anderes: Sie sind doch der spanischen Sprache mächtig? Das steht zumindest in Ihren Unterlagen. Wie es aussieht, haben wir wohl hier ein Gesuch um Amtshilfe aus Spanien bekommen."

Damit bekam Ina ein Schreiben in die Hand gedrückt. Sie warf einen Blick darauf. „Sie haben recht. In Spanien, auf der Insel Grandaria, wurde in dem Garten einer Villa eine Leiche gefunden. Die Bewohner dieser Villa stammen wohl aus Hassfeld, eine Familie Hallstein. Aber keiner der Familie scheint in Grandaria zu sein. Die Eltern von Frau Hallstein heißen anscheinend Juliane und Josef Sommer, wohnhaft in Hassfeld."

„Danke. Im Allgemeinen interessiert es uns nicht, was in Spanien passiert. Wir haben selbst genug zu tun. Aber in diesem Fall scheinen Hassfelder betroffen zu sein. Sie wohnen doch in Hassfeld. Kümmern Sie sich drum. Fahren Sie zu den Leuten und fragen nach. Noch heute!", bestimmte ihr Chef.

Nachdenklich ging Ina in ihr Büro. Als sie die Adresse der Familie Sommer gelesen hatte, war bei ihr ein innerer Film abgelaufen. Sie kannte die Familie von früher, vor allem die Tochter. Wie hieß sie noch? Lisa? Nein. Lotte? Nein. Lilo! Ina war stolz auf ihr gutes Namens- und Personengedächtnis. Lilo war eine Schulkameradin von Inas Nichte Tessa gewesen. Sie müsste also etwa fünfundzwanzig Jahre alt sein. Jetzt war sie wohl verheiratet und hieß Hallstein. Wo war Lilo? Und ihr Mann? Waren sie in Hassfeld?

Noch vor der Mittagspause bestieg Ina ihren alten Mazda Kombi und fuhr von Dannstein in das fünf Kilometer entfernte Hassfeld. Dannstein war der größere Ort, in der sich neben der Polizeidienststelle auch die Verwaltungsstellen für die umliegenden kleineren Orte wie Hassfeld und das winzige Dorf Lederbach befanden, in dem Ina aufgewachsen war und wo ihre Eltern noch lebten.

Bei dem schönen Wetter zeigte sich die Eifel von der angenehmen Seite, die Ina mochte. Die grünen Wiesen, die weiten Felder und die dichten Wälder auf den Höhen wurden heute von mild glänzenden Sonnenstrahlen erhellt. Ina mochte auch die besondere Atmosphäre von Hassfeld. Eine gut erhaltene Burgmauer und eine Burgruine ließen den Ort einerseits gemütlich, andererseits aber auch geheimnisvoll erscheinen.

Vor einem Jahr war Ina mit ihrem Mann Benno nach Hassfeld gezogen, sie hatten ein Haus gekauft. Vorher hatten sie in Köln gewohnt, wo Ina die Fachhochschule der Polizei besucht hatte. Jahrelang funktionierte das Zusammenleben mit Benno. Zumindest solange sie in Köln gewohnt hatten. Mittlerweile jedoch hatte Ina das Gefühl, dass sie mit ihm nicht mehr leben konnte. Er war oft zu Geschäftsreisen unterwegs, auch wenn er da war, schien er geistig abwesend. Er hörte ihr nicht zu und zeigte kaum noch Interesse an ihr und ihrem Beruf. So empfand Ina das zumindest. Sie vermutete, dass es eine andere Frau gab. Doch einen Seitensprung bestritt er vehement. Bisher ging es ihr gegen die Würde, ihm nachzuspionieren. Da ihr die Situation überhaupt nicht behagte, hatte sie sich von ihm getrennt. Aber das Problem Benno stand auf einem anderen Blatt, schob Ina den Gedanken von sich.

Ina parkte ihren Wagen in der Nähe der zentralen Bushaltestelle. Da der Ortskern nur klein war, hatte sie es zu Lilos Eltern nicht weit. Um dorthin zu kommen, wo Familie Sommer noch wohnte, nahm Ina den Weg durch eine enge Gasse, wo es einige schöne Cafés und Restaurants gab. Dann wandte sie ihre Schritte zum

Marktplatz, der sich malerisch zwischen die mittelalterlichen Häuschen einfügte. Vor der Kirche erweiterte er sich. Hier waren im Sommer Stühle und Tische aufgestellt. Überall standen riesige Kübel mit Palmen, so dass eine mediterrane Atmosphäre vermittelt wurde. Auch das mochte Ina.

Heute war es angenehm warm, alle Stühle und Bänke waren besetzt. Auch eine Bühne war aufgebaut worden, worauf drei Personen saßen, die sich im heftigen Disput miteinander befanden und um die Gunst des Publikums buhlten. Ina fiel ein, dass die Bürgermeisterwahl bevorstand. Sie hatte bereits eine Wahlbenachrichtigung erhalten. Das Spektakel hatte viele Leute angelockt, musste Ina anerkennen.

Zwei Männer und eine Frau bewarben sich um die Bürgermeisterwürde. Ina blieb stehen. Sie wollte hören, welche Argumente vorgebracht wurden. Doktor Schäfer, der Kandidat der Konservativen Partei Hassfeld, rief für alle gut vernehmbar: „Zuerst brauchen wir eine Umgehungsstraße! Für alle Bürger und Touristen ist es unzumutbar, dass die schweren Laster hier Tag und Nacht durch den Ort donnern!"

Beifall von den meisten aus dem Publikum.

„Und wer soll das bezahlen? Das wird zig Millionen kosten, die wir nicht haben. Die uns das Land nicht gibt. Wer soll das bezahlen? Außerdem werden bei einer Umgehungsstraße auch die Touristen nicht mehr in unseren schönen Ort kommen. Das wäre ein herber Schlag für Hotels und Gastronomie", argumentierte Michelskatz, der junge Kandidat der Sozialen Partei Hassfeld.

Wieder Beifall aus dem Publikum.

Frau Brisken, die Kandidatin der Wirtschaftsstärke Hassfeld, schlug vor: „Und ich bin dafür, dass wir unseren Ort umbenennen. Wer kommt schon gerne in einen Ort, der einen solchen Namen hat? Hassfeld! Das wirft kein gutes Licht auf uns. Ich schlage vor, den Namen eines angesehenen Bürgers zu nehmen und ihm damit ein Denkmal zu setzen. Hallstein! Wie großartig das klingt! Hallstein hat sich zu Lebzeiten für unseren Ort eingesetzt und viele Gebäude errichtet, die noch immer großen Eindruck machen, so zum Beispiel das neue Pfarrhaus oder das Burgmuseum." Jetzt war jedoch kein Beifall zu vernehmen, eher schienen die Leute verunsichert.

Jemand aus der Menge rief: „Auch Hallstein war ein Halsabschneider und hatte nur den eigenen Profit im Kopf!" Ein anderer ereiferte sich: „Außerdem ist Hallstein moralisch überhaupt kein Vorbild: Er hat seine Frau und seine beiden Söhne schmählich im Stich gelassen, um eine junge Frau zu heiraten!" Offensichtlich waren auch die beiden anderen Kandidaten nicht Briskens Meinung. „Hassfeld muss Hassfeld bleiben!" Großer Beifall. „Wir können doch unsere Ursprünge nicht verleugnen! Urkundlich wurden wir schon im sechsten Jahrhundert erwähnt!" Wieder großer Beifall.

„Der Name Hassfeld kann ja auch als Mahnung dienen, nicht dem Hass das Feld zu überlassen!" Großer Beifall. „Und im Übrigen bin ich der Meinung, dass jeder Mensch irgendwo sein Hassfeld hat!", schrie Doktor Schäfer. Riesengroßer, nicht enden wollender Beifall!

Ina hatte von der Diskussion genug mitbekommen, wandte sich ab und fragte sich, ob mit dem besagten

Hallstein Lilos Ehemann gemeint war. Es musste so sein. Lilo war die junge Frau, die Hallstein geheiratet hatte.

Kurze Zeit später stand Ina vor dem windschiefen Häuschen von Lilos Eltern in der Nähe der Burgmauer. Da sich Hassfeld in den letzten Jahren ziemlich herausgeputzt hatte, war auch das alte Haus weiß getüncht worden. Früher hatte Lilos Elternhaus keinen so guten Eindruck gemacht, erinnerte sich Ina. Inas Nichte Tessa und Lilo hatten sich damals einige Male gegenseitig besucht. Da Ina ihre Nichte wie eine jüngere Schwester betrachtete, hatte sie Tessa manchmal dort hingebracht und wieder abgeholt. Daher kannte sie auch Lilos Eltern, allerdings nicht besonders gut. Das war mehr als zehn Jahre her und man konnte wirklich nicht sagen, dass die beiden Mädchen beste Freundinnen gewesen waren.

Eine verhärmte Frau öffnete ihr. Sie war sehr bleich und mager. Es war Lilos Mutter. Ina erkannte sie sofort. „Frau Sommer, vielleicht erinnern Sie sich noch an mich. Ich bin Ina Helle. Meine Nichte Tessa und Ihre Tochter waren in derselben Klasse."

„Bitte kommen Sie doch rein, ich freue mich immer, Leute von früher zu sehen. Wir haben so selten Besuch. Mein Mann ist nicht da, er macht noch einen Job als Wachmann, obwohl er schon lange in Rente ist. Aber das Geld können wir gut gebrauchen", erklärte Lilos Mutter. Sie ging in die kleine Küche vor.

Der Boden bestand noch aus den alten ausgetretenen Planken wie damals, registrierte Ina. Aber die Einrichtung glänzte: Lack und Chrom überall. Alles wirkte sehr teuer, jedoch hier im dunklen Kämmerchen deplatziert.

„Setzen Sie sich doch, Frau Helle. Ich mache einen Kaffee mit dieser wunderbaren Maschine. Die hat uns unsere Tochter geschenkt. Caffè latte oder Cappuccino? Alles ist möglich", erzählte sie stolz. „Die ganze Küche ist von ihr. Sie liebt uns, unsere Tochter!"

„Gerne einen Cappuccino. Es ist schön von Lilo, dass sie so an ihre Eltern denkt. Ich komme heute als Kriminalpolizistin. Die spanische Polizei hat mich informiert, es geht um Lilos Villa in Grandaria. Und ich muss Lilo dazu befragen. Vielleicht kann sie uns weiterhelfen", brachte Ina ihr Anliegen vor.

„O mein Gott! Lilo ist doch nichts passiert?" Vor Schreck hätte Lilos Mutter fast die Kaffeetassen fallengelassen.

„Nein, ich suche Lilo nur. Wie gesagt, sie soll in Deutschland sein, vielleicht in Hassfeld. Ich dachte, sie wäre bei Ihnen. Sie ist nicht gekommen?"

Bevor Lilos Mutter antwortete, stellte sie den Kaffeevollautomaten an, der die Kaffeebohnen frisch mahlte. Im Nu zog ein feiner Mokkaduft durch die Küche.

„Nein, bis jetzt nicht. Aber das wird sie sicher noch machen. Vielleicht ist sie ins Hotel gegangen. Sie will uns nicht zur Last fallen, unsere Tochter. Sie ist so rücksichtsvoll."

„Hat sie denn nicht gesagt, dass sie nach Hassfeld kommt?", fragte Ina.

„Nein, bis jetzt nicht. Doch wir haben uns schon gedacht, dass sie kommt. Wegen dem Todestag. Letztes Jahr war sie auch hier", erklärte Lilos Mutter.

„Todestag? Was für ein Todestag?"

„Der von Lilos Mann, dem Herrn Bauunternehmer, dem Horst Hallstein. Aber das müssen Sie doch wissen,

Frau Helle, Sie sind doch auch von hier." Frau Sommers Stimme klang vorwurfsvoll.

„Ich wohne erst seit einem Jahr wieder hier in Hassfeld", erklärte Ina. „Wann ist denn Lilos Mann gestorben?"

„Vor zwei Jahren. Der Arme war nicht gesund, ein Herzinfarkt. Ganz plötzlich. Die arme Lilo stand ganz alleine da. Vor lauter Kummer ist sie dann nach Spanien geflogen und fast die ganze Zeit weggeblieben. Ja, wenn so eine junge Frau Witwe wird, ist das nicht einfach für sie", erklärte Lilos Mutter.

„Das glaube ich. Für die meisten ist so etwas schwer. Wo könnte ich Lilo denn wahrscheinlich finden?"

„In dem großen Hotel, Sie wissen doch, das teure, das Dorian. Da war sie letztes Jahr auch."

„Na gut, dann werde ich es dort mal versuchen. Danke Ihnen für den Kaffee und das Gespräch." Damit erhob sich Ina, gab Frau Sommer zum Abschied die Hand und öffnete die Haustür.

„Keine Ursache! Man hilft ja gerne."

Als Ina den Vorgarten durchschritt, rief Frau Sommer ihr nach: „Lilo ist doch nicht in Schwierigkeiten? Meine Tochter hat nichts verbrochen." Ihre Stimme klang hysterisch.

Ina drehte sich um, ging noch einmal zu Frau Sommer und nahm sie in den Arm. „Nein, machen Sie sich keine Sorgen. Wir brauchen nur ein paar Informationen."

Lilos Mutter beruhigte sich wieder und bat Ina: „Grüßen Sie Lilo von mir. Sagen Sie ihr, dass wir sie lieben. Sie soll doch mal zu uns kommen." Ihre Stimme klang beschwörend. Und traurig!

„Ja, werd ich machen!", versprach Ina und wandte sich zum Gehen. Als sie sich kurz darauf noch einmal umdrehte, um Lilos Mutter zuzuwinken, versetzte ihr der Anblick der Frau, die jetzt noch blasser wirkte, einen Stich.

Ina zog das Gartentörchen hinter sich zu und ging nach rechts Richtung Straße, als sie von einer verschwörerisch klingenden Stimme gestoppt wurde. „Pst, pst. Da kann ich Ihnen auch noch was erzählen. Vom Lieselchen, meine ich."

Ina war überrascht. „Lieselchen?"

Es war der Nachbar der Familie Sommer, ein alter Mann, der plötzlich neben ihr stand und sie einlud: „Kommen Sie doch mal rein zu uns, meine Frau hat einen Apfelkuchen gebacken. Und ich kann Ihnen einiges erzählen. Von Lilo, ihren Eltern und ihren Männern."

Selbstverständlich interessierte Ina sich für zusätzliche Informationen und nahm die Einladung freudig an. „Danke gern, Kuchen hab ich heute noch nicht bekommen." Schon im Hausflur duftete es nach gebackenen Äpfeln und Vanille. Hm, sie hatte tatsächlich Hunger. Das Angenehme mit dem Nützlichen verbinden, so nannte man das doch.

Etwas später stand Ina in dem kleinen und sauberen Wohnzimmer der Dellers. Alle möglichen und unmöglichen Stellen hatte die Hausfrau mit bestickten oder gehäkelten weißen Deckchen liebevoll geschmückt, so dass Ina glaubte, in eine Puppenstube aus vergangenen Jahrhunderten geraten zu sein.

„Bitte kommen Sie mit in die Küche", bat die alte, aber agil wirkende Frau Deller und zog Ina mit. „Pst, sagen

Sie meinem Mann nicht, dass ich mit Ihnen gesprochen habe. Aber ich muss Sie warnen. Sie können nicht alles glauben, was er sagt. Er spinnt nämlich!"

„Wie meinen Sie das?" Ina war überrascht.

„Nun ja, er hat Verfolgungswahn, seit Jahren, eigentlich seit er vor fast dreißig Jahren pensioniert wurde. Er sitzt nur am Fenster und beobachtet alles", erklärte Frau Deller. „So, dann nehmen Sie den Kuchen, ich nehme den Kaffee."

So gingen beide wie Verschworene ins Wohnzimmer, wo sich der alte Mann bereits in einen alten Sessel an den Tisch gesetzt und die Beine gemütlich von sich gestreckt hatte. „Zieh mal deine Füße ein, wir stolpern doch darüber. Du benimmst dich ja wie ein Halbstarker", tadelte die Frau ihren Mann. „Das liegt nur daran, dass uns die junge schöne Frau Helle besucht."

Ina fühlte sich geschmeichelt. „So jung bin ich auch nicht mehr und schön ist relativ."

Frau Deller beschwichtigte sie jedoch: „Da sehen Sie, wie relativ alles ist. Für uns Alte, ich bin einundneunzig und mein Mann vierundneunzig, sind Sie eine Frau in jugendlicher Blüte. Stimmt doch, Karl?"

Der grinste und meinte: „Na klar. Dass meine Liebste mich alten Knaben als Halbstarken bezeichnet, empfinde ich meinerseits als Kompliment. Habt Ihr Mädels euch gegen mich verschworen? Ihr habt ja schon in der Küche getuschelt. Glaubt nur nicht, dass ich schwerhörig bin. Ich bekomme alles mit. Das ist mein Hobby. Außerdem muss man sich schützen, es wird nämlich viel geklaut. Sie glauben gar nicht, wie schlecht die Menschen sind."

Doch seine Frau lachte ihn aus. „Karl, mach dich nicht lächerlich! Und spiel dich nicht so auf! Natürlich weiß jemand, der bei der Kriminalpolizei ist, wie schlecht die Menschen sind. Die haben doch jeden Tag damit zu tun."

„Na gut, dann sind wir sozusagen Kollegen. Aber ich hab da so meine Methoden. Ich bin wirklich gut, das können Sie mir glauben. Davon kann sich die Polizei eine Scheibe abschneiden. Ehrlich gesagt, wenn man die Polizei braucht, kommt sie sowieso nicht. Ist mir tatsächlich schon passiert", klagte Karl Deller.

„Ja, nachdem du zum x-ten Mal die Polizei gerufen hast. Weil dir angeblich etwas gestohlen worden ist. Nachher hat dir keiner mehr geglaubt. Du konntest nichts beweisen und keiner nimmt dir ab, dass irgendjemand dein vergammeltes Gebiss haben will", warf ihm seine Frau augenzwinkernd vor. „Das hatte er natürlich nur verlegt. Trotz seiner Ordnung passiert ihm das öfter. Und ..."

„Lass gut sein, Thekla", unterbrach Karl Deller. „Es geht nicht um die Dinge. Da will mich doch eindeutig jemand ärgern. Kommen wir zu Wichtigerem, zu Lilo." Dabei nahm er sich ein großes Stück Apfelkuchen. „Meine Frau ist die beste Apfelkuchenbäckerin weltweit", rühmte er. Frau Deller errötete leicht und legte Ina ein großzügiges Stück auf den Teller, darauf setzte sie einen dicken Klacks Vanillesahne und bediente sich dann selbst. Dellers Lob war durchaus angebracht, der Kuchen schmeckte einzigartig.

„Wirklich wunderbar", lobte Ina.

„Ach, das ist doch nichts Besonderes. Ich kann Ihnen das Rezept geben. Ein Geheimnis ist, dass ich echte Vanille nehme, zwei Stangen, die ich auskratze. Das billige Aroma mag ich nicht. Und die Äpfel müssen schön fest und säuerlich sein, aber nicht zu sauer. Und der Teig…"

„Das ist deine Methode, jetzt aber …", unterbrach Karl seine Frau erneut und nahm seinen Faden wieder auf, „zu meiner Methode. Ich habe die Leute ringsum beobachtet und alles aufgeschrieben. Seit ich in Pension bin. Das sind jetzt genau achtundzwanzig Jahre und fünfundachtzig Tage."

Er stand umständlich auf, indem er sich mit beiden Händen auf den Sessellehnen abstützte. Da merkt man doch, dass er nicht mehr fünfzig ist, dachte sich Ina. Aber für sein Alter ist er wirklich erstaunlich gelenkig! Und seine Frau auch. Wer wird überhaupt so alt? Erst recht als Ehepaar.

Deller ging zum alten Eichenschrank, den er öffnete. Stolz zeigte er auf eine Reihe von dicken Aktenordnern, die fein säuberlich nebeneinander standen und mit Jahreszahlen versehen waren. „Hier habe ich alles aufgeschrieben, alle Leute, die zu uns und zu unseren Nachbarn gekommen sind. Seit achtundzwanzig Jahren und fünfundachtzig Tagen."

Er nahm eine Akte heraus und setzte sich wieder in seinen Sessel, schlug den Ordner auf und blätterte kurz darin herum. „Also, als sie noch klein war, war sie noch das Lieselchen. So nannten die Eltern ihre Tochter. Die waren ganz verrückt nach ihr. Sie sah aus wie ein Engelchen mit ihren wallenden blonden Locken. Aber sie war kein Engel. Sie hat ihre Eltern richtig terrorisiert. Mama, ich will dies, Papa, ich will das. Und sie bekam alles. Man muss bedenken, dass sie ein Einzelkind ist und ihre Mutter bei der Geburt fast fünfzig war."

War doch nicht alles Spinnerei? Deller hatte womöglich etwas Wichtiges über Lilo beobachtet?

„Als Lieselchen älter wurde", fuhr Karl Deller fort, nachdem er sich ein großes Stück Kuchen in den Mund geschoben, heruntergeschluckt und Kaffee hinterher getrunken hatte, „so ungefähr dreizehn – ich könnte nachgucken, wenn Sie wollen – da fing sie mit ihren Eltern an rumzuschreien, dass sie nicht Lieselotte wie ihre alte Patentante heißen wolle und schon gar nicht Lieselchen. Das sei ein Name für ein Kleinkind. Sie hat ein Riesentheater gemacht, dass man es fast in der ganzen Straße gehört hat. Seitdem mussten alle Leute sie Lilo nennen. Sie hat es auch in ihren Personalausweis eintragen lassen, wie sie das auch immer geschafft hat."

Er stand wieder auf, stellte den Aktenordner zurück, nahm den nächsten heraus und schlug ihn auf. „Übrigens war Lilo in der Schule nicht besonders fleißig. Sie besuchte zwar das Gymnasium, hatte jedoch wenig Lust zu lernen. Nur mit Mühe und Not schaffte sie die mittlere Reife. Bei Doktor Dirksen bekam sie einen Ausbildungsplatz als Arzthelferin. Sie verdankte das wohl eindeutig ihrem Aussehen", erzählte Deller und zwinkerte mit den Augen. „Bald hatte sich der Doktor in seine Angestellte verliebt und begleitete sie oft nach Hause. Da hatten die beiden schon was miteinander", war sich Karl Deller sicher.

„Ach, Doktor Dirksen. Da haben Lilo und Tessa ihr Berufspraktikum in der zehnten Klasse gemacht", erinnerte sich Ina.

„Ja, und Lilo hat die Gelegenheit am Schopf ergriffen, wurde ein bisschen später als Arzthelferin eingestellt und ließ sich auf ihren Chef ein. Zwei Jahre ging das mit den beiden. Schließlich wurde Lilo von dem Doktor entlassen, weil Dirksens Ehefrau Verdacht geschöpft hatte. Ihre Lehre als Arzthelferin hat sie nicht beendet", erzählte Karl Deller weiter. „Anschließend konnte Lilo bei dem Bauunternehmer Hallstein eine Ausbildung als Bürokauffrau anfangen. Der interessierte sich wohl auch nur für Lilos Aussehen. Den hat Lilo sogar geheiratet, nachdem er sich für sie scheiden ließ. Das war ein Skandal hier im Ort. Der Mann hatte zwei Söhne. Dann kommt da so eine junge Frau daher, die nichts ist, nichts hat, nichts taugt. Der Hallstein hat seine Quittung erhalten: Die hat ihren Mann dann so zu Grunde gerichtet, dass er nach drei Jahren gestorben ist. Lilo ist nach Grandaria geflogen und nicht mehr zurückgekommen. Nur am Todestag ihres Mannes war sie letztes Jahr hier. Allerdings besuchte sie ihre Eltern gerade mal für zwei Stunden. Die sind ihr anscheinend nicht gut genug. Dieses Jahr war sie noch nicht hier. Arme Eltern! Mit so einer Tochter! Das hat was genutzt, dass sie sich die Beine für das Kind ausgerissen haben."

Als Ina sich von dem netten, alten Ehepaar verabschieden wollte, brannte ihr eine Frage auf der Zunge. „Herr Deller, eins versteh ich nicht. Wie können Sie hier so entspannt mit uns Kaffee trinken, wenn doch vor der Tür so viel passieren kann? Sie bekommen das doch dann nicht mit!"

„Köpfchen, Köpfchen." Dabei tippte er mit seinem rechten Zeigefinger an die Stirn und lachte. „Ich habe manchmal auch ein bisschen Ruhe verdient. Da habe ich ein tolles Hilfsgerät. Thekla, sag ihr, was es ist", forderte er seine Frau auf.

„Es ist so, dass Karl die Wohnung nicht mehr verlassen wollte, weil er Angst hatte, dass Diebe kämen oder er sonst etwas in der Nachbarschaft verpassen könnte. Da hatten unsere Kinder die Idee, einen Bewegungsmelder und eine Überwachungskamera anzubringen. Sobald sich jemand hier auf der Gasse nähert, geht das Licht an und die Kamera nimmt alles auf."

„Ja, und wichtig ist", ergänzte Karl Deller stolz, „dass die Kamera mit dem Computer hier und dem Fernseher gekoppelt ist. Am nächsten Tag kann ich mir alles ansehen. Oft spiele ich mir das Aufgenommene im Schnelldurchlauf ab und verpasse nichts mehr."

Jetzt wunderte sich Ina noch mehr. Über Herrn Deller und über Lilo!

3. Kapitel

Sancho und Pablo fuhren am nächsten Morgen wieder zum Goldhügel, um Nachbarn zu befragen. Pablo nahm sich vor, die Bewohner der Häuser am Fuße des Hügels aufzusuchen. Die Gebäude waren nicht vergleichbar mit den Villen auf dem Berg, sondern sahen viel einfacher und bescheidener aus. Oft waren sie mehrstöckig und ineinander verschachtelt. Zumeist waren sie von Spaniern bewohnt, wie Pablo beim Lesen der Namensschilder feststellte. Sie hatten wahrscheinlich keinen Kontakt mit den Hallsteins auf dem Goldhügel, überlegte er sich. Bei ihnen würde er vorerst nicht klingeln.

Aber auch eine deutsche Familie gab es dort. „Huber" stand auf dem Türschildchen. Sie lebte nicht in einer Wohnung der Mehrfamilienhäuser, sondern in einer Art einstöckigem Reihenhaus, das wie eingequetscht zwischen den anderen wirkte.

Hanne Huber, eine freundliche Frau um Ende sechzig, öffnete, ließ Pablo eintreten und erzählte, dass sie und ihr Bruder die Familie Hallstein nicht näher kennen. Vor einiger Zeit habe sie Lilo Hallstein angesprochen, um sich mit ihr auszutauschen. Diese jedoch habe sie nur abgewimmelt und auf später vertröstet. Frau Hallstein habe sich nie gemeldet. „Daher habe ich die Hallsteins nicht kennengelernt", folgerte Hanne. „Mein Bruder Herbert auch nicht. Er ist sowieso nicht der Kommunikative von uns beiden. Er bleibt meist zu Hause sitzen, nur manchmal geht er raus. Hauptsächlich, wenn wir zum Supermarkt fahren. Aber nicht zu fremden Leuten, auch nicht zu fremden Deutschen."

„Kann ich trotzdem mit ihm sprechen?", bat Pablo.

Etwas später saß er dem etwa Mitte Siebzigjährigen, leicht genervt wirkenden Bruder der viel aktiveren Frau gegenüber. Pablo sah mit einem Blick, warum Herbert Huber nicht so viel draußen herumlief: Ihm fehlte ein Bein. Huber saß in einem Wintergarten, der ziemlich einfach aus Plexiglas zusammengebastelt war. Da es keine Klimaanlage gab, war es unerträglich heiß. Sofort standen Pablo Schweißperlen auf der Stirn.

Herbert Huber schien eine Einheit mit seinem Sessel zu bilden, das vorhandene Bein hatte er ausgestreckt und auf einen Hocker gelagert. Der kurze Stumpf des linken Beins lugte anklagend unter der kurzen Hose hervor. An der Wand stand griffbereit eine Krücke, neben dem Stuhl lag auf einem Hocker eine Beinprothese.

„Wir sind nach Spanien gezogen, weil das Klima hier für ihn viel besser ist. Er hat leider oft unerträgliche Phantomschmerzen", erklärte Hanne Huber entschuldigend. Vielleicht brauchte Herr Huber genau diese schreckliche Hitze, um sein fehlendes Bein nicht als Phantomschmerz wahrzunehmen, überlegte Pablo.

„Kennen Sie die Hallsteins, die auf dem Hügel wohnen?", fragte Pablo den Mann.

„Die eingebildeten Pinkel da oben auf dem sogenannten Goldhügel? La collina d'oro." Herbert lachte bitter. „Kommen Sie mir nicht mit denen. Mit uns reden die doch nicht. Wenn meine Schwester Ihnen nichts erzählen kann, dann kann ich es erst recht nicht."

Pablo glaubte ihm aufs Wort. Zudem war er froh, dass

er den knurrigen Alten nicht länger ertragen musste. Er wunderte sich darüber, dass Hanne Huber mit ihrem Bruder hierhin gezogen war. Gab es für beide keine Ehegatten? Warum hatte er nicht gefragt? Aber war das wichtig?

Währenddessen war Sancho erneut zu Hallsteins Nachbarn auf dem Goldhügel unterwegs. Wieder hatte er seine besten und neuesten Laufschuhe an und stürmte zu Fuß den Berg hinauf. Er kannte die Insel wie seine Westentasche. Daher lockte ihn die schöne Aussicht nicht mehr, die an mehreren Stellen unterwegs geboten wurde. Ohnehin war er eher ein Liebhaber schöner Frauen als schöner Landschaften, dachte er bei sich.

Die einzige Stelle am Steilhang, die etwas mehr Aufmerksamkeit erforderte, war die gefährliche Haarnadelkurve, etwa zweihundert Meter unterhalb der Hügelspitze. Hier war es besonders abschüssig. Genau an der Biegung der Kurve fiel eine Schlucht fast senkrecht etwa hundert Meter ab.

Sancho wagte einen vorsichtigen Blick in die Tiefe. Brr, brr, schüttelte er sich. Er konnte überhaupt nicht verstehen, warum die Inselregierung es nicht für nötig hielt, hier eine Leitplanke zu installieren. Wenn er jemals vorhätte, jemanden umzubringen, könnte das hier passieren. Es würde wie ein Unfall aussehen. Vielleicht war die Stelle auch etwas für Selbstmörder? Ob sich jemand mal die Mühe gemacht hatte, unten in der Schlucht nach freiwilligen oder unfreiwilligen Opfern zu suchen?

Es schauderte ihn. Unten in der Schlucht befand sich eine undurchdringliche Ansammlung von Felsen, schwarzen und hellen, dazwischen wuchsen Gestrüpp und halbhohe Bäume. Sancho glaubte auch bunte Flecken zu erkennen. Vielleicht die Reste von Autowracks? Abrupt wandte er sich ab. Man sollte veranlassen, dass die Stelle regelmäßig untersucht würde. Sancho nahm sich vor, bei der Inselregierung einen Antrag einzureichen, dass hier oben eine Sicherung angebracht werden sollte!

Nach einigen steilen Straßenkehren kam Sancho an ein überdimensionales, schmiedeeisernes Tor. Er hatte es gestern schon gesehen und sich Gedanken darüber gemacht. „La Reina de Grandaria" stand in riesigen Buchstaben über dem Portal. Die Königin von Grandaria. Zwei überlebensgroße Marmorlöwen flankierten die Pforte. Wie es sich für eine Königin gebührte, gab es eine blankpolierte und goldglänzende Krone, die mitten über dem Tor angebracht war. Hier wohnt wohl jemand, der etwas auf sich hält, folgerte Sancho. Ob es zur Königin auch einen König gibt?

Kurz nach dem Läuten an dem riesigen Tor eilte eine Frau in mittlerem Alter die Auffahrt herunter. Attraktiv, blonde halblange Haare, flotter Haarschnitt, perfekt geschminkt, gute Figur, durchtrainiert, dennoch nicht übermäßig muskulös, bekleidet mit einer luftigen Tunika. Eine Frau, die Wert auf sich legte. Eine Frau, die gefallen wollte, die sicher auch nichts gegen Avancen jüngerer Männer hatte, schätzte der Frauenkenner Sancho sie ein.

Er stellte sich vor: „Guten Tag, ich bin Sancho Delgado, vom Kommissariat Palmas. Ich möchte Sie zu Ihren Nachbarn Hallstein befragen."

Die Frau ließ sich durch die Gitterstäbe Sanchos Polizeiausweis zeigen und öffnete dann. „Entschuldigen Sie, das ist kein Misstrauen Ihnen gegenüber. Zurzeit bin ich allein in meiner Villa. Aber ich muss vorsichtig sein."

Sancho nickte verständnisvoll. „Wohnen Sie denn allein hier?"

Ihr Gesicht wurde ernst und sie überging die Frage. „Sie kommen also wegen meiner Nachbarn zu mir? Ich gebe Ihnen gerne Auskunft. Ich bin Barbara Schmidthoff. Sie können mich gerne mit meinem Vornamen ansprechen. Was ist denn mit den Hallsteins?" Ihre Stimme klang neugierig.

„Das wissen wir noch nicht. Wir hätten gerne gewusst, ob Sie die Familie näher kennen und mir etwas über sie erzählen können", antwortete Sancho ausweichend.

„Alles, was ich weiß, erzähle ich gerne, wenn Sie mit mir einen Kaffee trinken", schlug Frau Schmidthoff vor. Dabei sah sie Sancho mit einem Blick an, den er als pure Neugier auslegte.

Sie öffnete das Tor und ließ den Kommissar hinein. Nicht ganz abgeneigt begleitete Sancho Barbara Schmidthoff. Zunächst mussten sie die fünfzig Meter lange Auffahrt hinaufgehen, wo rechts und links ein Kräuterparadies zu bewundern war.

„Das ist meine Leidenschaft!", erklärte Barbara. „Ich züchte und sammle Kräuter. Dann extrahiere ich die Wirkstoffe. Gegen jedes Wehwehchen gibt es etwas. Und die Kräuter blühen so schön wie jede Blume."

Sancho nickte verstehend. Jedem sein Hobby! Für ihn war es das Laufen! Und die Frauen!

Dann begaben sie sich um das ausgedehnte Gebäude

herum zur Terrasse der Villa, dort ließ sich Sancho am Tisch nieder. Wie bei den Hallsteins wirkte alles edel und luxuriös. Weitläufige Palmenhaine schlossen sich seitwärts an die Terrasse an. Von hier aus hatte man einen Blick zur Bucht. Der Pool war ein Infinity Pool. Er war so konstruiert, dass der Eindruck entstand, er sei ein Teil des Meeres. Schwimmen in die Unendlichkeit! Sancho konnte seine Bewunderung nicht verbergen.

„Ich bin froh, dass Sie mich besuchen, ich habe leider selten Gäste", betonte Frau Schmidthof. „Ich fühle mich so allein, seit mein Mann vor einem halben Jahr gestorben ist, Herzinfarkt." Sie schenkte Sancho Kaffee ein, stellte ihm aber auch kühle Getränke hin. Dann setzte sie sich Sancho gegenüber und schenkte sich selbst ein Mineralwasser ein. Ihre Tunika war verrutscht, so dass ein Teil ihrer entblößten Brust zu sehen war. Nicht mal so schlecht, dachte Sancho.

„Es tut mir leid, dass Ihr Mann so früh gestorben ist. Aber zurück zu den Nachbarn", sagte er und bemühte sich dabei, in ihr Gesicht und nicht auf ihren Busen zu schauen.

„Was ist denn passiert?", wollte Frau Schmidthoff wissen. Wieder bemerkte Sancho den neugierigen Blick.

„Es geht um Familie Hallstein, wie ich Ihnen schon sagte", erklärte Sancho noch einmal.

„Es gibt keine Familie Hallstein. Nebenan wohnt nur Lilo Hallstein, sie lebt auch alleine."

„Wieso allein? Ist Herr Hallstein auch tot? Dann kann er es nicht sein", überlegte Sancho laut.

Verständnislos sah Barbara Schmidthoff ihn an. „Was meinen Sie?" Jetzt hatte sie sich aufrecht gesetzt, so dass die Tunika wieder den Busen bedeckte. Erleichtert atmete Sancho auf und fragte: „Wo ist denn Frau Hallstein? Wissen Sie das?"

„Sie ist nach Deutschland gereist. Lilo und ich sind übrigens Freundinnen."

Sancho ließ sich zu einem zweiten Kaffee verführen, dabei erfuhr er noch mehr über die Nachbarn Hallstein. Lilo sei sehr jung, ihr Mann war mindestens zwanzig älter. Er sei auch an Herzinfarkt gestorben. Vor zwei Jahren.

Sancho notierte sich einiges. Gegen den Eindruck, dass Barbara Schmidthoff mit ihm zu flirten versuchte, wehrte er sich nicht. Wieder gab ihr Gewand einen Blick auf die Brust frei.

4. Kapitel

Ina war auf dem Weg in Lilos teures Hotel. Und Lilos Mann war also tot? Schon seit längerem! Also konnte er nicht derjenige sein, der auf ihrem Grundstück in Grandaria gefunden worden war. Aber wer war es denn?

Ina war sehr gespannt darauf, was aus Lilo geworden war. Wie sie jetzt aussah, wie sie sich charakterlich entwickelt hatte.

An der Rezeption fragte Ina nach Lilo.

„Frau Hallstein wünscht nicht gestört zu werden. Das hat sie ausdrücklich betont. Ich kann Sie also nicht zu ihr lassen", entgegnete die junge Empfangsdame eisern.

„Das wird sich noch zeigen", konterte Ina und zog dabei ihren Polizeiausweis aus ihrer Jackentasche. „Ich habe nur ein paar Fragen an Frau Hallstein, ansonsten muss ich die Dame zur Polizeidienststelle kommen lassen."

Das erschien der jungen Frau wohl doch unverhältnismäßig, dennoch lenkte sie nur patzig ein: „Na gut, Frau Hallstein ist im Spa-Bereich. Aber sie ist nicht allein. Nehmen Sie doch ein bisschen Rücksicht auf unsere Gäste. Hier in unserem Haus möchten wir ihnen die Ruhe gönnen, die sie sich wünschen."

„Selbstverständlich. Sie wird die Ruhe bekommen, die sie verdient hat", erwiderte Ina und machte sich auf den Weg zum Hotelpool. Sie kannte sich aus, denn sie war öfter zum Schwimmen und zum Wellness hier gewesen, meist mit ihrer Nichte Tessa.

Lilo und ein junger Mann saßen Händchen haltend am Pool und prosteten sich soeben mit ihren Champagnergläsern zu, als Ina resolut um die Ecke bog. Immer noch hatte Lilo das lange wallende Blondhaar, das vielleicht noch ein bisschen blonder als früher war. Sie trug einen petrolfarbenen Glitzerbikini, der ihren schlanken und wohlgeformten Körper exzellent zur Geltung brachte. Ihr Begleiter war ebenfalls jung und blond, etwa in Lilos Alter, und mit seinem athletischen Körper ausgesprochen gutaussehend. Ein schönes Paar, war Inas flüchtiger Gedanke.

„Darf ich stören?", fragte sie ironisch.

Vorwurfsvoll blickte Lilo ihr entgegen. „Was soll das? Ich wollte von niemandem gestört werden."

„Hallo Lilo, kennen Sie mich nicht mehr?", fragte Ina.

Lilo stutzte und sah sich Ina genauer an. „Ach du bist es, Ina Weiß, Tessas Tante. Das ist aber nett, dass du mich besuchst, wäre aber wirklich nicht nötig gewesen."

„Ich denke, wir sagen besser ‚Sie' zueinander. Außerdem heiße ich jetzt ‚Helle'. Und es ist sehr nötig. Ich komme nicht, um Sie zu besuchen. Ich bin dienstlich hier. Es gibt Fragen an Sie."

„Ach ja, die Polizistin", spottete Lilo. „Dann schießen Sie mal los, Frau Kommissarin. Mit Ihren Fragen natürlich, nicht anders."

Ina blickte zu Lilos Begleiter. „Es wäre besser, wenn wir uns unter vier Augen unterhalten könnten."

„Nein, lassen Sie mal. Max darf dabei sein. Ich habe kein Geheimnis vor ihm. Fragen Sie nur!", erlaubte Lilo. Sie klang völlig unbekümmert. „Was gibt es denn so Wichtiges?"

„Wann haben Sie Grandaria verlassen und seit wann sind Sie hier?"

„Hier bin ich seit vier Tagen. Aber Grandaria habe ich schon vor drei Wochen verlassen. Wir waren noch bei Max, nicht wahr, Schatz?" Lilo sah ihren Freund liebevoll an.

Der attraktive Max streichelte Lilos Hand. „Ja, wir waren zusammen, in meinem Ferienhaus im Taunus und ein paar Tage in meinem Appartement in Frankfurt."

„Gibt es Zeugen dafür?", wollte Ina wissen.

„Zeugen? Nein, ich weiß nicht. Wieso? Was ist denn los? Dürfen wir das auch mal erfahren?", rief Lilo erbost.

„Ja, das dürfen Sie. Es geht Sie schließlich an. Im Garten Ihrer Villa auf Grandaria wurde eine Leiche gefunden", klärte Ina sie auf.

Lilo zuckte zusammen, ihre Stimme zitterte, als sie fragte: „Was sagen Sie da? Wer ist die Leiche? Und wieso in meinem Garten?"

„Das alles will die Polizei auch wissen, deshalb muss ich Sie ja fragen. Die spanische Polizei vermutet, dass es Ihr Mann sein könnte."

Erleichtert lehnte sich Lilo zurück. „Mein Mann kann es definitiv nicht sein, der ist seit genau zwei Jahren tot."

„Ich weiß von Ihrer Mutter, dass Sie anlässlich seines Todestages hier in Hassfeld sind. Lilo, haben Sie eine Ahnung, wer im Garten Ihrer Villa vergraben sein könnte?"

Mit ihren großen blauen Augen sah Lilo Ina unschuldig an. „Nein, wie sollte ich das wissen? Wie alt soll denn der Mensch sein? Mann oder Frau? Wann ist die Person gestorben?"

„Das alles ist noch nicht bekannt. Ich glaube, die spanische Polizei weiß bisher auch noch nichts Genaues.

Wir hatten von Ihnen Informationen erhofft", erklärte Ina.

„Leider kann ich damit nicht dienen. Wer hat denn die Leiche gefunden?", fragte Lilo.

„Ihr Gärtner, der neue!"

„Mein neuer Gärtner? Wer soll das sein? Ich habe keinen neuen Gärtner. Seit zwei Jahren habe ich denselben. Wo ist José Verde?"

Jetzt war auch Ina irritiert. Keinen neuen Gärtner? Wer war denn der Gärtner, der die Leiche gefunden hatte?

„Das ist ja mysteriös. Können Sie mir die Adresse und eine Beschreibung des früheren Gärtners geben? Dann können die spanischen Polizisten ihn aufsuchen. Vielleicht kommen sie dann weiter", schlug Ina vor.

„Ich glaube auch, das ist das Beste. Es hört sich ja wirklich schrecklich an, dass in meinem Garten eine Leiche gefunden wurde. Danke, Frau Helle, hoffentlich wird bald alles geklärt." Lilo sah Ina dankbar an. „Übrigens habe ich noch mein Flugticket von Grandaria nach Frankfurt. Ich kann es sofort holen."

„Ja, wenn Sie es mir geben können, wäre das sicher für Ihr Alibi von Vorteil", erklärte Ina.

Sie begleitete Lilo in die luxuriöse Suite. Kein Wunder, dass Lilo nicht bei ihren Eltern wohnen wollte, überlegte Ina. Lilo kramte in ihrer Handtasche und reichte ihr dann ein Flugticket. „Sie können es mitnehmen, ich brauche es nicht mehr. Den Rückflug habe ich noch nicht gebucht, weil ich nicht weiß, wie lange ich in Deutschland bleibe. Sie verstehen, wegen Max. Wir wollen noch was unternehmen. Hoffentlich muss ich nicht so schnell nach Spanien zurück. Mir war es in letzter

Zeit doch ein bisschen einsam da." Und sie fügte leise hinzu: „Seit mein Mann gestorben ist."

„Noch eine Frage: Wann ist der Todestag Ihres Mannes?"

„Morgen. Es wird eine Messe für ihn in der Pfarrkirche gehalten, um elf Uhr. Anschließend gehen wir zum Friedhof. Danach gibt es noch einen Umtrunk. Sie können ja auch kommen, wenn Sie wollen", schlug Lilo vor. Jetzt war sie die sanfte, trauernde Witwe.

„Vergessen Sie nicht, mir noch die Adresse Ihres Gärtners zu geben! Und kurz sein Aussehen zu beschreiben", bat Ina.

Lilo nahm vom Schreibtisch ein Blöckchen, kritzelte etwas darauf, riss den Zettel ab und reichte ihn Ina. Die warf einen Blick auf das Geschriebene. *José Verde, etwa fünfzig, mittelgroß, graue Haare.*

„Die Adresse von Verde kenne ich leider nicht", bedauerte Lilo.

Ina fuhr zurück zur Polizeidienststelle nach Dannstein, um nach Spanien durchzugeben, dass Hallstein bereits vor zwei Jahren verstorben war. Außerdem wollte sie nachsehen, ob neue Informationen von dort gekommen waren. Tatsächlich hatte ein Comisario Pablo Cuerto ein Fax geschickt. Er teilte mit, dass der ehemalige Gärtner José Verde immer noch nicht gefunden worden sei. Mittlerweile werde seine Wohnung überwacht. Die Adresse habe eine Nachbarin der Familie Hallstein nennen können. Morgen würde die Wohnung geöffnet, wenn Verde bis dahin nicht wieder aufgetaucht sei. Eventuell sei er auf der Flucht und eine Durchsuchung seiner Räume würde vielleicht einen Hinweis darauf ergeben und weitere Ansatzpunkte aufzeigen.

Es wäre möglich, dass der Gärtner den ermordeten Mann auf dem Gewissen hatte, überlegte Ina. Aber warum? Und wer war der Tote? Es war auf jeden Fall notwendig, ihn zu identifizieren. Dann erst könnte ein Motiv ermittelt werden. Ina faxte zurück: *„Wurde dem Toten eine DNA-Probe entnommen?"* Unmittelbar darauf kam ein Fax vom spanischen Kommissar Pablo Cuerto. *„Das wird bei unbekannten Toten immer gemacht!"*

‚Immer' war dreimal unterstrichen. Der hielt sie wahrscheinlich für blöd oder für eine alte Zicke, überlegte Ina. Hätte er ja auch direkt schreiben können, wie die das handhaben. Ina sah nach, was sonst noch Wichtiges gekommen war. Doch zu dem Fall, der sie im Moment am meisten beschäftigte, war nichts dabei.

Auf dem Schreibtisch lag eine kurze Notiz zu einer Fahrerflucht zwischen den Orten Hohenlehmbach und Lehmbach, nicht weit von Hassfeld. Ein Betrunkener sei letzte Nacht angefahren worden. Der habe allerdings Glück gehabt. Etwas später sei er von einem anderen Autofahrer gefunden und ins Krankenhaus gebracht worden. Dort sei er bandagiert worden, nun schlafe er seinen Rausch aus. Ina sollte ihn befragen. Der Unfallflüchtige musste ermittelt werden. Das hatte Zeit bis morgen, entschied sie. Der Verletzte sollte sich erst einmal ein bisschen erholen und nüchtern werden.

Jetzt musste Ina noch etwas anderes erledigen. Sie sah auf die Uhr. Fast drei. Irgendetwas sagte ihr, dass sie den Arzt Doktor Dirksen aufsuchen müsse, um mehr über

Lilo zu erfahren. Es war nicht nur ein Gerücht, dass Lilo ein Verhältnis mit Doktor Dirksen gehabt hatte. Auch Karl Deller wusste davon.

Ina kannte den Arzt von früher. Einige Male war sie bei ihm in Behandlung gewesen, später hatte ihre Nichte Tessa dort ein Praktikum absolviert. Ina hatte Tessa manchmal dort abgeholt und bei der Gelegenheit wieder mit Dirksen gesprochen. Daher war Ina jetzt auch neugierig darauf, ob und wie Dirksen die Geschichte mit Lilo bewältigt hatte. Ina warf sich selbst vor, dass das mehr als professionelle Neugier war. Doch es war interessant zu wissen, ob Lilo noch immer etwas mit dem Arzt zu tun hatte. Überhaupt war Ina überaus neugierig, vor allem, wenn es um menschliche Abgründe ging. Ursprünglich hatte sie überlegt, Psychologie zu studieren, doch das war für sie nicht abgründig genug. Daher glaubte sie, dass Kriminalistik das richtige Fach für sie war. Auch die Auflösung von schwierigen Fällen reizte sie. Ina hatte die Angewohnheit, sich in einen Fall festzubeißen und nicht locker zu lassen. Sie steigerte sich manchmal so in einen Fall hinein, dass die Gefahr bestand, die Übersicht zu verlieren und sich emotional zu stark zu engagieren. Das war sicher unprofessionell. Da hatte ihr Chef Doktor Schulz wohl Recht.

Ina fuhr auf dem Weg zur Praxis an Lilos Hotel vorbei. Vielleicht sollte sie Tessa mal wieder zu einem Wellnessnachmittag ins „Dorian" einladen, überlegte sie. Morgen würde ihre Nichte zu Besuch kommen. Dann wollte Ina ihr etwas bieten, denn die Arme musste als Assistenzärztin so viel arbeiten. Im Gegensatz zu Lilo hatte Tessa das Abitur gemacht und ihre medizinischen Ambitionen weiter verfolgt.

Die Praxis Doktor Dirk Dirksen war glücklicherweise geöffnet. An der Rezeption saß eine angegraute Frau, die gerade telefonierte. „Ja, morgen geht es wieder los mit den Sprechstunden beim Herrn Doktor. Dann ist sein Urlaub vorbei. Kommen Sie doch ab zehn Uhr. Bis morgen dann."

Sie legte auf und sah Ina geschäftsmäßig an. „Leider ist Herr Doktor Dirksen noch nicht aus dem Urlaub zurück. Tut mir leid. Oder kann ich Ihnen sonst helfen?" Dann erhellte sich ihr soeben noch ernstes Gesicht. „Hallo, ich bin Maria. Und du bist doch Ina? Entschuldige, dass ich ‚du' sage, aber ich erinnere mich noch an früher. Da warst du fast selbst noch eine Schülerin. Meine Tochter Emma und deine Nichte sind zusammen zur Schule gegangen."

Jetzt erkannte Ina auch die Mutter von Tessas früherer Schulkameradin. Sie erinnerte sich, dass Marias Tochter die Schule mit der mittleren Reife verlassen und früh ein Kind bekommen hatte.

„Ach, Sie sind es, Maria Weiser." Mensch, sieht die alt aus, dachte Ina. Ob sie in deren Augen auch so viel älter wirkte?

Als ob Maria Inas Gedanken gehört hätte, schlug sie vor: „Sagen wir doch beide ‚du' zu einander. Ja, die Zeit ist vergangen. Sie ist an mir nicht spurlos vorbeigegangen. Aber du siehst immer noch jung und schön aus." Maria lächelte.

„Du Schmeichlerin, tatsächlich sind mindestens zehn Jahre vergangen und ich bin auch schon dreißig", widersprach Ina.

„Das ist doch kein Alter! Und wie ist es mit Kindern? Du hast doch sicher mittlerweile auch welche. Ich hab schon ein Enkelchen", erzählte sie stolz.

„Nein, ein Kind habe ich noch nicht. Aber ich weiß auch nicht, ob ich das jetzt will."

Maria schaute ungläubig. „Wirklich? Du bist doch verheiratet? Aber du hast Recht. Heutzutage haben es die Frauen nicht so eilig, sie bekommen ihre Kinder noch mit über vierzig", sagte Maria. „Aber warum bist du gekommen? Bist du krank? Oder hat es mit deinem Beruf zu tun? Ich hab gehört, dass du bei der Kriminalpolizei bist. Wie spannend. Gibt es hier irgendwas zu ermitteln?" Maria hörte sich ganz neugierig an.

„Ich bin nicht krank. Im Moment habe ich nur ein paar Fragen an Doktor Dirksen. Wann kann ich ihn erreichen?", fragte Ina.

„Leider ist er noch nicht da. Wir erwarten ihn aber heute noch zurück. Morgen soll der Praxisbetrieb wieder losgehen. Normalerweise kommt er immer ein oder zwei Tage vorher, um alles vorzubereiten. Wir haben schon bei ihm zu Hause versucht anzurufen, aber niemanden erreicht", erklärte Maria. „Und …", fügte sie geheimnistuerisch hinzu, „eine Ehefrau oder Partnerin, die Auskunft geben könnte, gibt es nicht."

„Weißt du, wo er sich aufhält?", fragte Ina.

„Er ist wie jedes Jahr nach Grandaria geflogen."

Ina stutzte. „Grandaria? Besucht er denn jemanden da? Lilo Hallstein hat da eine Villa. Hat er Kontakt zu ihr?"

„Ja, das kann sein. Herr Hallstein war Patient hier. Ich glaube, sie kannten sich gut und hatten privat auch einiges miteinander unternommen."

„Lilos Mann war Patient hier? Hat Doktor Dirksen denn auch den Totenschein ausgestellt?", fragte Ina.

„Das weiß ich nicht. Aber ich kann nachsehen. Wir haben die Karten der Patienten, die verstorben sind, in einem speziellen Fach abgelegt. Wir müssen alle Unterlagen noch einige Jahre aufbewahren, falls noch mal irgendwelche Fragen kommen", informierte sie Maria.

Sie stand auf, trat zum großen schwarzen Schrank, zog die hinterste Schublade links unten heraus und begann zu suchen.

„Seltsam, ich kann Hallsteins Akte nicht finden. Das kann doch nicht sein. Wir haben immer alles korrekt eingeordnet. Jetzt bin ich ratlos. Kannst du selbst schauen, Ina? Vielleicht bin ich betriebsblind. Ich guck in der Zwischenzeit in den Computer. Da steht auch noch mal alles."

Ina hatte also die Gelegenheit, sich selbst davon zu überzeugen, dass die Akte nicht an ihrem vorgesehenen Ort war.

„Hoffentlich findest du die Daten im Computer."

Doch Maria sah noch ratloser aus. „Tut mir leid, hier ist auch nichts. Wahrscheinlich hat Doktor Dirksen alles speziell gespeichert, weil es sich um einen Freund handelte. Aber in dem Computer in seinem Sprechzimmer darf ich nicht nachschauen. Dann musst du ihn morgen fragen, wenn er wieder da ist."

„Seit wann bist du eigentlich hier beschäftigt?", wollte Ina wissen. „Hast du etwas davon mitbekommen, dass Lilo Hallstein früher hier gearbeitet hat und dass sie eine Affäre mit dem Doktor gehabt haben soll?"

„Ich arbeite hier seit etwa drei Jahren. Der Doktor hat mich eingestellt, weil ich früher mal Arzthelferin war. Ich bin auch nur nachmittags hier, weil die jungen Frauen wegen ihrer Kinder lieber vormittags arbeiten. Meine Kinder sind ja längst außer Haus. Und da fiel mir die Decke auf den Kopf", erzählte Maria.

„Und?", fragte Ina.

„Herr Hallstein kam öfter in Begleitung von Lilo zu Untersuchungen. Das hat mich auch gewundert, weil ich auch von der Affäre beziehungsweise dem Gerücht gehört habe. Wie können die so gut miteinander befreundet sein, dachte ich noch", erklärte Maria.

Ina war auch erstaunt. Lilo, ihr Mann und der Arzt hatten freundschaftliche Kontakte zueinander, obwohl Lilo mit beiden Männern eine Liebesbeziehung hatte oder gehabt hatte? Vielleicht hatten Lilo und der Arzt dafür gesorgt, dass ihr Mann früh verstarb? Waren deshalb die Unterlagen von Herrn Hallstein verschwunden? Und jetzt war der Arzt auf Grandaria. Aber wie ließ es sich erklären, dass Lilo schon seit drei Wochen hier war? Sie hatte einen anderen Liebhaber. Rätsel über Rätsel, denen Ina nachgehen musste!

„Maria, kannst du Doktor Dirksen bitte ausrichten, dass er mich sofort anruft. Ich muss ihn dringend sprechen." Ina gab der Arzthelferin ihre Visitenkarte.

„Ja, ich sage ihm Bescheid. Hoffentlich ist ihm nichts passiert. Ich hab so ein komisches Gefühl."

„Danke, mach dir keine Sorgen, er wird schon wieder auftauchen", beruhigte Ina sie. Ina wollte nicht zugeben, dass auch sie ein seltsames Gefühl hatte. Etwas geistesabwesend verabschiedete sie sich von Maria. Sie hörte noch, dass Maria ihr nachrief: „Ina, ich werde dich auf jeden Fall anrufen, wenn er zurückkommt. Vielleicht können wir uns mal treffen und ein bisschen mehr quatschen!"

Ina fuhr auf dem schnellsten Weg nach Hause, wo ihre beiden Hunde auf sie warteten. Schwanzwedelnd kamen die Labradormischlinge Chica und Mio, Mutter und Tochter, auf sie zu.

„Ach, meine Lieben! Tut mir leid, dass ihr so lange warten musstet. Ich werde auch ganz schnell meine Schuhe wechseln und die Leckerchen holen."

Dann nahm sie die Leinen und ging mit den Tieren hinaus. Übermütig tobten die Hunde über die naheliegende Wiese, schnappten immer wieder nach der Leine des anderen und zogen sich abwechselnd gegenseitig hinter sich her. Ina freute sich über die Ausgelassenheit und die Lebensfreude der Tiere. Obwohl sie wenig Zeit für die Hunde hatte, hätte sie auf keinen Fall auf die beiden verzichten wollen. Zudem hatte sie festgestellt, dass ihr die besten Gedanken beim Spazierengehen kamen, vor allem, was ihre aktuellen Fälle anging. Vielleicht könnte das auch diesmal gelingen. Was hatte sie in der Praxis erfahren? Dass Dirksen Hallsteins Arzt war und wohl auch den Totenschein ausgestellt hatte? Und dass die Krankenakte verschwunden war. Auf jeden Fall hatte sich ihre Neugier gelohnt, lobte sich Ina. Zunächst mal abwarten, dass Doktor Dirksen zurückkam. Und wer würde morgen bei der Gedenkfeier für Herrn Hallstein anwesend sein? War das professionelle Neugier?

Als Ina mit den Hunden zurück zu ihrer Wohnung kam, stand ihr Noch-Ehemann Benno vor der Tür.

„Hallo, ihr Schönen", begrüßte er sie und die Hunde, die freudig an ihm hochsprangen.

„Was willst du? Ich habe keine Zeit", betonte Ina ärgerlich.

„Sei nicht so geladen", versuchte er sie zu beschwichtigen. „Ich komme ja nicht deinetwegen, sondern wegen der beiden hier, die sich wenigstens freuen, dass sie mich sehen."

„Ja, die hatten auch nicht den Ärger mit dir, den ich hatte", erklärte sie.

„Was für ein Ärger? Es war doch immer alles in Ordnung. Ich vermisse dich", jammerte er.

„Für dich war alles in Ordnung. Für mich nicht. Ich habe tausendmal versucht, mit dir zu reden. Du hörst nie zu. Was ich dir jetzt erzähle, weißt du in fünf Minuten nicht mehr", warf Ina ihm vor. „Und außerdem ..." Aber sie führte es nicht weiter aus.

Ina war wirklich wütend, sie wollte ihre Ruhe haben. Mit Mühe und Not hatte sie den Mut aufgebracht, sich von Benno zu trennen, der ihre Kritik gar nicht einsah. Es war eine Trennung auf Probe, auf die sie sich schließlich geeinigt hatten. „Du weißt, wie unsere Verabredung ist. Sechs Monate, nicht mehr und nicht weniger. Und jetzt sind erst zwei Wochen vorüber. Lass mich also in Ruhe!"

„Aber ich darf doch wohl mal mit den Hunden rausgehen, immerhin sind das auch meine", wandte Benno ein.

„Seltsam, vorher hast du dich nie für sie interessiert, hast nur über sie geschimpft und dich geärgert, wenn du dich mal um sie kümmern solltest. Und jetzt tust du so, als ob es deine Kinder wären." Ina wunderte sich.

„Manchmal erkennt man erst, was einem fehlt, wenn man es nicht mehr hat. Also, wann kann ich mit den beiden rausgehen?", drängte er.

Sie einigten sich auf ein „Umgangsrecht" einmal pro Woche für drei Stunden. Zudem könne Ina ihn fragen, wenn sie zu stark in ihrer Arbeit eingebunden wäre. Dann könnten die Hunde auch über Nacht oder mehrere Tage bei ihm bleiben, bot Benno an. Immerhin wohnte er noch im gemeinsamen Haus mit Garten, da er sich geweigert hatte, dort auszuziehen. Er wolle die Trennung ja nicht, hatte er immer wieder betont. Da Ina Abstand brauchte, hatte sie die Konsequenzen gezogen und sich ein kleine, aber nette Zweizimmerwohnung mit Balkon gesucht, Wiese und Wald für die Hunde gleich um die Ecke. Für heute machte sich Benno einigermaßen zufrieden davon.

Ina dagegen fütterte die Hunde und setzte sich dann an ihren Schreibtisch. Sie kontrollierte Handy und Festnetztelefon zum wiederholten Male. Bis jetzt hatten weder Maria noch Doktor Dirksen angerufen. Es konnte doch nicht sein, dass Dirksen jetzt am Abend immer noch nicht von seiner Reise zurück war, wenn er morgen wieder die Praxis betreiben wollte. Andererseits war auf Maria bestimmt Verlass. Ina widerstand der Versuchung, bei ihr zu Hause anzurufen. Stattdessen gönnte sie sich ein Bad in der Wanne, mit vielen Duft- und Schaumperlen von „Cleopatras Oase", sodass sie sich fast wie eine ägyptische Königin fühlte. Zudem nahm sie sich das nächste Romankapitel von ihrem Lieblingskrimiautoren Hakan Nesser vor.

5. Kapitel

Als Maria am nächsten Morgen immer noch nicht angerufen hatte, wählte Ina die Nummer der Praxis. Am Apparat war eine Kollegin von Maria. Nein, leider sei Doktor Dirksen noch nicht gekommen, auch bei sich zu Hause sei er nicht. Weder über Festnetz noch über Handy sei er zu erreichen. Alle seien sehr beunruhigt. Auch bei Ina verstärkte sich das ungute Gefühl. War der Ermordete auf Grandaria möglicherweise der Doktor? Wie konnte sie das herausfinden? Von der Dienststelle aus gab sie die Bitte an die spanischen Kollegen durch, am Flughafen Palmas nachzufragen, ob Doktor Dirk Dirksen von dort abgeflogen war. Sie selbst ermittelte bei den deutschen Flughäfen Köln, Düsseldorf oder Frankfurt, dass sich Dirksen auf keiner Passagierliste eines Flugzeuges in den letzten Tagen befand.

Ina überlegte, dass sie eine DNA-Probe von Dirksen nach Palmas schicken müsste, damit ein Abgleich mit dem aufgefundenen Toten gemacht werden könnte. Aber wie sollte sie an taugliches Material herankommen? In der Praxis? Ungewiss! Bei ihm zu Hause? In sein Haus würde sie sicher nicht so schnell hineinkommen. Eine Hausdurchsuchung war noch nicht angebracht. Er lebte wohl allein. Aber aus seiner geschiedenen Ehe hatte er doch Kinder. Auf jeden Fall müsste Ina sich mit seiner Familie in Verbindung setzen. Aber das konnte warten.

Jetzt musste sie in die Kirche zur Gedenkfeier für Herrn Hallstein. Bewusst betrat Ina die Kirche vom vorderen

Seiteneingang her. So konnte sie langsam von vorne an allen Bänken vorbeigehen und sich die Besucher genauer ansehen.

Die Kirche war fast leer, kaum einer schien sich noch an Horst Hallstein zu erinnern oder erinnern zu wollen. Nur einige wenige Gestalten besetzten die vorderen Bänke. Ina besah sich die Personen und schätzte ab, wer sie sein könnten. In der ersten Reihe saß Lilo mit dem blonden Max. Lilo hatte ein schwarzes lurexglänzendes Miniröckchen an, das sie immer wieder zurechtrücken musste, so kurz war es. Ihre wohlgeformten Beine wirkten durch mindestens acht Zentimeter hohe High Heels noch länger und schlanker. Kein Wunder, dass sich Hallstein und auch bestimmt viele andere Männer von dieser jungen Frau hatten verführen lassen. Lilos schwarze Spitzenbluse war zwar nicht offenherzig geschnitten, betonte jedoch die üppigen Brüste. Züchtig bedeckte ein schwarzer Spitzenschleier ihren Kopf und reichte bis über die Augen, die langen blonden Haare flossen unter dem Schleier hervor bis zur Hüfte. Die Eva in Person, es fehlt nur der Apfel, dachte Ina. Aber wen will Lilo so provozieren? Ihr Freund Max versuchte immer wieder, seine Hand auf ihre Knie zu legen, die sie jedoch stets wegschob.

In der zweiten Reihe saßen wohl ehemalige Arbeiter der Firma Hallstein und eine Frau im mittleren Alter, vielleicht die Sekretärin, die Lilo nachfolgte, da diese nach ihrer Verheiratung nicht mehr gearbeitet hatte.

In die dritte Reihe hatten sich zwei dunkel gekleidete Herren gesetzt, die wie Versicherungsvertreter aussahen. Die wollte Ina später sprechen. In der letzten Reihe saßen Lilos Eltern, still und bescheiden, sie nickten Ina ernst zu. Ina selbst setzte sich in die vierte Reihe. Da saß sie nur kurze Zeit allein, denn Maria gesellte sich zu ihr. „Der Doktor ist noch nicht gekommen", flüsterte sie ihr zu. „Da ist bestimmt etwas passiert." Wieder wurde Ina von einer dunklen Ahnung befallen.

„Wo sind die Ex-Frau und die Kinder von Hallstein?", fragte sie Maria leise.

„Würdest du bei der Witwe", dabei deutete Maria mit dem Kinn vielsagend auf Lilo, „als abgelegte Ehefrau hier zu dieser Farce kommen?"

Ina konnte nicht mehr antworten, weil in diesem Moment der Gottesdienst begann. Der Pastor war mit zwei Messdienern eingetreten und zelebrierte die altbekannte Prozedur der katholischen Messe. Alles ist so mitreißend wie eh und je, dachte Ina ironisch, bis die Predigt kam. Mal sehen, was der Pastor über den Verstorbenen zu sagen hat.

„Liebe Trauernde, vor allem liebe Witwe, wir gedenken heute des lieben Verstorbenen Horst Hallstein, der leider viel zu früh von uns gegangen ist. Er hatte so viele Pläne, das Leben lag noch vor ihm. Gerade hatte er wieder eine neue Liebe gefunden, die ihn beflügelte. Dann raffte ihn der furchtbare und plötzliche Herztod dahin. Er hat Fehler in seinem Leben gemacht, wie jeder Mensch sie macht. Wer kann von sich behaupten, immer jeder Versuchung zu widerstehen? Seid gnädig mit ihm, wie Gott es sein wird. Denn wer von euch ohne Sünde ist, der werfe den ersten Stein!"

Ina war überrascht, der Pastor schien alles schnell hinter sich bringen zu wollen. Aber was hatte er gesagt? War das im Sinne der katholischen Kirche? Der verheiratete

Hallstein, der zwei Kinder hatte, verließ die Familie, ließ sich scheiden und heiratete eine andere Frau! Musste der Pastor das nicht verurteilen? Aber er schien das gutzuheißen, zumindest darüber hinwegzusehen. Und diese Totenfeier für einen Sünder? Das war eine Farce, wie Maria es genannt hatte. Ina wollte nachher den Pastor wenigstens kurz dazu befragen.

Etwas später war die Messe zu Ende. Alle Besucher erhoben sich und marschierten langsam Richtung Kirchentür, um dann noch einen Gang zum Grab zu machen. Danach sollte der Umtrunk im Gasthof „Zur goldenen Lampe" stattfinden.

„Du gehst doch auch mit? Das wäre nett", bemerkte Maria.

„Ja, natürlich. Ich möchte wissen, wer die schwarzen Herren sind. Aber jetzt muss ich mit dem Pastor reden. Die Predigt und das ganze Drumherum wundern mich doch."

Maria nickte. „Das stimmt. Ich warte hier auf dich."

In der Sakristei war der Pastor gerade dabei, sich seines Talars zu entledigen. „Herr Pfarrer", sagte Ina und trat auf ihn zu, „ich bin von der Polizei und hätte ein paar Fragen an Sie."

„Polizei? Was ist denn passiert? Hat es mit Herrn Hallstein zu tun? Er ist doch seit zwei Jahren tot", wunderte sich der Geistliche, der jetzt mit Unterhemd vor ihr stand. Wenigstens hatte er noch seine lange Hose an und war nicht nur mit Unterhose bekleidet. Das wäre zu viel zölibatärer Männlichkeit, lächelte Ina ironisch vor sich hin.

„Ich hätte gern gewusst, wieso Sie das hier überhaupt machen, Herr Hallstein war doch geschieden und hat eine andere Frau geheiratet, die diese Messe auch sicher bestellt hat."

Offensichtlich war dem Herrn Pfarrer diese Frage äußerst unangenehm, denn er druckste herum: „Na ja, bei mir sind alle Menschen gleich."

„Aber ich glaube, da wird Ihr Papst anderer Meinung sein. Oder etwa nicht? Wie viel hat Lilo Hallstein dafür bezahlt, dass die Messe stattfindet?"

Der Pastor musste die Frage nicht mehr beantworten, da plötzlich lautes Knallen und hysterisches Kreischen vor der Kirchentür zu hören waren. Ina befürchtete, es seien Pistolenschüsse, und stürmte hinaus, in ihrem Schlepptau der halbbekleidete Geistliche.

Glücklicherweise ging es nicht um Mord und Totschlag. Für Lilo musste es aber ähnlich schlimm sein. Sie stand mit ihrem Freund vor der Kirchentür und wurde von einer Frau und zwei halbwüchsigen Jungen mit faulen Eiern und matschigen Tomaten beworfen. Die Jungen schrien: „Du hast uns unseren Vater genommen!" Die Frau schrie: „Du hast mir meinen Mann genommen!"

Lilo hielt sich ihre Handtasche vor den Kopf und sah als Ausweg nur den Rückzug in die Kirche. Sowohl sie als auch ihr Freund waren über und über mit gelbem und rotem Schmier bedeckt. Ina, Maria und der Geistliche wichen ebenfalls hinter die Kirchentür zurück, denn das Bombardement hielt an. Unter diesen Umständen würden der Gang auf den Friedhof und das anschließende Treffen in der Kneipe wohl ausfallen. Auch Lilos Freund hatte den Schutz der Kirche aufgesucht, Lilo kreischte und giftete Ina an: „Sie sind doch von der Polizei. Nehmen Sie die fest! Das ist nicht nur eine Riesenschweinerei, sondern auch Körperverletzung."

Ina sah das ein und ging entschlossen nach draußen. Mittlerweile hatte sich die wütende Familie Hallstein zurückgezogen und es war weit und breit nichts mehr von ihr zu sehen. Ina gab Entwarnung und Lilo flüchtete samt Anhang auf schnellstem Wege und unter lautem Fluchen in das nahe gelegene Hotel.

Es war nicht daran zu denken, dass Lilo den Gang auf den Friedhof machen würde. Ob sie am Umtrunk teilnahm, war auch mehr als fraglich. Zu schmachvoll war das Geschehen gewesen. Und so schnell würde sie sich nicht von dem ganzen Schmutz befreien können. Trotzdem gingen Ina und Maria zum Friedhof. Sie brauchten nicht lange nach dem Grab zu suchen, denn als sie den Friedhof betraten, bemerkten sie einen Volksauflauf an der rechten Seite unter einem großen Nadelbaum. Sie beeilten sich, zum Grab zu kommen, dann sahen sie es: Auch der Grabstein war mit einer übel riechenden Eiermasse und Tomatenmatsche über und über beschmiert. „Da war die Familie wieder am Werk gewesen, die zurückgesetzte, vor den Kopf gestoßene Familie", stellte Maria fest.

Von der Familie war auch hier weit und breit keine Spur. „Die werde ich schon noch erwischen. Die Adresse lässt sich sicher leicht ermitteln", überlegte Ina laut. „Haben die letztes Jahr auch so eine Show abgezogen?"

Maria versuchte sich zu erinnern. „Nein. Zumindest habe ich nichts davon gehört. Ich glaube, da war das nicht an die große Glocke gehängt worden. Jetzt stand es im Pfarrblättchen."

Beide Frauen waren sich einig, dass die verlassene Familie Hallstein eine enorme Wut auf Lilo haben musste, die auch nach zwei oder mehr Jahren nicht abgenommen hatte.

Als Maria und Ina zum Restaurant „Goldene Lampe" kamen, erfuhren sie, dass der Umtrunk abgesagt worden sei. Es gab für Ina also keine Chance, die schwarz gekleideten Herren zu sprechen. Bodyguards konnten es nicht sein, sonst hätten sie sich schützend vor Lilo werfen müssen.

Etwas später fuhr Ina zu Doktor Dirksens Privatadresse. Sie schellte an seiner Seite des Doppelhauses. Doch keine Reaktion. Sie klingelte bei der anderen Familie. Hier wurde bald geöffnet. „Hallo, was wollen Sie?", fragte eine junge Mutter mit einem schreienden Baby auf dem Arm. „Doktor Dirksen, nein, der ist noch nicht aus dem Urlaub zurück. Hat mich auch gewundert, er wollte doch heute die Praxis wieder öffnen. Tut mir leid, ich kann Ihnen da auch nicht weiterhelfen", bedauerte sie. Als Ina sich verabschiedet hatte, rief die Frau ihr nach: „Jemand von Doktor Dirksens Familie hat übrigens auch nach ihm gefragt, heute Morgen."

Ina fuhr zu der Adresse der Familie Dirksen, die sie von Maria bekommen hatte. Ein schickes Anwesen, stellte Ina fest. An der Tür stand jedoch nicht der Name Dirksen, sondern ‚Beltheim'. Eine attraktive Dame, etwa Mitte vierzig, öffnete, sie hielt ein transportables Telefon ans Ohr. „Ja, Schatz, dann sehen wir uns später, ich freue mich auf unseren Abend. Die Kinder? Kein Problem, die sollen mal ihren Vater besuchen, obwohl sie gar keine Lust dazu haben. Sonst bleiben sie auch alleine zu Hause. Die freuen sich auf eine sturmfreie Bude. Tschüss, Liebster", sagte sie ins Telefon hinein. Dann drückte sie auf eine Taste und wandte sich Ina zu. „Ja, bitte! Was kann ich für Sie tun?"

Ina zeigte ihren Polizeiausweis. „Ich muss Sie zu Ihrem Mann befragen, zu Doktor Dirksen."

„Mein Exmann! Was ist mit ihm? Gott sei Dank habe ich mit ihm schon lange nichts mehr zu tun."

Ina erklärte kurz, dass Dirksen wegen dringender Aussagen zu einem Fall in Grandaria gesucht würde. Frau Beltheim forderte sie auf: „Ja, dann kommen Sie doch herein. Aber ich glaube nicht, dass ich Ihnen helfen kann." Im Salon servierte sie Getränke und erzählte: „Es war schlimm genug damals. Aber für mich wurde nach der Trennung von Dirk alles besser. Ich habe einen neuen Mann gefunden, einen viel netteren. Er war gerade am Telefon, er verwöhnt mich immer noch. Und die Kinder auch. Er hat sie adoptiert. Er liebt uns alle."

Ihre Augen hatten einen strahlenden Glanz angenommen. In diesem Moment beneidete Ina die Exfrau des Doktor Dirksen. „Ich habe Dirk an der Uni kennengelernt, er studierte Medizin, ich Psychologie. Nach dem Studium heirateten wir. Er hat sich dann in Hassfeld niedergelassen, weil er von hier stammt. Ich habe in einer psychologischen Praxis gearbeitet, ebenfalls hier in Hassfeld. Anfangs lief alles gut. Wir haben ein Haus gekauft, dann nach ein paar Jahren Zwillinge bekommen, einen Jungen und ein Mädchen, die jetzt kurz vor dem Abitur stehen." Sie nahm einen großen Schluck von ihrem Wasser.

„Frau Helle, Sie können mir glauben, als ich damals von Dirks Beziehung zu seiner jungen Arzthelferin erfahren habe, hatte ich zuerst das Gefühl, dass für mich die Welt unterging. Dirk hat zwar der jungen Frau gekündigt und wollte reumütig zurückkommen, aber ich habe sofort Schluss gemacht. Ein Hin und Her hätte ich in keinem Fall akzeptiert. Wo er jetzt ist, weiß ich nicht. Aber er hat den Kindern eine Adresse gegeben. Ich schau mal bei Lola nach, sie hat mehr Kontakt zu ihrem Vater gehalten als ihr Bruder Lovis."

Dora Beltheim begab sich in das Zimmer ihrer Tochter und kam kurze Zeit später mit einem Zettel zurück. „Hier ist der Name eines Hotels auf Grandaria mit Telefonnummer. Da müsste er sein oder zumindest gewesen sein. Ich hoffe, die Polizei findet ihn, möglichst lebend."

Ina hatte es eilig, die Informationen an die spanischen Kollegen weiterzugeben. Mit Dora Beltheim würde sie sich jedoch bald mal treffen, wahrscheinlich würden sie Maria auch mitnehmen. Es wäre nicht schlecht, ein paar nette neue Freundinnen zu haben. Zu denen aus der Jugend hatte sie durch ihre jahrelange Abwesenheit längst den Kontakt verloren, viele wohnten auch nicht mehr in Hassfeld.

6. Kapitel

Sancho lief zu Verdes Adresse. Dessen Wohnung befand sich im zweiten Stock eines alten Hauses. Sancho stand vor der Eingangstür und sah nach oben. Es schien, als ob die Gardine sich bewegte. Also war er da. Doch auf Sanchos Klingeln öffnete niemand. Er läutete bei einem Nachbarn. Die Tür wurde geöffnet. Vorsichtig betrat Sancho das Treppenhaus und schlich nach oben. Seine entsicherte Dienstwaffe hielt er in der Hand. Jetzt kam er sich wie James Bond vor. Im zweiten Stock klopfte er laut an der Tür des Gärtners, ging aber sofort in Deckung. Doch es passierte nichts. Sancho schlug mit beiden Fäusten gegen die Tür. Wieder Deckung. Aber auch diesmal geschah nichts. Jetzt versetzte er der Tür einen Tritt. Doch sie blieb geschlossen. Stattdessen öffnete sich die Nachbartür und eine mürrisch aussehende alte Frau schimpfte: „Hören Sie sofort auf mit dem Krach. Sonst rufe ich die Polizei." Dann fiel ihr Blick auf die Pistole. Sofort zog sich die Alte in ihre Wohnung zurück und schloss lautstark die Tür. Sancho nahm sein Handy und rief Pablo an: „Ich bin jetzt im Haus. Verde öffnet nicht. Soll ich das Schloss zerschießen und eindringen?"

„Nein, um Himmels Willen. Dafür gibt es keine Veranlassung. Fragen Sie noch im Haus bei den Nachbarn nach! Aber kein Risiko eingehen", ordnete Pablo an.

Plötzlich hörte Sancho Sirenen der Polizei näherkommen. Ihm fiel siedend heiß ein, dass die Alte von gegenüber die Polizei gerufen haben musste. Ihm blieb nichts anderes übrig, als die heranrückenden Polizisten von dem Missverständnis zu informieren. So konnte Sancho unter Polizeischutz im Haus Leute befragen. Jeder gab die Auskunft, dass er Verde schon lange nicht mehr gesehen habe, bestimmt drei bis vier Wochen. Abschließend musste Sancho sich eingestehen, dass der Aufwand für dieses Ergebnis doch etwas zu hoch war. Hoffentlich bekäme er deswegen keinen Ärger von seinem Chef.

Als Pablo Doktor Dirksens Hoteladresse von Ina erhalten hatte, fuhr er sofort dahin. Die deutsche Kollegin hatte geschrieben, dass der Doktor in dem Mordfall verwickelt sein könnte. Denn er habe engen Kontakt mit den Villenbewohnern. Jetzt sei er nicht mehr auffindbar.

Pablo kam zu einer ruhigen Sandbucht, wo sich das kleine zweistöckige Hotel „La Luz" befand. Das hatte seine besten Zeiten schon hinter sich, dachte er. Die Lage war nicht schlecht, doch der Strand nicht ganz weiß, sondern eher gelblich grau.

„Ja, Doktor Dirksen hat hier gewohnt. Wohnt eigentlich immer noch hier", sagte der Hotelmanager.

„Ist er denn da?", wunderte sich Pablo.

„Nein, vor zwei Tagen hätte er abreisen müssen. Bis dahin ist sein Aufenthalt bezahlt. Aber seine Sachen sind noch da. Und weil wir jetzt in der Zwischensaison noch einiges frei haben und er jedes Jahr unser Gast war, haben wir alles in dem Zimmer gelassen."

Dass es sich tatsächlich um Dirksen handelte, war ziemlich wahrscheinlich, denn er hatte sich mit seinem Namen eingetragen. Etwas später stand Pablo in dessen Zimmer, ein kleines und einfaches Doppelzimmer, das er allein benutzte. Das Bett war gemacht, alles wirkte sauber. Mit Gummihandschuhen durchsuchte Pablo Dirksens Sachen. In der Ecke stand ein Köfferchen, leer. Im Kleiderschrank hingen mehrere Polohemden, ein schwarzer Anzug, zwei lange Hosen und vier Bermudashorts auf den Bügeln, die Unterwäsche und zwei Pullover waren ordentlich gestapelt. Mindestens zehn Paar Socken nahmen ein ganzes Fach ein.

„Wann war er zuletzt hier?", fragte Pablo den Hotelmanager, der alles neugierig verfolgte.

„Das weiß ich nicht. Ich habe ihn schon lange nicht mehr gesehen. Da müssen Sie das Zimmermädchen fragen", schlug der Manager vor.

Pablo packte Dirksens Zahnbürste und Kamm in eine Plastiktüte und hinterließ im Zahnbecher einen Zettel, dass alles als Beweismaterial beschlagnahmt worden sei. In der Zwischenzeit war das Zimmermädchen Margherita herbeigerufen worden. Solange der Hotelmanager dabei war, behauptete sie: „Vor zwei Tagen war Doktor Dirksen noch da. Ich habe ihn nicht gesehen, aber ich musste das Zimmer zurechtmachen."

Pablo merkte an ihrem nervösen Verhalten, dass sie im Beisein des Hotelmanagers, der penetrant in der Nähe blieb, nicht die Wahrheit sagte.

„Sie haben doch sicher auch noch anderes zu tun. Bitte lassen Sie uns alleine reden", bat Pablo den Mann ungeduldig.

„Nein, doch, natürlich." Etwas unwillig zog der Hotelmanager ab.

„Jetzt können Sie mir die Wahrheit sagen", forderte Pablo das Zimmermädchen auf.

Das schaute sich ängstlich um. „Ich habe doch gesagt, wie es ist."

„Ich bin mir sicher, dass Sie nicht die Wahrheit gesagt haben. Vielleicht wollen Sie Ihrem Arbeitgeber etwas verschweigen? Sie müssen die Wahrheit sagen, wenigstens mir gegenüber."

Wie ertappt schlug Margherita die Augen nieder. „Ja, Sie haben Recht. Herr Dirksen war schon lange nicht mehr da. Etwa drei Wochen. Aber ich habe es meinem Chef nicht gesagt, weil ich das Zimmer abgerechnet habe."

„Abgerechnet? Sie meinen, Sie haben angegeben, dass Sie das Zimmer sauber gemacht haben? Tag für Tag? Aber in Wirklichkeit ist der Gast nicht mehr zurückgekommen. Verstehe ich das richtig?" Pablo seufzte.

„Ja, ich wusste ja nicht, dass Herr Dirksen nicht mehr kommen würde. Wir haben das jedes Jahr so gemacht. Ich habe nicht gedacht, dass es wichtig ist. Für andere, meine ich, und für die Polizei. Und ..." Margherita schien verstört. „Bitte sagen Sie es nicht meinem Chef!"

Pablo unterließ es, ihr zu sagen, wie unverantwortlich ihr Verhalten war. Sie war offenbar nicht fest angestellt, bestimmt unterbezahlt, was sollte man anders erwarten, dachte Pablo. Ihm ging durch den Kopf, dass der Tote Dirksen sein könnte. Seit drei Wochen war er nicht mehr gesehen worden. Das passte.

Pablo brachte Dirksens Zahnbürste und Kamm als neue Beweismittel zu Señor Obscuro und erfuhr von diesem die bisherigen Untersuchungsergebnisse. Den Todeszeitpunkt hatte der Gerichtsmediziner auf Grund der vorgefundenen Insektenlarven auf den einunddreißigsten Mai festgelegt, höchstens einen Tag früher oder später. Wenn Obscuro das sagte, dann stimmte es. Pablo nahm daher den einunddreißigsten Mai als exaktes Datum an. Das Opfer war durch einen Schuss von vorne in den Kopf getötet worden. Von der Tatwaffe, einer Pistole, wahrscheinlich einer halbautomatischen mit neun Millimeter Vollmantel-Rundkopfprojektil, gab es keine Spur. Alles deutete auf eine geplante Tat hin. Der Täter hatte die Pistole wieder mitgenommen, vielleicht woanders verschwinden lassen.

Anschließend fuhr Pablo nach Hause. Seine Mutter hatte darauf bestanden, dass er zum Mittagessen kam. Sie musste wieder etwas vorhaben, überlegte er. Normalerweise reichte es ihr, dass ihr Sohn pünktlich zum Abendessen nach Hause kam.

„Mama, was hast du denn? Du weißt, dass ich beschäftigt bin", polterte Pablo, als er in den Salon eintrat. Doch dann blieb er wie erstarrt stehen: Seine Mutter, eine elegante, schlanke Dame in den Siebzigern, mit frisch gefärbten lila Haaren, saß am großen Esstisch, ihr gegenüber eine recht hübsche Frau, kurze dunkelbraune Haare, lockige Frisur, Ende zwanzig, Anfang dreißig.

„Hola, mein Lieber", begrüßte ihn seine Mutter, die aufgestanden war und ihm Küsschen rechts und links auf die Wange gab. „Kennst du eigentlich noch unsere Nachbarin Carmen? Sie hat früher neben uns gewohnt."

Auch Carmen stand auf und begrüßte Pablo: „Hallo Pablo, ich kann mich noch gut erinnern. Ich habe dich damals sehr bewundert. Mein Bruder hat mich immer geärgert. Du hast mir oft geholfen."

„Das muss schon lange her sein, ich kann mich leider nicht mehr erinnern. Aber nett, dass du Mama besuchst", gab Pablo zurück.

„Ja, ihre Familie ist damals von hier weggezogen, als sie noch ein kleines Mädchen war", stellte Pablos Mutter klar.

„Ach ja, jetzt kann ich mich erinnern, dein Bruder heißt Jorge, er ist ein bisschen älter als ich."

„Genau zwei Jahre. Ihr habt immer viel Blödsinn gemacht. Und ihr habt mich fast nie mitspielen lassen, ich wurde immer weggeschickt", erzählte Carmen.

„Weil du fünf Jahre jünger bist als Pablo und sogar sieben Jahre als Jorge", erklärte Pablos Mutter.

„Kein Wunder, dass wir dich nicht mitgenommen haben", stellte Pablo fest.

„Heute sähe das sicher anders aus, nicht wahr, Pablo?", fragte seine Mutter eindringlich. Spätestens zu diesem Zeitpunkt wusste er, warum seine Mutter Carmen eingeladen hatte.

„Mama, kannst du bitte mal mit in die Küche kommen?", bat Pablo seine Mutter in genervtem Ton.

Seine Mutter folgte ihm mit gesenktem Kopf, sie wusste wohl genau, was jetzt kommen würde.

„Mama, ich habe es dir schon hundertmal gesagt: Du sollst nicht versuchen, mich zu verkuppeln! Du gehst jetzt zu Carmen und sagst, ich hätte etwas Dringendes zu erledigen. Grüß sie von mir", bestimmte Pablo, drehte sich herum und eilte mit raschen Schritten aus dem Haus.

Seine Mutter rief ihm noch hinterher: „Pablo, mein Schatz! Das kannst du doch nicht machen. Bleib doch.

Mir zuliebe!" Keine Chance, Pablo war schon in seinen Wagen gestiegen und hatte ihn bereits angelassen.

Seine Mutter entschuldigte ihren Sohn bei Carmen und beteuerte, dass er sie unter anderen Umständen gerne noch einmal treffen würde.

„Macht doch nichts. Ich wohne ja jetzt hier in der Nähe. Da wird sich schon was ergeben", beschwichtigte Carmen. Da sie in erster Linie wegen Pablos Mutter gekommen war, aß sie mit ihr zu Mittag, wobei sie ungezwungen plauderten. Nach einem Espresso verabschiedete sie sich. „Danke, liebe Frau Cuerto. Das war ein wunderbares Essen. Aber jetzt muss ich gehen, denn ich habe noch ein paar Antrittsbesuche zu machen, hier in der Nachbarschaft."

Pablos Mutter räumte den Tisch ab und das schmutzige Geschirr in die Spülmaschine ein. Dabei sprach sie laut vor sich hin, als ob sie mit Pablo redete: „So, mein lieber Sohn, dann musst du heute Abend Aufgewärmtes essen. Das hast du davon, so ein nettes Mädchen zu verschmähen. Was soll denn aus dir werden? Willst du nie heiraten? Willst du keine Kinder haben? Soll ich denn nie Enkel bekommen?"

Pablo hatte anderes zu tun, als an die Begegnung zu denken. Er musste ins Kommissariat, um sich mit den Kollegen zu besprechen. Sancho jedoch war nicht da. „Wo ist er?", fragte Pablo. „Immer wenn man ihn braucht …."

„Er wollte noch seine zehn Kilometer absolvieren und damit einige Besuche verbinden, bei Leuten, die noch befragt werden müssten", informierte ihn der Polizist Pedro.

„Immer die Extrawürste dieses Kollegen! Wo wollte er denn hin?"

„Das hat er nicht gesagt. Ich dachte, das wäre mit Ihnen abgesprochen."

„Nichts ist abgesprochen. Er macht immer etwas auf eigene Faust und das geht so nicht. Ich wollte gerade mit allen zusammen das Programm durchgehen", rief Pablo erbost.

Polizist Pedro war erschrocken über Pablos heftige Reaktion. Aber er wusste auch, dass es immer mal wieder Missverständnisse zwischen den beiden Kommissaren Pablo und Sancho gab und das lag nicht zuletzt an Sanchos Eigensinn.

7. Kapitel

Sancho war zum Goldhügel gelaufen, denn er wollte es nicht versäumt haben, die übrigen dort lebenden Familien aufzusuchen. Es waren eine englische Familie und drei deutsche. Sie wohnten nicht neben den Hallsteins, ihre Häuser befanden sich weiter im Gebirge. Sie hatten nicht den großartigen Meerblick, sondern ihre Sicht ging zu den ebenfalls reizvollen und wild zerklüfteten Bergen. Vielleicht kannten die Bewohner dieser Häuser Familie Hallstein und konnten etwas über sie sagen. Doch anscheinend handelte es sich bei allen Domizilen um Ferienhäuser. Überall klingelte Sancho vergebens.

Nachdem er einmal um den Hügel herumgelaufen war, zog es ihn zu Barbara Schmidthoff. Vielleicht konnte sie etwas über die übrigen Anwohner erzählen. Sie schien besonders kontaktfreudig zu sein.

Als er auf den Weg zu ihrer Villa einbog, sah er, wie ein rotes Ferrari-Cabrio die Auffahrt hoch und durch das geöffnete Tor fuhr. Er rannte, so schnell er konnte, hinter dem Wagen her. Doch als er oben ankam, war das Tor bereits wieder geschlossen. Auf sein Schellen hin passierte nichts. Frau Schmidthoff war eindeutig da. Warum öffnete sie nicht? Das war ausgesprochen irritierend für Sancho. Er ließ sich nicht beirren und klingelte mehrmals. Keine Reaktion. Sancho war für eine Eigenschaft bekannt: Er war zäh und mit anderen und mit sich selbst unerbittlich, wie ein Marathonläufer eben. Deshalb ließ er auch jetzt nicht locker. Ohnehin interessierten ihn

Barbara, ihre Villa und ihr Grundstück. Nun ja, sie war für ihr Alter noch recht attraktiv und sie hatte etwas Geheimnisvolles an sich. Aber sein Interesse war auch beruflicher Natur.

Da Sancho nicht in die Villa hineinkam, trieb ihn die Neugier und er wollte das riesige Anwesen wenigstens umrunden. Ringsum wuchsen hohe Büsche, so dass eine Sicht nach innen nicht möglich war. Er prüfte, ob es einen weiteren Zugang zu dem Grundstück gab. Plötzlich gab der Boden unter ihm nach und er stürzte einige Meter tief in einen alten Brunnen, der nur notdürftig mit Zweigen und Ästen abgedeckt war. Sancho war überaus erschrocken, als er sich in der Tiefe wiederfand. Er wusste gar nicht, wie er unten aufgekommen war. Oh verdammt, er war doch tatsächlich in ein Loch gefallen. Einige Meter über ihm sah er das Tageslicht. Er müsste versuchen, da hoch zu kommen. Doch in Armen und Beinen fühlte er Schmerzen, sodass er Mühe hatte aufzustehen. Glücklicherweise schien sein Kopf nicht verletzt, wie er nach kurzem Abtasten feststellen konnte. Zumindest gab es keine größeren äußeren Verletzungen. Er atmete auf. Dennoch hatte er ein Problem. Wie sollte er hier wieder herauskommen? Um Hilfe rufen? Er versuchte es, aber er konnte nur krächzen. So würde ihn niemand hören. Wo war sein Handy? Nur mit Mühe konnte er es aus seiner Jackentasche ziehen. Er drückte auf „on". Das Licht leuchtete auf. Es war also nichts defekt. Bald merkte er, dass er kein Netz hatte. Absolut, kein Netz! Das war also keine Möglichkeit. Was sollte er machen? Hochklettern? Doch die Mauern ringsum waren zu glatt. Das würde er in unverletztem Zustand vielleicht nur mit Mühe und Not schaffen, aber jetzt? Trotzdem versuchte er es. Als er sich hinstellen wollte, wurde ihm schwarz vor Augen und er sank ohnmächtig zu Boden.

8. Kapitel

In Hassfeld machte sich Ina zu Familie Hallstein auf. Sie wohnte am Stadtrand in einer wenig ansehnlichen Siedlung mit Mehrfamilienhäusern. An den Wänden wucherten wildes Farbgeschmiere und ungekonnte Graffitis. Die Wohnlage war insgesamt alles andere als angenehm. Kein Wunder, dass die Familie sauer war, hier wohnen zu müssen. Sie musste Wut empfinden: auf Lilo und auf Hallstein, wenn er noch leben würde.

Ina musste lange klingeln, bis endlich der Türöffner betätigt wurde. Es gab keinen Aufzug, so dass sie bis zum dritten Stock zu Fuß gehen musste.

Das Treppenhaus sah alt und ärmlich aus, war aber sauber, frisch geputzt, so dass es intensiv nach einem Reiniger roch.

Vor der Tür der Familie Hallstein standen fein säuberlich aufgereiht mehrere Paare Joggingschuhe. Dann öffnete sich die Tür und ein etwa fünfzehnjähriger, ernst aussehender Junge stand vor Ina. „Wenn Sie von der Polizei sind, meine Mutter ist nicht da." Er wollte die Tür hastig wieder schließen, Ina stellte schnell ihren Fuß dazwischen. „Entschuldigung, ich will euch nichts Böses. Ich kann euch gut verstehen. Aber trotzdem muss ich kurz mit deiner Mutter sprechen. Sie will bestimmt nicht zur Polizeidienststelle kommen müssen?"

Der Junge öffnete laut seufzend die Tür, Ina trat ein. Von innen rief eine weibliche Stimme: „Jonas, was ist los? Du solltest doch niemandem aufmachen." Jonas führte Ina ins Wohnzimmer und erklärte seiner Mutter:

„Mama, es ist eine Frau von der Polizei. Ich musste sie reinlassen."

Auf dem abgewetzten gelblichen Sofa saß die Mutter, sie hatte kurze graue Haare und trug ein unförmiges, sackartiges Kleid. Neben ihr saß der jüngere Hallstein-Sohn, er war etwa zwölf Jahre alt und wirkte ebenso ernst wie sein Bruder. Sie schauten Ina schuldbewusst, aber auch trotzig an.

Unfreundlich fragte Frau Hallstein: „Wollen Sie uns festnehmen? Tun Sie sich keinen Zwang an. Wir geben zu, die Schweinerei veranstaltet zu haben."

„Nein, ich möchte Sie nicht festnehmen. Es gibt auch keine Anzeige gegen Sie. Ich brauche nur ein paar Informationen." Ina blieb mitten im Raum stehen, weil niemand ihr einen Platz anbot.

„Was denn?", fragte Frau Hallstein mit depressiver Stimme. Sie tat Ina leid. Ina erfuhr, dass Herr Hallstein seine Familie schnöde im Stich gelassen hatte, nachdem er Lilo kennengelernt hatte und sie bei ihm arbeitete. Nichts hatte geholfen, kein gutes Zureden, keine Drohungen, kein Bitten, kein Betteln. Er hatte sich die junge Frau als zukünftige Gefährtin auserkoren, die „alte" wurde quasi auf den Müll geworfen, selbst die Söhne bedeuteten ihm nichts mehr. Bei der Scheidung bekam sie nur eine lächerliche Summe und nur den geringstmöglichen Unterhalt für die Jungen. „Offensichtlich hat Hallstein bereits vorher alles zur Seite geschafft. Die Firma meldete Insolvenz an. Einige Jahre später starb er dann, unerwartet, wie aus heiterem Himmel, angeblich an einem Herzinfarkt, vorher war er niemals krank gewesen. Die Kinder durften ihren toten Vater nicht einmal mehr sehen. Das war sehr verdächtig gewesen. Alles ging so schnell. Sehr verdächtig", mutmaßte Frau Hallstein. „Außerdem", fuhr sie fort, „hat Hallstein bestimmt, dass seine Söhne nach vollendetem Abitur eine festgelegte, hohe Summe erhalten, damit sie sorglos studieren können. Ob das wirklich stimmt, weiß natürlich niemand. Ich glaube gar nicht, dass er überhaupt so viel Geld beiseitegelegt hat." Frau Hallsteins Stimme spiegelte ihre Skepsis wider. „Auf jeden Fall müsst ihr Abitur machen, um das herauszufinden", sagte sie zu ihren Söhnen gewandt.

Die Jungen nickten eifrig.

„Wir sind uns sicher, dass mit seinem Tod etwas nicht stimmt", beteuerte die ehemalige Frau Hallstein. Die Söhne nickten heftig.

Erstaunt sah Ina die Frau an. „Was meinen Sie?"

„Er ist nicht tot. Die beiden, Lilo und Horst, haben nur Theater gespielt, um an noch mehr Geld zu kommen. Ich weiß, dass nach Horsts angeblichem Tod eine hohe Versicherungssumme an Lilo ausgezahlt wurde."

„Wie können Sie das wissen?", fragte Ina zweifelnd.

„Nach seinem Tod kamen Herren von der Versicherung zu uns, um zu erfahren, ob wir einen Versicherungsbetrug für möglich hielten. Wir haben es nicht ausgeschlossen!" Frau Hallsteins Stimme klang fest und bestimmt.

„Aha, das könnte heißen, dass er noch mindestens zwei Jahre munter auf Grandaria gelebt hat", schlussfolgerte Ina.

„Gelebt hat?", sagte Frau Hallstein verwundert. „Lebt! Er lebt noch, der Schuft. Am liebsten würden wir in geballter Formation nach Grandaria fliegen und ihn eigenhändig umbringen." Die Kinder protestierten. „Na gut, ihm die Hölle heiß machen", verbesserte sich Frau Hallstein.

„Wie kommen Sie denn darauf, dass er seinen Tod nur vorgetäuscht haben könnte?", erkundigte sich Ina.

„Wie gesagt, er war erstens nie krank, zweitens hat er ein durchdachtes Testament für die Jungen hinterlassen, als ob er damit rechnete, ihr Abitur nicht zu erleben, und drittens war sein Arzt sein bester Freund Doktor Dirksen, der bestimmt alles gedreht hat, wie Horst es wollte und dass die Versicherung es glauben musste. Das riecht alles verdammt nach Betrug!"

„Ich glaube nicht, dass es Beweise dafür gibt. Und wer ist dann statt Hallstein verbrannt worden?", wandte Ina ein.

„Das haben wir uns auch überlegt. Das hat auch der Dirksen gedreht. Wahrscheinlich ist irgend so ein Penner bei ihm in der Praxis gestorben. Nach so einem würde doch kein Hahn mehr krähen. Jeder hier im Ort weiß, dass er dieses Gesindel kostenlos behandelt." Davon schien Frau Hallstein fest überzeugt.

Lebte Hallstein noch? Seltsamer Gedanke. Ina würde Familie Hallstein nicht sagen, dass Horst Hallstein mittlerweile wirklich tot sein könnte. Denn auch er könnte der Tote in Lilos Garten auf Grandaria sein. Die Sache wurde immer mysteriöser. Alles war hochspekulativ, aber könnte an dieser Idee doch etwas sein? War es wieder unprofessionell, eine solche Möglichkeit in Betracht zu ziehen?

Ina bat die Jungen darum, sich für einen DNA-Test zur Verfügung zu stellen. Sie würde später jemanden vorbeischicken, der die Proben nahm. Die Familie war über diese Bitte erstaunt, stimmte aber zu.

Als Ina die Treppe nach unten ging, war ihr klar, was sie machen müsste: Sie würde so schnell wie möglich nach Grandaria fliegen und die DNA-Proben der Dirksen- und der Hallstein-Kinder mitnehmen. Dazu musste sie allerdings ihren Chef Doktor Schulz noch überreden. Ihm war doch sicher daran gelegen, den Fall so schnell wie möglich aufzuklären, in den auch Hassfelder Bürger verwickelt waren. Bei diesem Ehrgeiz könnte Ina ihn packen! Kaum hatte sie den Gedanken zu Ende gedacht, klingelte ihr Handy.

Es war ihr Chef. War das Telepathie? Zunächst musste sie sich seinen Ärger darüber anhören, dass sie nichts dafür getan hatte, den Fall der Unfallflucht aufzuklären. Sie habe nicht einmal den Angefahrenen befragt! Ina fiel es heiß ein, dass sie den Betrunkenen völlig vergessen hatte. Schuldbewusst erklärte sie ihrem Chef, dass sie sich sofort darum kümmern würde. Von dem Mordfall auf Grandaria sagte Doktor Schulz kein Wort. Daher unterließ Ina es für den Moment, ihn um Erlaubnis für eine Reise nach Grandaria zu fragen.

Es war wirklich an der Zeit, dass sie endlich den Verunglückten besuchte. Solche Termine mochte Ina gar nicht, am liebsten hätte sie sich davor gedrückt. Was sollte dabei auch schon herauskommen? Der als Obdachloser bekannte Mann war betrunken auf der Straße herum getorkelt und von einem Auto erfasst worden. Der Fahrer hatte vielleicht gar nicht bemerkt, dass er einen Menschen angefahren hatte. Zudem war es stockdunkel gewesen, mitten in der Nacht, etwa zwei Uhr. Vielleicht war nur ein leichter Stoß zu bemerken gewesen. Zumal der Obdachlose nur leicht verletzt worden war.

Ina kam zur Zeit des Nachmittagskaffees in der Klinik an. Der Mann, etwa fünfundvierzig Jahre alt, lustige, rotblonde Kringellöckchen, ließ es sich bei Kaffee und Kuchen gut gehen und lächelte Ina an. Die rötliche Gesichtsfarbe war das einzige Anzeichen dafür, dass es sich bei dem Mann um einen Menschen handelte, der gerne dem Alkohol zusprach. Ansonsten wirkte er in seinem weißen Krankenhaushemd und in der sauberen Bettwäsche ausgesprochen gepflegt.

„Guten Tag, Sie sind also Edmond Hilger." Den Namen las sie von der Tafel am Fußende des Bettes ab. „Ich bin Ina Heller von der Polizei in Dannstein. Wie geht es Ihnen?"

„Nicht so formell. Ich bin ein einfacher Mann, mir wäre es lieber, wenn Sie ‚du‘ zu mir sagen", bat der Mann. „Ich finde es so künstlich, wenn man mich siezt. Mir geht es gut, danke für die Nachfrage. Aber es wäre noch schöner, wenn ich wieder wie ein Reh herumspringen könnte."

„Naja, wie ein Reh waren Sie wohl nicht unterwegs, als Sie angefahren wurden. Genießen Sie doch die Tage in einem sauberen Bett", schlug Ina vor.

„Auch Rehe werden leider manchmal angefahren. Aber ich gebe zu, die haben dann nicht ganz so viel Alkohol im Blut", sagte er und lachte.

„Wie ist das passiert? Was wissen Sie noch?", fragte Ina.

„Ich weiß, dass ich ganz spät …, ganz früh", verbesserte er sich lachend, „aus der Kneipe in Lehmbach weg bin. Da ich voll war, bin ich nicht mit meinem Ferrari gefahren, den ich nicht habe. Also zu Fuß. Die grobe Richtung kannte ich noch, immer bergauf nach Hohenlehmbach, dann weiter nach Hassfeld. Bitte, sagen Sie doch ‚du' zu mir", wiederholte er. Ina überlegte, ob man ihr in diesem Fall wieder Unprofessionalität vorwerfen könne, ach egal.

„Aber warum sind Sie, bist du überhaupt losmarschiert?", fragte Ina. „Ich denke, du bist überall zu Hause. Der Sternenhimmel ist dein Betttuch."

„Haha, schön gesagt, ich weiß selbst nicht, aber in Hassfeld schläft es sich besser. Ich hab da so eine schöne Bank hinter einem Busch in der Nähe eines Spielplatzes. Meine Bank, auf der ich schlafe. Meine Heimat sozusagen. Es ist ein gutes Gefühl, dort aufzuwachen. Da bin ich morgens lange ungestört. Im Sommer treib ich mich meistens da herum. Im Herbst bin ich wie ein Zugvogel, dann wandere ich in den Süden. Südspanien oder Portugal stehen auf meinem Programm. Ich stehe dann an der Autobahn und lasse mich von Lkw-Fahrern mitnehmen."

„Spanien?" Ina war hellhörig geworden. „Warst du denn auch schon mal auf Grandaria?"

„Ach, die Insel, wo es auch im Winter ziemlich warm ist. Nein, aber Dirksen hat mir davon erzählt. Er meinte, ich könnte auf Dauer da leben. Aber da ist es mir zu heiß im Sommer. Ich habe dankend abgelehnt. Natürlich könnte ich am Strand liegen und mir die Sonne auf den Pelz scheinen lassen, aber mir fehlt dann meine Lieblingsbank. Wahrscheinlich könnte ich da mehr für meinen Lebensunterhalt tun, da sind Touristen, die sich gerne am Abend was vorsingen lassen, da brauchte ich nur meinen Hut hinzustellen. Ich bin ausgebildeter Operntenor", fügte er verschämt hinzu, „leider ein bisschen heruntergekommen. Ohne Engagement. Ab und zu gebe ich mal in der Kneipe ein paar Arien zum Besten."

„Oho, ein Tenor! Ich liebe Opern", bekundete Ina anerkennend. „Aber hier auf dem Lande kommt man eigentlich nie in den Genuss einer Aufführung. Vielleicht willst du mal im Saal ‚Zur goldenen Lampe' in Hassfeld vor Publikum singen, ‚Gesang bei Speis und Trank' sozusagen? Oder auf Beerdigungen?"

Ina musste an die traurige Messe für den verstorbenen Hallstein denken.

„Im Moment nicht. Keine Verpflichtungen! Ich fühle mich noch nicht auf dem Damm. Und das hat nicht nur mit dem Unfall zu tun. Auch vorher ging es mir nicht ganz so gut. Ich warte drauf, dass Dirksen zurückkommt. Er hat mich immer kostenlos behandelt, auch die anderen Kumpel übrigens, die extra deswegen nach Hassfeld kommen. Er ist immer nett zu uns, schickt uns nicht einfach weg, sondern gibt uns einen Termin nach der normalen Sprechstunde. Doktor Dirksen hat mich von Kopf bis Fuß ganz durchgecheckt, EKG, Blutdruck sowieso, Blutuntersuchung. Tabletten bekomme ich umsonst von ihm. Manchmal musste ich für meinen Geschmack ein bisschen viel davon schlucken. Ich halte nicht so viel von Tabletten, aber Dirksen meinte, sie wären nötig. Also habe ich sie ihm zuliebe genommen."

Ina war beeindruckt. Es war also doch nicht so sinnlos, den Obdachlosen zu befragen. Übrigens, ein interessanter

Mann! Immerhin ergaben sich Spuren zu Doktor Dirksen und seinen Aktivitäten in Hassfeld. Ina hatte erfahren, dass Dirksen Obdachlose kostenlos behandelte. Er gab ihnen nach seinem Belieben Medikamente. Könnte es also doch stimmen, was Familie Hallstein vermutete, dass Hallstein noch lebte? Dann müsste jemand an seiner Stelle gestorben und verbrannt worden sein. Hatte Dirksen einen toten Penner für Hallstein ausgegeben? Einen Obdachlosen vermisste kaum einer! Da hatte Frau Hallstein Recht. Hatte Dirksen sich einen herzkranken Obdachlosen genommen, der dann auch prompt bei ihm in der Praxis gestorben war? Hatte er vielleicht sogar ein bisschen nachgeholfen, indem er Tabletten verabreichte, die erst zu Herzproblemen und dann zum Herzstillstand führten? Ina musste sich eingestehen, dass ihre Fantasie schon wieder mit ihr durchging, dennoch fragte sie: „Edmond, ist vielleicht einer deiner Kumpel, der auch bei Dirksen in Behandlung war, vor ungefähr zwei Jahren gestorben oder verschwunden?"

„Naja, der eine oder andere wandert ab oder stirbt im kalten Winter. Aber ja, wo Sie es sagen, Mattes ist verschwunden, er war ein guter Typ. Dirksen hat gesagt, dass er nach Grandaria abgedüst ist. Vielleicht hat Dirksen ihm das bezahlt. Da Penner keine Ansichtskarten schreiben und auch keine bekommen, habe ich nie wieder was von ihm gehört. Dirksen sagt, es geht ihm gut, er hat noch Kontakt zu ihm."

„Also Mattes heißt er. Weißt du noch mehr über ihn?"

Nachdenklich schüttelte Edmond den Kopf. „Ich weiß nur, dass er ursprünglich aus Hamburg stammt, dort Hausmeister war, ist aber schiefgegangen. Seine Frau ließ sich scheiden, wollte eine Menge Unterhalt, konnte er nicht, wollte er nicht. Aus. Ende. Hat auch sehr darunter gelitten. Aber jetzt scheint es ihm besser zu gehen. Sagt Dirksen."

„Danke, du hast mir viel Interessantes erzählt. Jetzt zurück zu deinem Unfall. Was kannst du noch darüber sagen?" Ina durfte das eigentliche Anliegen nicht aus den Augen verlieren.

„Ehrlich gesagt, ich glaub, ich war zu voll. Erst hat es einen Ruck gegeben, dann kamen die Schmerzen, dann lag ich auf dem Boden. Ich hab nur was Rotes gesehen, vielleicht die Farbe des Autos, vielleicht aber nur die Rücklichter. Kann da leider nicht viel helfen. Aufgewacht bin ich erst wieder mittags im Krankenhaus. Wie du siehst, bandagiert und mit einem dicken Kopf. Die haben mich mit Schmerzmitteln vollgestopft. In der Nacht hat man noch eine Röntgenaufnahme von meinem Kopf gemacht, ob da was kaputt gegangen ist. Aber Gott sei Dank nicht, habe halt einen dicken Schädel. Ich bleib noch ein paar Tage auf Staatskosten hier, dann wird auch Dirksen wieder zurück sein, der kann mich weiterbehandeln."

Da war sich Ina nicht so sicher, sagte aber nichts.

Hilger schlug vor: „Wenn ich wieder auf dem Damm bin, können wir ein Programm für ‚Gesang bei Speis und Trank' zusammenstellen. Ich bin auf Bank Nummer sieben in Hassfeld zu finden." Er lachte.

Edmond sank erschöpft in sein Kissen. „So gesund bin ich doch noch nicht. Es wird Zeit, dass Dirksen zurückkommt. Wenn es ganz schlimm wird, muss ich mich noch hier im Krankenhaus behandeln lassen.

Nicht mein Kopf, mein Herz hat manchmal ein paar Aussetzer! Mir fehlen Dirksens Pillchen!"

Ina beruhigte ihn, dass Dirksen sicher bald wieder da wäre. Sie bedankte sich bei Edmond Hilger und ging mit dem Gefühl davon, dass dieser Besuch sich gelohnt hatte. In der Akte notierte sie: *„Flüchtiger Fahrer bei Unfallflucht nicht zu ermitteln. Der Geschädigte kann sich an nichts erinnern. Die erlittenen Verletzungen sind nicht lebensgefährlich."*

9. Kapitel

Es war für Ina an der Zeit, ihre Nichte vom kleinen Busbahnhof in Hassfeld abzuholen. Gerade, als Ina sozusagen mit brennenden Reifen vor dem Bahnhofsgebäude ankam, trat Tessa vor das Bahnhofsgebäude.

„Huch", begrüßte Tessa ihre Tante. „Ganz so hastig hätte es nicht sein müssen. Aber ich freue mich, dass du es geschafft hast."

Voller Freude umarmten sich beide Frauen. Sie waren fast wie Schwestern zueinander. Besonders intensiv wurde das Verhältnis, nachdem Tessas Mutter ihren Mann, Inas Bruder, und die damals zwölfjährige Tochter verlassen hatte, um einem anderen Mann in dessen Heimatland Albanien zu folgen. Aber das hatte man erst Jahre später erfahren, zunächst war sie spurlos verschwunden. Ina hatte Mitleid mit Tessa gehabt und kümmerte sich oft um sie, tröstete sie, ließ sie zu sich kommen, begleitete sie manchmal zur Schule oder zu Veranstaltungen, brachte sie zu Freundinnen und machte ihr Essen. Tessa hatte öfter auch bei ihr übernachtet.

Diesmal konnte Tessa bis zum nächsten Morgen bei Ina bleiben, anschließend wollte sie Verwandte im Nachbarort Lederbach besuchen.

„Leider kann ich dich nicht in mein Haus mit Garten einladen. Du weißt, ich habe mich von Benno getrennt, zumindest für einige Zeit. Ein halbes Jahr haben wir vereinbart. Ich kann mir nicht vorstellen, dass sich meine Einstellung zu ihm ändert. Wenn du mich fragst, er geht mir gewaltig auf den Keks. Er tut jetzt so, als ob ihm immer viel an den Hunden gelegen hätte und er sie unbedingt jede Woche mehrere Stunden sehen muss", brachte Ina ihre Nichte auf den neuesten Stand.

Tessa lachte. „Ja, das ist seltsam. Ich kann mich auch noch daran erinnern, wie er immer über die beiden geschimpft hat: ,Die sind schmutzig, taugen zu nichts, haben keinen Sinn und Zweck, machen nur Dreck'."

„Gut, dann lass uns kurz zu den Dreckspatzen fahren, die müssen noch dringend raus, bevor wir uns anderen Dingen widmen können. Leider bin ich vorher nicht dazu gekommen. Ich will sie ja auch nicht im Auto lassen, wenn ich zum Dienst muss. Vielleicht sollte ich meinen Chef, Doktor Schulz, fragen, ob ich sie mit ins Büro bringen kann. So quasi als Polizeihunde!"

„Aber das hält dein Chef bestimmt wieder für unprofessionell", vermutete Tessa und lachte. „Aber du hast recht: Die stören wirklich nicht. Vielleicht können sie dir bei der Spurensuche sogar helfen!"

Jetzt lachte auch Ina. Sie waren mittlerweile bei Inas neuem Zuhause angekommen. Auch diesmal kamen die Hunde schwanzwedelnd auf sie losgerannt und Tessa wurde freudig begrüßt, indem sie an ihr hochsprangen. „Aus! Pfui! Nicht springen!", befahl Ina.

„Ach, lass nur. Ich freue mich doch auch, dass ich sie sehe", beschwichtigte Tessa. Sie brachte ihre Sachen ins Wohnzimmer, wo ein Sofa für sie ausgeklappt werden konnte. Etwas später spazierten Ina und Tessa an der Wiese entlang und unterhielten sich, während Chica und Mio über den Rasen tobten. Was für eine Lebensfreude! Man müsste etwas von ihnen lernen und übernehmen können. „Gehen wir doch zum Essen ins Restaurant des Hotels

Dorian, das ist recht nett und auch ganz gut. Ich lade dich natürlich ein", schlug Ina vor. „Eventuell kannst du da auch deine frühere Schulfreundin Lilo Sommer sehen." Tessa schien nicht besonders erfreut. „Lilo? Ach, die gibt es auch noch? Ich glaube nicht, dass ich Lust auf Lilo habe. Aber essen gerne! Ich habe einen Bärenhunger!" Nachdem sie die Hunde schweren Herzens wieder nach Hause gebracht hatten, fuhren sie zum Hotel Dorian.

Im Restaurant waren nur wenige Tische besetzt. Da die Außentemperaturen mild waren, hatte Ina einen Tisch auf der Terrasse reserviert. Als es kühler wurde, legten sie sich Decken auf die Beine, die für diesen Zweck vom aufmerksamen Personal gebracht wurden. So konnten sie einige Zeit aushalten. Etwas später gingen sie doch nach drinnen, denn es wurde zu kühl. Gerade in diesem Moment kamen auch Lilo und Max zum Abendessen. Lilo trug einen dunkelblauen, glänzenden Catsuit, als ob sie in die Disco wollte. Er lag so eng an wie eine zweite Haut und bedeckte ihren Körper vom Hals bis zu den Füßen. Ihr Dekolleté war ausgesprochen offenherzig.

„Ich bezweifle, dass das die richtige Kleidung für einen solch provinziellen Ort ist. Das ist typisch Lilo." Das war Tessas Meinung.

„Du hättest sie heute Mittag sehen müssen. Sie und ihr Freund waren total beschmutzt." Ina erzählte Tessa die Geschichte des Tomaten- und Eierüberfalls. Auf Tessas Gesicht breitete sich ein schadenfrohes Lächeln aus. „Ja, Lilo hat es immer schon verstanden, die Leute gegen sich aufzubringen. Doch die Männer waren meist auf ihrer

Seite, wenn es nicht gerade ihre Lehrer waren, die von ihr geplagt wurden."

Lilo war auf Ina und Tessa aufmerksam geworden, sie machte einen Schlenker und kam mit Max auf deren Tisch zu. „Guten Abend, Frau Helle und Tess. Dass man dich auch noch mal sieht", wandte sie sich an Tessa. „Was machst du denn so?"

Die erklärte kurz, dass sie Medizin studiert habe und seit zwei Monaten als Assistenzärztin in Heidelberg arbeite.

„Ach, du Ärmste", bedauerte Lilo sie. „Dann musst du ja richtig arbeiten. Schau mich an", fügte sie hinzu. „Ich habe reich geheiratet und trotzdem einen jungen Liebhaber!" Hoch erhobenen Hauptes stolzierte sie mit Max im Schlepptau zu ihrem Platz.

„Puh, was war das denn?", entrüstete sich Ina. „Wie ist die denn drauf?"

„So war die immer schon, manchmal konnte sie ganz nett sein, aber ohne sichtbaren Grund war sie ein anderes Mal so giftig und unverschämt wie eben. Bei den Mädchen war sie deshalb im Allgemeinen nicht beliebt. Anfangs haben viele sie zwar wegen ihrer Frechheit bewundert und Kontakt mit ihr gesucht, aber irgendwann richtete Lilo ihre Aggression gegen ihre Freundinnen", erklärte Tessa.

„Ein nettes Früchtchen", resümierte Ina. Leise informierte sie Tessa darüber, dass im Garten von Lilos Villa eine Leiche gefunden worden war, und von dem Verdacht, dass Hallstein noch leben könnte. Sie erzählte auch, dass Dirksen geholfen haben könnte, einen Versicherungsbetrug zu begehen, dass in diesem Fall ein anderer Mann statt Hallstein eingeäschert worden sein musste. Ungläubig schüttelte Tessa den Kopf. „Ina, es gibt allerhand. Aber so was? Das scheint mir zu weit hergeholt. Hast du Doktor Dirksen dazu befragt? Das traue ich ihm nicht zu. Du weißt, ich kenne ihn auch."

„Nein, Doktor Dirksen ist noch nicht aus dem Urlaub zurück. Heute wollte er seine Praxis wieder öffnen. Doch er ist nicht gekommen. Keiner weiß, wo er ist", erklärte Ina.

„Da muss etwas passiert sein. Vielleicht hat Lilo sowohl ihren Mann als auch Doktor Dirksen umgebracht. Das ist das, was ich von ihr halte." Tessa war ganz aufgebracht.

Seufzend gestand Ina sich insgeheim ein, dass ihre Überlegungen wirklich wahnwitzig und ziemlich unrealistisch klangen. Aber war Lilo ein Mord zuzutrauen?

Bevor sie nach Hause fuhren, steuerten Ina und Tessa auf den Tisch von Lilo und Max zu, die gerade beim Dessert waren und dabei heftig turtelten.

„Übrigens, Lilo! Ich möchte Ihre Idylle nicht stören, aber ich muss Sie bitten, lückenlos zu belegen, wo Sie sich seit Ihrer Ankunft in Frankfurt aufgehalten haben, mit genauer Adresse und Telefonnummer! Spätestens morgen Mittag will ich die Liste auf meinem Schreibtisch in der Polizeidienststelle haben. Hier sind meine E-Mailadresse und Faxnummer."

Damit reichte Ina der indigniert blickenden Lilo eine Visitenkarte. „Sie brauchen also nicht persönlich vorbeizukommen. Falls Sie das aus irgendwelchen Gründen nicht schaffen", dabei warf Ina einen Seitenblick auf Max, „muss ich Sie leider zur Dienststelle nach Dannstein kommen lassen, unter Umständen mit Polizeigewalt."

Lilo fauchte sie wütend an: „Was soll das? Sehen Sie nicht, dass wir essen? Außerdem habe ich mein Alibi schon nachgewiesen. Sie haben doch mein Flugticket."

„Noch was!" Ina ließ nicht locker. „Jemand behauptet, dass Sie die Lebensversicherung kassiert haben, obwohl Ihr Mann noch lebt."

Lilo schien die Fassung zu verlieren, hatte sich jedoch schnell wieder gefangen. „Wer sagt so was? Bestimmt die alte Hexe Hallstein. Sie glauben das doch nicht. Oder? Wie kann eine vernünftige Frau wie Sie eine solch abartige Fantasie haben?"

Ina entgegnete bestimmt:„Noch eine letzte Frage: Wer ist der Tote in Ihrem Garten in Grandaria? Doktor Dirksen, weil er zu viel wusste und Sie erpresst hat?"

„Doktor Dirksen? Wieso Dirksen? Was ist mit ihm? Der Wein ist Ihnen wohl zu Kopf gestiegen. Ich kann Ihnen sagen, wer da ermordet wurde: der Nikolaus, weil er zu viele Märchen erzählt und zu viele dumme Fragen gestellt hat", höhnte Lilo. „Und jetzt hauen Sie ab, ich muss ja schließlich die Liste schreiben."

Ina und Tessa ließen die vor Wut schäumende Lilo mit ihrem Max allein. Anerkennend bemerkte Tessa auf dem Weg zum Auto: „Das hast du gut gemacht, Ina. Jetzt schmort sie in ihrem eigenen Saft. Der Aufenthalt hier ist ihr bestimmt verdorben." Kopfschüttelnd fügte sie hinzu: „So richtig professionell war das nicht."

Sie lachten.

Mit den Hunden machten Ina und Tessa einen kurzen Abendspaziergang, anschließend saßen sie noch eine Weile zusammen, um zu plaudern. Die aufgebrachte Lilo war, ob sie wollten oder nicht, immer noch Thema Nummer eins. Tessa erzählte von der gemeinsamen Schulzeit mit Lilo. Dabei erinnerte sich Tessa an Lilos Freund aus Kindertagen.

„Ich frage mich", dachte Tessa laut nach, „was aus Rico geworden ist. Du weißt, Lilos und mein Schulkamerad. Er war immer wie ein Schatten hinter Lilo her. Eine Zeit lang trieb sie sich mit ihm herum. Dann ließ sie ihn fallen, weil sie einen anderen hatte. Wenn der weg war, war Rico wieder an der Reihe. So ging das hin und her. Irgendwann ist er nach Spanien zurückgegangen, wo seine Eltern herstammten."

„Spanien? Etwa Grandaria?"

„Ja, genau! Das war es: Grandaria!", bestätigte Tessa.

„Seltsam", wunderte sich Ina. „Das kann doch kein Zufall sein!"

10. Kapitel

Nach einem ausgedehnten Spaziergang mit den Hunden und einem reichlichen Frühstück fuhr Ina ihre Nichte am nächsten Morgen nach Lederbach, wo sie von den Verwandten ihrer Mutter Elena bereits erwartet wurde. Elena hatte sich auch in den letzten Jahren wenig um ihre Tochter gekümmert, mittlerweile hatte sie wieder geheiratet, allerdings nicht den Albaner, für den sie ihre Familie damals verlassen hatte. Jetzt lebte sie in Norddeutschland, weit genug von ihrem Exmann und ihrer übrigen Familie entfernt, mit denen sie wegen ihrer früheren Eskapaden nicht mehr auf gutem Fuße stand. Mit ihrer Tochter hatte sie nur sporadisch Kontakt.

In der Polizeidienststelle öffnete Ina die E-Mails, von Lilo war tatsächlich eine ausführliche Liste ihrer Übernachtungsaufenthalte seit dem einunddreißigsten Mai gekommen. Zehn Tage hatte sie mit Max angeblich in seinem Ferienhaus im Taunus verbracht, acht Tage in seiner Wohnung in Frankfurt. Angegeben waren auch einige Personen, die Lilo und Max eventuell gesehen hatten. Wenn es nötig würde, müsste Ina sich später näher damit beschäftigen. Immerhin war Lilo aufgeschreckt worden. Und ein bisschen hatte Ina ihr unverschämtes Verhalten gegenüber Tessa heimgezahlt. Ina, wie professionell!

Jetzt hatte Ina noch die Aufgabe, ihren Chef vom Stand der Ermittlungen in Kenntnis zu setzen. Wieder stand sie mit nervösem Herzklopfen vor seiner Bürotür, klopfte, öffnete vorsichtig und fragte: „Guten Morgen, Herr Doktor Schulz, darf ich eintreten?"

Er sah nur kurz auf und vertiefte sich wieder in einer Akte. Er machte lediglich eine Handbewegung, die bedeutete, dass sie sich setzen solle. Erst einige Minuten später streifte sie sein Blick. Es schien ihr, als ob er durch sie hindurchschaute, Ina wurde unbehaglich zu Mute.

„Frau Helle", begann er und sie spürte, dass nichts Gutes kommen würde. „Ich habe hier auf meinem Schreibtisch einen Brief von der Versicherung Securita. Sie schreibt, dass der Verdacht besteht, dass Horst Hallstein und seine Frau Lilo Versicherungsbetrug begangen haben. Herr Hallstein lebt angeblich noch. Die Polizei soll darüber Bescheid wissen, wird behauptet, hat allerdings nichts gegen die Betrüger unternommen. Was sagen Sie dazu? Wussten Sie davon?"

Ina hatte alle Mühe, den Fall so darzustellen, wie sie ihn sah: „Erst gestern wurde mir der Verdacht von der früheren Frau Hallstein nahegebracht, dass Herr Hallstein noch leben könnte. Daher spricht sie von einem Versicherungsbetrug. Sie hat allen Grund dazu, der neuen Frau Hallstein jedes Übel an den Hals zu wünschen. Ich verstehe nur nicht, warum die Versicherung sich nicht früher gemeldet hat. Hallstein ist seit zwei Jahren tot. Doktor Dirksen aus Hassfeld soll den Totenschein ausgestellt haben. Tatsache ist, dass damals jemand eingeäschert wurde, der Hallstein war oder für Hallstein ausgegeben wurde. Aber wir können Doktor Dirksen nicht befragen, weil er auf Grandaria war und bisher spurlos verschwunden ist."

Jetzt war auch Doktor Schulz überfordert. „Heißt das, dass die Leiche auf Grandaria Hallstein oder Doktor Dirksen sein könnte?"

„Das wäre möglich. Oder keiner von beiden. Der Tote ist noch nicht identifiziert."

„Dann schlage ich vor, dass Sie sich auf den Weg nach Grandaria machen und sich an Ort und Stelle umsehen. Und nehmen Sie etwas mit, womit die Leiche entweder als Doktor Dirksen oder Hallstein identifiziert oder ausgeschlossen werden kann. Und setzen Sie sich vorher mit der Versicherung in Verbindung! Aber denken Sie daran: Professionalität", seufzte er wie schwer geprüft.

Den tadelnden Unterton überhörte Ina. Für sie war nur wichtig, dass ihr Chef vorschlug, was sie sich schon die ganze Zeit überlegt hatte. Der Flug nach Grandaria! War das Telepathie?

„Und vergessen Sie den Fall der Fahrerflucht! Das hat Zeit, der Mensch hat ja überlebt", schlug der Chef vor.

„Bei dem Unfallopfer war ich gestern schon. Er hat mir von einem Obdachlosen erzählt, der vor zwei Jahren bei Doktor Dirksen kostenlos behandelt wurde, dann aber spurlos verschwunden ist, angeblich nach Grandaria. Er könnte der Mann sein, der anstelle von Hallstein eingeäschert wurde. Falls an dieser Geschichte etwas dran sein sollte", fügte sie vorsichtig hinzu.

„Noch ein Grund mehr, sich persönlich in Grandaria umzusehen", schloss Inas Chef. „Sie fliegen morgen ab Köln/Bonn, so früh wie möglich. Und machen Sie sich keine Sorgen." Dabei lächelte er. Oh Wunder! „Das bezahlt die Behörde. Außerdem sorge ich dafür, dass Sie vom Flughafen in Palmas abgeholt werden. Kümmern Sie sich nur um das, was Sie für Ihren Flug brauchen!"

Ina konnte es nicht fassen, dass ihr Chef ihrer Meinung war und sogar alles für sie regeln wollte. Sie konnte sich nur noch bei ihm bedanken. Heute musste ihr Glückstag sein, dachte sie. Die Abwechslung reizte sie über alle Maßen. Nach Grandaria zu fliegen statt hier ihrem Beruf nachzugehen, war doch besser. Alles fügte sich wie von selbst.

Ina rief bei der Versicherung an und fragte, warum der Verdacht des Betruges jetzt erst aufgetaucht sei. Vor einigen Tagen sei brieflich ein anonymer Hinweis eingegangen, war die Antwort. Ina teilte dem entsprechenden Sachbearbeiter mit, dass der Brief als Beweismittel der Polizei zur Verfügung gestellt werden müsse, außerdem würde ein Fall Hallstein eingerichtet und eine ermittlungstechnische Untersuchung eingeleitet. Zwei Jahre nach dem Tode sei es allerdings schwer, neue Erkenntnisse zu gewinnen. Die einzige und beste Möglichkeit sei, den angeblichen Toten irgendwo lebend anzutreffen. Sobald Erkenntnisse vorlägen, würde es die Versicherung erfahren.

Ein Polizist wurde zur Familie Hallstein geschickt, um DNA-Proben von den Söhnen zu nehmen. Ina selbst fuhr nach einem Anruf zu Doktor Dirksens Familie. Die Mundschleimhaut-Abstriche bei den Dirksen-Zwillingen waren schnell gemacht.

Die Tochter war beunruhigt und sie fragte: „Warum brauchen Sie von uns die DNA-Proben? Was ist mit unserem Vater? Ist ihm etwas passiert?"

Frau Beltheim hatte alle Mühe, sie zu beschwichtigen. „Es ist bestimmt nichts. Nur eine Nachforschung. Wir reden später darüber. Aber lass uns jetzt bitte allein." Unwillig ging Lola aus dem Zimmer, ihr Bruder Lovis war vorher schon gegangen.

„Tut mir leid, dass ich Ihre Familie beunruhige", bedauerte Ina.

„Sie können doch nichts dafür. Ich hoffe nur, dass Dirk nichts passiert ist", betonte Dora Beltheim.

„Es ist eine Männerleiche auf Grandaria gefunden worden. Doch bisher ist weder etwas über das Opfer noch etwas über den Täter bekannt. Es spricht nichts dafür, dass Ihr Exmann das eine oder das andere ist. Würden Sie ihm denn einen Mord zutrauen?", erkundigte sich Ina.

„Früher hab ich gedacht, dass er, um etwas zu erreichen, über Leichen gehen würde. Im übertragenen Sinne. Aber in Wirklichkeit? Ja und nein", erwog Frau Beltheim.

„Wie meinen Sie das?"

„Er stammt aus einer armen Familie und musste sich hart erkämpfen, dass er aufs Gymnasium gehen und später studieren konnte. Er war immer ausgesprochen ehrgeizig, daher hat er es geschafft. Aber sein Ehrgeiz hatte etwas Krankhaftes. Früher wollte er mit aller Gewalt ein Medikament entwickeln, das ihn berühmt und reich machen würde: gegen Herzkrankheiten oder am besten gegen Krebs. Aber er brauchte Versuchspersonen dafür. Was daraus geworden ist, weiß ich nicht."

„Können Sie sich vorstellen, dass er Obdachlose kostenlos behandelt, aber andererseits Medikamente an ihnen ausprobiert?", fragte Ina.

„Ganz ausschließen würde ich das nicht. Das würde zu ihm passen: nach außen der Wohltäter, aber mit eigennützigem Hintersinn. Das sage ich nicht nur, weil ich seine betrogene Ehefrau war", versicherte Dora Beltheim.

Ina fand es nun gar nicht mehr so abwegig, dass Dirksen mit Hallstein einen Versicherungsbetrug arrangiert hatte. Vielleicht gab es da eine Verbindung zu der Leiche in Grandaria.

Anschließend unterhielten sich die Frauen noch bei Kaffee und Kuchen über Lilo. Dora hatte eine Charakterstudie betrieben und erläuterte sie Ina, die sich einige Notizen dazu machte.

Nach zwei Stunden verabschiedet sich Ina: „Danke für den Kaffee, für den Kuchen und die Informationen, die mir sicher helfen werden. Jetzt muss ich nach Hause und packen. Und dann muss ich mich darum kümmern, dass meine Hunde versorgt werden."

„Es war nett, mit Ihnen zu plaudern. Ich würde Sie gerne noch einmal einladen, vielleicht unabhängig von diesem Fall", stellte Frau Beltheim in Aussicht.

Unterwegs rief Ina über das Autotelefon Benno an: „Hallo, Benno, ich bin es, Ina. Ich brauche deine Hilfe, morgen früh muss ich dringend zu Ermittlungen nach Grandaria. Kannst du die Hunde für ein paar Tage nehmen?"

Nach kurzer Überlegung – Ina befürchtete schon, dass er „nein" sagen würde – stimmte er zu: „Mache ich doch gerne! Hab jetzt ein paar Tage Urlaub. Ich komme gleich vorbei. Dann ist es entspannter für dich. Wir sehen uns!"

Ina war kaum zehn Minuten zu Hause, als Benno mit einem Pizzakarton, Salat, einer Tüte und einer Flasche

Rotwein vor der Tür stand. „Ich dachte, du hast Hunger", sagte er. „Deshalb hab ich was mitgebracht. Von meinem Lieblingsitaliener!"

„Oh, wie aufmerksam! So warst du schon lange nicht mehr", lobte Ina.

„Ja, ich will dich beeindrucken, damit du wieder zu mir zurückkommst", scherzte Benno. „Wenn du willst, fliege ich mit nach Grandaria. Ein richtiger Urlaub wäre auch für mich schön."

Ina war entsetzt. „Aber nein! Du musst die Hunde nehmen."

„Ich könnte die beiden doch hier in ein Hundehotel geben. Es gibt sogar eins mit Pool, habe ich gelesen, da hätten die doch auch ihren Spaß", schlug Benno vor.

„Nein, Benno, du bleibst hier und kümmerst dich um die Hunde. Wie abgesprochen. Ich muss arbeiten, ich habe keine Zeit für etwas anderes auf Grandaria. Da kann ich dich nicht gebrauchen", wies Ina entschieden zurück.

Benno knurrte vor sich hin, seine Miene hatte sich verdüstert, er sagte aber weiter nichts dazu.

Während Ina einen Abendspaziergang mit den Hunden machte, hatte er den Tisch gedeckt. Zwei Teller, Gläser und Servietten hatte er auf den Balkontisch platziert und den Salat in einer Glasschüssel angerichtet. Sogar Kerzen hatte er gefunden und angezündet.

„Schön hast du das gemacht", sagte sie anerkennend.

Mittlerweile hatte sich Bennos Miene wieder aufgehellt, das Thema „Urlaub" schien vergessen.

Sie setzten sich auf den Balkon, aßen die Pizza und prosteten sich zu. Benno füllte die Gläser prompt wieder nach. Ina merkte gar nicht, dass sie zu schnell zu viel trank. Benno entkorkte noch die zweite Flasche, die er in der Tüte mitgebracht hatte. Kurz vor Mitternacht hatten sie zwei Flaschen Wein getrunken, die Pizza und den Salat restlos aufgegessen. Die Stimmung war so entspannt wie seit Langem nicht.

Natürlich hatte Benno auch zu viel getrunken und Ina konnte es nicht verantworten, ihn mit den Hunden nach Hause zu schicken. Daher bot sie ihm an, im Gästebett zu schlafen. Er wollte sie am nächsten Morgen auch zum Flughafen fahren, was ihr recht war. Während er sich für die Nacht fertig machte, packte sie in ihrem kombinierten Arbeits- und Schlafzimmer ihr Köfferchen für einige Tage Aufenthalt auf Grandaria. Ziemlich wahllos warf sie Unterwäsche, T-Shirts, Badeanzug, leichte Hosen, aber auch ein luftiges Kleid in den Koffer, dann Schminkutensilien, Zahnbürste und Zahnpasta. Von penibelm Kofferpacken hatte sie noch nie viel gehalten. Erleichtert schloss sie den Koffer und legte sich in ihr Bett. Spätestens um acht Uhr müssten sie losfahren, also aufstehen um sieben. Vorsichtshalber stellte sie den Wecker. Mit so viel Wein im Kopf wusste sie nicht, ob sie den normalen Aufstehrhythmus aktivieren konnte. Jetzt aber schlafen, sonst bin ich morgen zu nichts in der Lage, dachte sie noch. Als sie gerade die Lampe ausgeknipst hatte, ging leise die Tür auf und Bennos jungenhafte, schlaksige Gestalt war im Flurlicht zu erkennen, aber auch sein hellbrauner Wuschelkopf. Diese Äußerlichkeiten waren es, in die sich Ina früher verliebt hatte, und in seine lustigen Sommersprossen natürlich.

Ina seufzte, sie ahnte schon, was jetzt kommen würde.

„Ina, du kannst mich unmöglich allein in dem einsamen Bett liegen lassen. Du weißt, ich habe Angst wie ein kleiner Junge. Lass mich wenigstens mit unter deine Decke schlüpfen. Ich verspreche auch, meine Finger bei mir zu halten."

Mit ihrem nicht mehr so ganz klaren Kopf hatte Ina nicht die Kraft, ihn wegzuschicken. Kaum unter der Bettdecke konnte er doch nicht von ihr lassen und sie ließ sich wieder einmal mitreißen.

Sie flüsterte ihm noch ins Ohr: „Aber ich nehme die Pille nicht mehr."

„Ist nicht schlimm", beschwichtigte er. „Es wird höchste Zeit, dass unser Haus mit neuem Leben gefüllt wird."

Zwanzig Minuten später lag er zufrieden und leise schnarchend neben ihr, er hatte es wieder geschafft. Ina dagegen war unzufrieden mit sich. Warum hatte sie sich wieder auf ihn eingelassen? Vieles andere stimmte in ihrer Beziehung nicht. So würde sie das Problem nicht lösen. Es war wie immer: Alle Schwierigkeiten wurden weggesext. So nannte sie es. Wie leichtsinnig von ihr, ohne den Schutz der Pille! Sie beruhigte sich mit dem Gedanken, dass ihr Eisprung bestimmt noch nicht stattgefunden hatte, dann schlief auch sie ein.

11. Kapitel

Stundenlang versuchte Pablo seinen Mitarbeiter Sancho auf dessen Handy anzurufen. Doch der war nicht erreichbar. Was war passiert? Er musste sich doch melden. Das war nicht seine Art. Sein Handy nahm er überallhin mit. War er in eine gefährliche Situation geraten? Tatsache war, dass er auch die zahlreichen SMS, die Pablo ihm geschickt hatte, offenbar nicht erhalten hatte.

Zusammen mit Pedro fuhr Pablo in einem Polizeiwagen zum Goldhügel, um dort nach Sancho zu suchen. Auch Pablo musste feststellen, dass die Bewohner des Villenvorortes nicht anwesend waren. Überall waren die Rollläden geschlossen, zum Teil waren Fenster und Türen sogar mit einem Rollgitter gesichert. Die schweren, gusseisernen Tore boten eine unüberwindbare Hürde zu den Grundstücken der Vornehmen und Reichen.

Nur bei Barbara Schmidthoff war das Tor weit geöffnet. Pablo nahm das als Einladung und fuhr bis hoch zur Haustür. Pedro sollte in der Nähe des Wagens bleiben, während Pablo mit dem massiven Ring des edel aussehenden Löwenkopfs an die Tür klopfte. Als das kein Ergebnis brachte, bediente er die Klingel, die im Maul des Löwen angebracht war. Etwas später öffnete die Haushälterin.

„Ist mein Kollege hier im Haus?", schmetterte ihr Pablo entgegen.

„Die Herrschaften sind auf der Terrasse", antwortete sie ohne Regung.

Pablo folgte ihr. „Die Herrschaften? Mein Kollege ist also bei Frau Schmidthoff?"

Es traf ihn fast der Schlag, als er auf die Terrasse trat: Sancho saß anscheinend seelenruhig am Tisch bei Frau Schmidthoff und ließ sich mit Kaffee und Kuchen verwöhnen.

„Mein Gott, Sancho, was machen Sie hier? Ich habe den ganzen Morgen versucht, Sie anzurufen. Das wird Konsequenzen haben! Vor allem nach dem, was Sie sich gestern erlaubt haben", warf Pablo seinem Kollegen vor.

Sancho sah ihn nur mit einem benommenen Blick an, antwortete aber nicht. Dafür ergriff Frau Schmidthoff das Wort: „Zunächst mal einen schönen guten Tag! Es ist nett, dass Sie auch einmal vorbeischauen. Ihren fleißigen Kollegen kenne ich schon. Sportlich, sportlich, der junge Mann", meinte sie anerkennend.

Pablo wusste, dass er nicht gemeint war, und schaute etwas indigniert.

„Übrigens hatte Ihr Kollege einen Unfall und konnte sich deshalb nicht melden. Sehen Sie denn nicht, dass es ihm nicht gut geht? Und zweitens haben Sie sich nicht vorgestellt. Wie ist Ihr Name?", fragte Barbara Schmidthoff.

Pablo erkannte, dass er gerade nicht höflich gewesen war. „Entschuldigen Sie, Frau Schmidthoff, ich bin Comisario Pablo Cuerto. Mein Kollege war den ganzen Morgen unauffindbar, ich habe mir Sorgen gemacht. Und dann sehe ich ihn hier seelenruhig herumsitzen. Aber was für ein Unfall?"

Jetzt bemerkte Pablo, dass Sancho sehr blass aussah und Kratzer und blaue Flecken im Gesicht und an den Armen hatte.

Endlich ergriff auch Sancho das Wort und lallte: „Frau,

Frau Schmidt…, Frau Schmidthoff hat mir das Leben gerettet."

„Nur nicht übertreiben! Ich habe Herrn Delgado lediglich in dem Brunnen entdeckt und ihm von meinem neuen Gärtner Rico Manrique eine Leiter bringen lassen, damit er aus dem Brunnen steigen konnte. Rico hat ihm dabei geholfen", stellte Barbara Schmidthoff klar.

„Wo ist denn dieser Brunnen?", wollte Pablo wissen.

„An der Außenseite meines Grundstücks. Ich weiß nicht, warum Ihr Kollege da rumgeschlichen ist", tadelte Frau Schmidthoff.

Pablo sah Sancho fragend an, der jedoch nichts sagte.

„Ich wollte ihn ins Krankenhaus bringen, damit er untersucht wird, doch er lehnte ab. Nehmen Sie ihn mit und passen Sie auf ihn auf. Und Ihnen, Herr Delgado, muss ich sagen: Es kann gefährlich sein, bei anderen Leuten herumzuschleichen!" Dabei lächelte Barbara Schmidthoff Sancho freundlich an.

Pablo dankte ihr für alles, was sie für Sancho getan hatte, dann zog er ihn zum Wagen.

Als Sancho im Wagen saß und erschöpft die Augen schloss, verkündete Pablo: „Mein Lieber, du machst einen angeschlagenen Eindruck. Ich bringe dich jetzt in die Klinik. Ich hoffe nicht, dass du einen Dachschaden hast. Vor allem nicht dauerhaft."

Sancho sah ihn überrascht an. „Wir brauchen dich noch. Und von diesem Zeitpunkt an duzen wir uns", fügte Pablo gönnerhaft hinzu. Sancho sah ihn fragend an, gab aber keinen Kommentar dazu.

Trotz des Protestes von Sancho brachten Pedro und Pablo ihn zur Klinik, wo er untersucht wurde. Da eine

Gehirnerschütterung und Kopfverletzungen nicht aus-
zuschließen waren, wurden Untersuchungen gemacht.
„Glücklicherweise hat sich kein Gerinnsel im Gehirn
gebildet, so dass keine Lebensgefahr besteht", sagte der
behandelnde Arzt zu Pablo. „Aber ihr Kollege muss
trotzdem über Nacht zur Beobachtung in der Klinik
bleiben."

12. Kapitel

Am nächsten Morgen um zehn Uhr stand Ina am Flughafen und wartete auf ihr Boarding. Sie und Benno hatten es tatsächlich geschafft, kurz nach Läuten des Weckers aufzustehen. Pünktlich um acht waren sie von Hassfeld losgefahren.

Heute Morgen hatte ihre Beziehung recht geschäftsmäßig gewirkt, die nächtlichen Zärtlichkeiten waren wie weggewischt. Ina hatte einen schweren Kopf und ein dumpfes Gefühl im Magen, sie war unzufrieden mit Benno und vor allem mit sich selbst. Immerhin, beruhigte sich Ina selbst, hatte er versprochen, die Hunde gut zu versorgen und oft mit ihnen rauszugehen. Wohlverwahrt in ihrer Handtasche hatte Ina die DNA-Proben von Dirksens und Hallsteins Kindern dabei. Ein Hotel in Grandaria hatte sie nicht bestellt, da Doktor Schulz versichert hatte, dass sich die grandarische Polizei darum kümmern würde.

Ina freute sich auf ihr Abenteuer. Sie war noch nie auf Grandaria gewesen. Während des angenehmen Fluges las Ina in ihrem Reiseführer, denn sie wollte möglichst viel über die Insel erfahren. Die Hauptstadt sei Palmas. Hier sei alles vorhanden, was eine bedeutende Stadt ausmache: Theater, Oper, Universität, große Einkaufszentren. Ina erfuhr, dass die Insel auch viel für Touristen zu bieten hatte. Fast ringsherum gebe es Strände, die zum Teil bis zu dreihundert Meter breit seien. An manchen Küstenregionen sei eine Steilküste zu bewundern, die mehrere hundert Meter über dem Meer aufrage. Zahlreiche Serpentinen böten Schwindel erregende Ausblicke. Ein besonderer Höhepunkt sei der Besuch des Hügels Bonavista, ein spektakulärer Aussichtspunkt mit Picknickgelände. Das dürfe man sich auf keinen Fall entgehen lassen. Das Inselinnere bestehe zumeist aus zerklüfteten Felsregionen. Klang alles ziemlich spannend. Mal sehen, was sie davon erleben und sich ansehen konnte. Aber dann war sie doch zu müde und schlief ein. Erst kurz vor der Landung wachte sie wieder auf.

Als Ina in die Ankunftshalle trat, sah sie ein großes Schild, auf dem ihr Name stand. Sie ging darauf zu. Lächelnd kam hinter dem Schild ein nicht allzu großer, dafür etwas fülliger Mann in einem dunkelblauen Anzug hervor. Braunes, welliges Haar, braune Augen, die sie freundlich ansahen.

„Buenos días, Señora Helle", das „H" sprach er nicht aus, „es freut mich, Sie hier zu begrüßen. Ich bin Comisario Pablo Cuerto."

Halb Deutsch, halb Spanisch. Wie gut, dass sie Spanisch gelernt hatte. Bisher hatte sie leider zu wenig Sprachpraxis, na ja, da hätte sie ja jetzt genug Gelegenheit. Dieser Comisario Pablo Cuerto schien nett zu sein.

Als sie in seinem Cabrio saßen, instruierte er sie über die nächsten Schritte: „Ich bringe Sie in Ihr Hotel. Dort können Sie Ihr Gepäck lassen und sich ein wenig frisch machen." Sie nickte.

Doch dann spürte sie sein Zögern. „Nein, ich habe eine bessere Idee. Wenn es Ihnen nichts ausmacht, können Sie auch bei mir und meiner Mutter wohnen. Dann können wir uns als Kollegen direkter austauschen", schlug er vor.

Ina bemerkte ein Leuchten in seinen Augen, doch es wich schnell wieder einem geschäftsmäßigen Ausdruck. Sie sah ihn aufmerksam an und antwortete: „Ja, das ist eine gute Idee."

„Dann fahren wir als Erstes zu meiner Mutter nach Hause. Dort können Sie sich auch frisch machen. Obwohl das nicht nötig ist." Ina glaubte einen anerkennenden Blick zu spüren. Verwundert nahm sie das zur Kenntnis. Wollte er mit ihr flirten? Waren die Spanier so?

„Ja, es war nicht so schlimm heute Morgen. Ich musste nicht so früh aufstehen, der Flug selbst hat auch nur vier Stunden gedauert. Das war kaum lange genug, etwas zu schlafen und meinen Reiseführer durchzublättern", bemerkte Ina lächelnd.

Pablo Cuerto erwiderte ihr Lächeln. „Einen Reiseführer brauchen Sie nicht. Der werde ich sein! Ich werde Ihnen alles zeigen, was diese Insel zu bieten hat. Das Gute und das nicht so Gute, wenn wir an den Mordfall denken."

„Das ist gut, ich meine das mit dem Reiseführer. Nicht mit dem Mordfall", bemerkte Ina. Also wollte er doch mit ihr flirten.

Der Weg zu Pablos Zuhause und zum Kommissariat in Palmas führte über die Küstenstraße. Eine kleine Bucht reihte sich an die andere. Überall konnte man baden. Jetzt in der Vorsaison waren nur vereinzelte Badegäste zu erkennen, die fast den ganzen Strand für sich alleine hatten. Ina hätte Lust, hier spazieren zu gehen. Vielleicht würde sie in den nächsten Tagen noch dazu kommen.

Nach zwei Kilometern bog ein schmales Sträßchen in den kleinen Küstenort Cala Grana ab, wo sich das Haus von Pablo und seiner Mutter nahe am Strand befand. Ein noch schmaleres Sträßchen, fast nur ein Weg, zog sich in Serpentinen zum Gebirge hoch. Von dieser Kreuzung aus waren es über die Küstenstraße noch etwa zehn Kilometer nach Palmas.

Plötzlich setzte sich ein großer dunkler Wagen vor Pablos Cabrio und winkte ihn mit einer Kelle an die Seite. Murrend folgte ihm Pablo und hielt an. „Verdammt, wer ist das? Die Kollegen wissen doch, dass ich zum Flughafen fahren wollte. Was ist denn los?"

Aus dem Wagen sprangen zwei Männer, dunkel gekleidet, mit Sturmhauben und dunklen Sonnenbrillen unkenntlich gemacht, mit Maschinenpistolen in den Händen kamen sie auf Pablos Wagen zu. Es hatte keinen Sinn, die Autotüren von innen zu verschließen, da das Verdeck des Cabrios offen war. So schnell, wie die Männer an Pablos Auto waren, ließ sich kein sicherer Schutz hervorzaubern. „Los, raus aus dem Wagen!", befahl der Größere und Kräftigere der beiden. Resignierend sah Pablo Ina an und zeigte mit der Hand, dass es besser sei, auszusteigen.

„Handys und Pistole her!", rief einer und drohte mit seiner Waffe. Hilfesuchend sahen sich Pablo und Ina um, doch sie waren in eine kleine Einbuchtung der Straße dirigiert worden, die durch Erdwälle und Gebüsche verborgen war.

Sie gaben ihre Handys heraus, Pablo auch seine Dienstwaffe. Dann musste sich Ina auf den Beifahrersitz des Gangsterautos setzen, auf den Fahrersitz setzte sich der kleinere Gangster mit seiner Maschinenpistole auf dem Schoß. Ina hatte Angst, dass die Waffe losgehen könnte, denn die Mündung zeigte in ihre Richtung.

Pablo wurde unsanft an das Steuer seines eigenen Wagens gestoßen. Neben ihm nahm der andere Mann Platz, ebenfalls mit anschlagbereiter Waffe. Langsam fuhr der schwarze Wagen mit Ina voreweg, Pablo musste hinterherfahren. Beide Autos nahmen den Weg ins Gebirge entlang zerklüfteter Schluchten. An der einen oder anderen Stelle hatte Ina Angst, dass die Wagen mit allen Insassen abstürzten. So fuhren sie ein halbe Stunde. Immer wieder sah sich Ina verstohlen nach ihrem spanischen Kollegen um. Der war jedoch verbissen damit beschäftigt, sein Auto durch das holprige und unwegsame Gelände zu bugsieren.

An einer besonders einsamen Stelle, mitten im Gebirge, hielten die Gangster an und befahlen Ina und ihrem Kollegen auszusteigen. Portemonnaies, Taschen und Koffer mussten sie im Auto lassen. Dann fuhren beide Wagen in Richtung Küste davon. Erleichtert sahen sich Pablo und Ina an, obwohl sie sich ärgerten, dass ihnen alles gestohlen worden war und sie nun mehrere Kilometer zu Fuß laufen mussten. „Alle meine Sachen! Ich habe nichts anzuziehen und kein Geld mehr", klagte Ina.

„Ich werde persönlich dafür aufkommen, wir werden neue Kleidung und alles, was Sie sonst noch brauchen, besorgen", versprach Pablo Cuerto.

Ina nickte halbwegs getröstet und sah sich um. Rechts und links des schmalen Weges waren knorrige Olivenbäume auf uralten Terrassen zu erkennen. Auch diese Insel hatte vor Jahren eine Art Landflucht erlebt, die Landwirtschaft lohnte sich schon lange nicht mehr. Oliven zu ernten war viel mühsamer, als in der Stadt in einer Fabrik zu arbeiten und eine geregelte Arbeitszeit mit festem Lohn zu haben. So hatte Ina es im Reiseführer gelesen.

Bedauernd sah Pablo sie an. „Das mit dem Überfall tut mir so leid. Jetzt stehen wir mitten in der Wildnis. Sie müssen glauben, dass auf Grandaria alle Menschen Verbrecher sind, Anwesende natürlich ausgeschlossen!"

Ina versuchte ein Lachen.

„Hauptsache, wir sind mit dem Leben davongekommen", stellte Ina fest. „Es hätte ja auch schlimmer ausgehen können. Es ist eigentlich sehr schön hier. Wenn nur die Umstände nicht wären."

„Ja, sieht richtig romantisch aus. Hier haben meine Eltern mit mir früher Picknick gemacht!", überlegte Pablo laut.

„Das wäre nicht schlecht mit Essen und Trinken", bestätigte Ina. „Ich habe auch ein bisschen Hunger."

„Ich kenne mich in dieser Gegend aus. In vier Kilometer Entfernung liegt der nächste kleine Ort mit einem Bistro. Da können wir etwas essen und trinken. Glücklicherweise müssen wir nicht weit laufen", bemerkte Pablo ironisch. „Ich bin eigentlich nicht der Freund von weiten Wanderungen, schon gar nicht bei der großen Hitze. Freiwillig würde ich diese Strecke normalerweise nicht laufen."

„Mir macht es nichts aus", bemerkte Ina. „Ich habe meine Laufschuhe an. Ein paar Kilometer gehe ich mit meinen Hunden jeden Tag."

„Hunde, wie schön. Ich hatte als Kind auch einen netten kleinen Hund, Charly hieß er. Einen King Charles. Ich habe ihn geliebt", schwärmte Pablo.

Oh, er mochte auch Hunde, stellte Ina freudig fest. Während sie sich unterhielten, waren sie schon eine größere Strecke gegangen, bis sie zu einer Biegung kamen. Von hier bot sich ein einzigartiges Bild über die Bucht bis zur Stadt Palmas, die aussah, als sei sie aus weißen Bauklötzchen errichtet. Sie breitete sich rings um den Hafen aus und zog sich zum Gebirge empor.

„Wunderschön", staunte Ina. „Hier müsste man Picknick machen. Da hat man die Olivenhaine und das Panorama."

„Gut, wir werden hier Picknick machen, als Entschädigung", versprach Pablo. „Prima, darauf freue ich mich", versicherte Ina. Und das stimmte. Sie bedauerte zwar, dass ihr Empfang in Grandaria etwas Gewalttätiges an sich hatte, aber die Anwesenheit von Pablo Cuerto schätzte sie. Sie war wenigstens nicht allein und über Langweile brauchte sie nicht zu klagen.

„Mir tut das Ganze furchtbar leid. Ich werde wirklich alles machen, dass Sie sich auf der Insel wohlfühlen und die unangenehmen Dinge vergessen", versprach er.

„Sie brauchen sich darüber keine Gedanken zu machen. Ich sehe es als einen Abenteuerurlaub an", scherzte sie.

Er sah sie fragend an. Er schien das sicher für Ironie zu halten.

„Von hier oben ist auch der kleine Ort zu sehen, in den wir müssen, um Hilfe herbeiholen zu können. Wenn man das Ziel vor Augen hat, ist der Weg nicht mehr so beschwerlich", sagte er.

Nach einer kurzen, aber schweißtreibenden Wanderung kamen sie in dem kleinen Ort an. Erschöpft setzten sie sich vor ein kleines Café in den Schatten eines riesigen Baumes. Von hier aus konnte Pablo mit dem Kommissariat in Palmas telefonieren. Während sie auf die Kollegen warteten, ließen sie sich Tapas und Kaffeespezialitäten servieren. Ina nahm einen Café con leche, Pablo einen Café con hielo.

Da Ina das nicht kannte, erklärte Pablo es: „Das ist eine Erfrischung, denn zum Kaffee bekomme ich ein Trinkglas mit Eiswürfeln. Ich gebe Zucker dazu, dann schütte ich den Kaffee darüber."

„Das werde ich das nächste Mal auch probieren", beschloss Ina.

Es dauerte zwei Stunden, bis endlich Pedro Morales mit einem Streifenwagen kam, um Pablo Cuerto und Ina abzuholen. Mit mehreren Stunden Verspätung kamen sie in der Polizeistation an. Das Vorhaben, zuerst zu sich nach Hause zu fahren, hatte Pablo aufgegeben. Denn Ina hatte keine Sachen mehr, um sich frisch zu machen. Nur eine Zahnbürste war in einem kleinen Laden in der Nähe der Polizeistation schnell besorgt. Señor Obscuro brauchten sie nicht aufzusuchen, denn auch die DNA-Proben waren gestohlen worden.

Im Kommissariat lag mittlerweile das Ergebnis der DNA-Probe aus dem Hotel „La Luz" vor. Es hatte sich herausgestellt, dass der Kamm und die Zahnbürste überhaupt nicht benutzt waren. Daher gab es noch immer keine DNA-Spur von Dirksen. Die Fingerabdrücke in dem Zimmer stammten von verschiedenen Personen, auch von dem Zimmermädchen Margherita.

Und die von Ina mitgebrachten Proben waren gestohlen worden. War das Zufall? Oder hatte es jemand gezielt darauf abgesehen? Wer konnte denn davon wissen? Trotzdem bedeutete es nur eine Verzögerung der Erkenntnisse. So oder so ließ sich die Untersuchung nicht verhindern.

In der Polizeidienststelle wurde Ina allen Kollegen vorgestellt. Sie konnte das meiste verstehen, was gesprochen wurde. Doch ihr Spanisch war nicht so gut, dass sie in der Runde mitreden konnte. Nur wenn sie angesprochen wurde und etwas mehr Zeit hatte zu überlegen, gelang es ihr, eine sprachlich gute Antwort zu geben. Manchmal half Pablo Cuerto ihr aus, weil er ganz passabel Deutsch sprach.

Sancho Delgado, der von Pedro Morales aus dem Krankenhaus abgeholt worden war, wunderte sich über Pablo. Wie legte der sich ins Zeug? Und wie charmant er sein konnte! Das lag an dieser jungen deutschen Kollegin. Was tat sich da? Die deutsche Kollegin hatte durchaus ihre Reize, gestand sich Sancho ein. Wer hätte wohl die besseren Chancen bei ihr? Der schwerfällige Pablo oder der flotte Sancho, fragte sich Sancho wenig selbstkritisch.

Zusammen überlegten alle Kollegen, wer der Tote und wer der Täter sein könnte. Dirksen war immer noch unauffindbar, er könnte der Tote sein. Aber vielleicht auch der Mörder. Immerhin war klar, dass Lilo ein Verhältnis mit Dirksen gehabt hatte und dass Dirksen offensichtlich immer noch hinter ihr her war. Nicht umsonst verbrachte er jeden Urlaub in Grandaria.

Um das Ganze zu veranschaulichen, zeichnete Pablo

eine Mindmap an die Pinnwand. Ina berichtete von dem Verdacht der Familie Hallstein, Herr Hallstein lebte immer noch und liefe unbehelligt in Grandaria herum. Alle schauten etwas skeptisch. Mit dieser Reaktion hatte Ina auch gerechnet. Sie selbst konnte sich mit dem Gedanken nicht anfreunden. Aber sie musste diesem Verdacht nachgehen, weil die Versicherung ihn ebenfalls geäußert hatte.

Pablo umkreist den Namen „Hallstein" in die Mitte der Pinnwand, am Rande erschien Dirksens Name als Name des Mörders. Aber welche Motive hatte er gehabt? Könnte es Eifersucht gewesen sein, dass er seinen Freund Horst Hallstein getötet hatte? Aber warum nicht früher? Sollte Hallstein wirklich noch leben, dann verband die beiden Männer auch der mögliche Versicherungsbetrug. Gab es vielleicht deswegen Auseinandersetzungen? Oder war Hallstein durch den früheren Gärtner getötet worden? Immerhin war dieser seit der Tat verschwunden. Was war sein Motiv? Auch Eifersucht? Oder Erpressung? Vielleicht hatte er mitbekommen, dass Hallstein seit zwei Jahren unbehelligt in Grandaria lebte, jedoch eigentlich tot sein müsste. Konnte er das überhaupt wissen? Seit wann war er überhaupt Gärtner bei Lilo? Sie hatte zwei Jahre gesagt, erinnerte sich Ina.

Es würde unumgänglich sein, wieder die Nachbarin Frau Schmidthoff zu besuchen. Diesmal würde Pablo mit Ina dorthin fahren. Beiläufig erzählte Sancho, dass Frau Schmidthoff ihn noch abends im Krankenhaus besucht habe, um sich nach seinem Befinden zu erkundigen.

„Hm, du hast ein Stein im Brett bei der Dame. Dann nutze das aus", schlug ein Kollege vor.

„Aber nicht zu sehr", mahnte Pablo. Denn Sancho war für sein Verhalten Frauen gegenüber bekannt.

Sancho sah ihn grinsend an. „Nein, Kollege. Ich werde vorsichtig zu Werke gehen. Allerdings gebietet es mir die Höflichkeit, dass ich am Nachmittag noch zu Frau Schmidthoff fahre, um mich für ihre Fürsorge zu bedanken."

„Falle aber nicht wieder in einen Brunnen!", scherzte Pablo.

13. Kapitel

Pablo wurde ein Polizeiwagen zur Verfügung gestellt. Sowohl Ina als auch Pablo bekamen Diensthandys für dringende Fälle. Pablos gestohlener Wagen war zur Fahndung ausgeschrieben. Eine Hoffnung war, dass das Auto nicht unbemerkt von der Insel verschwinden konnte, da sämtliche Fähren überwacht wurden. Jeder Polizist auf der Insel hatte einen Steckbrief von dem Wagen erhalten. Die Chance, ihn wiederzufinden, war also groß.

Bevor sie zu Frau Schmidthoff fuhren, brachte Pablo seine deutsche Kollegin zur Hallstein-Villa, um ihr den Tatort zu zeigen. Diesmal würde es für Pablo ganz anders als bei seinem ersten Besuch hier sein. Fast kam er sich wie auf einer Urlaubsreise vor. Diesmal konnte er auch bis kurz vor die Villa fahren, denn alle Sperrungen waren aufgehoben worden. Pablo und Ina gingen durch die Parkanlage auf die Villa zu. Wieder tauchte er seine Hände in den Springbrunnen, jetzt aber, weil es ihm Spaß machte. Es war schön, das Plätschern des Wassers zu vernehmen und das kühle Wasser auf seiner Haut zu spüren. Es war schön, mit Ina Helle hier an diesem herrlichen Ort zu sein und ihre Nähe zu fühlen. Gerne hätte er ihr seine Hand auf die Schulter gelegt oder ihre Hand gehalten. Doch er hielt sich zurück und bedauerte es. Er konnte gar nicht verstehen, was ihn an dieser Deutschen so anzog.

Auch Ina hatte ein besonderes Gefühl, als sie mit Pablo durch den parkartigen Garten der Villa ging. Doch immer noch gab es die Grube, die das vorläufige Grab des Toten gewesen war. Aber ansonsten strahlten die weiße Villa und die großartige Parkanlage das Flair von mediterranem Luxus und Wohlbefinden aus. „Da wohnt Lilo aber wunderbar!", bemerkte Ina. Pablo musste ihr recht geben. Anschließend fuhren sie zu Lilos Nachbarin Frau Schmidthoff. Sie war zu Hause und schien sich über den Besuch zu freuen. Pablo stellte Ina als Kollegin aus Deutschland vor.

Barbara Schmidthoff schien erfreut: „Es ist sehr schön, dass endlich wieder jemand aus Deutschland hier ist."

Auch Ina war angenehm von der netten Art überrascht, wie sie von dieser sympathischen Frau empfangen wurde.

„Ich bin Barbara. Wir können gerne ‚du' zueinander sagen", bot sie Ina sofort an.

„Ich heiße Ina", erwiderte diese zögernd, da sie sich der Freundlichkeit nicht entziehen konnte. Ihr ging das aber alles zu schnell. Dabei sah sie Pablo fragend an, der jedoch zustimmend nickte.

„Es wäre schön, wenn ich dich schon heute zum Abendessen einladen könnte. Ich kenne am Strand ein wunderbares kleines Restaurant mit hervorragendem Essen", stellte Barbara in Aussicht.

Pablo hatte das, was gesprochen wurde, verstanden, obwohl die Damen Deutsch sprachen. Sofort erhob er Einspruch: „Nein. Heute Abend geht auf keinen Fall. Meine Mutter hat schon ein Essen für unseren Gast vorbereitet." Das war geschwindelt, denn Pablos Mutter war bisher noch gar nicht informiert, dass überhaupt ein Gast käme.

„Na gut, dann eben morgen Abend. Dann darfst du dir aber nichts anderes vornehmen." Darauf bestand

Barbara. „Du musst wissen, mein Mann ist seit einem halben Jahr tot und ich fühle mich sehr einsam hier. Allerdings bekommt mir das Klima hier so gut, dass ich nicht gerne von hier weggehe", erklärte sie.

Eine Haushaltshilfe, es war Frau Neta, brachte Kaffee, Tee und kalte Getränke. Damit bewirtete Barbara ihre Gäste.

Trotz aller freundschaftlichen Annehmlichkeiten mussten Ina und Pablo wieder auf das eigentliche Anliegen zurückkommen. Sie mussten Barbara befragen: „Seit wann war der vorherige Gärtner bei dir beschäftigt? Und seit wann war er bei Familie Hallstein?"

„Bei mir war er seit sieben Jahren, mein Mann hatte ihn noch eingestellt. Aber bei Hallsteins war er nicht so lange. Lilo hat ihn als Gärtner eingestellt, als ihr Mann schon tot war."

„Warum?", wunderten sich Ina und Pablo.

„Es hat mich tatsächlich auch gewundert. Seit Horsts Tod wurde ich nicht mehr so oft in die Villa eingeladen. Stattdessen kam Lilo zu mir. Angeblich, weil es allein so traurig war in der Villa, aber mir ging es auch nicht anders", erklärte Barbara.

„Hattest du den Eindruck, dass das Ehepaar Hallstein sich gut verstand, dass sie glücklich miteinander waren?", fragte Ina.

„Ja, schon, obwohl ..." Barbara stockte.

Pablo und Ina sahen sich vielsagend an.

„Obwohl so ein großer Altersunterschied zwischen den beiden bestand, über zwanzig Jahre", fuhr Barbara fort. „Nicht, dass das nicht klappen könnte. Aber besonders Lilo hat wohl andere Ansprüche, andere Bedürfnisse.

Sie hat auch nach anderen Männern geguckt und sich da keinesfalls zurückgehalten. Lilo hat sich an alle rangeschmissen, glaubt mir!" Barbaras Gesicht hatte sich verächtlich verzogen.

„An wen denn?", fragte Pablo.

„An den Doktor Dirksen zum Beispiel." Wieder dieser verächtliche Gesichtsausdruck.

„Doktor Dirksen? Du kennst ihn?", fragte Ina erstaunt.

„Ja", bestätigte Barbara. „Natürlich. Ich war schon früher bei Hallsteins eingeladen, auch als Horst noch lebte. Dirksen war oft da."

„Und in letzter Zeit nicht mehr?"

„Lasst mich überlegen, doch, könnte sein, kurz bevor Lilo nach Deutschland geflogen ist, war er noch bei ihr. Ich war auch eingeladen."

„Wer war sonst noch da? Hast du nichts Auffälliges beobachtet?"

„Was meint ihr?"

„Horst Hallstein. War er nicht da?", fragte Ina.

Barbara wirkte verwundert. „Hallstein? Wann? Der ist doch seit zwei Jahren tot."

„Nun, es wurde der Verdacht geäußert, dass er noch mindestens zwei Jahre gelebt hat, nach seinem angeblichen Tod."

Barbara sah betroffen aus. „Aber wie kommt Ihr darauf?"

„Es könnte einige Anhaltspunkte dafür geben."

„Ja, wenn ich es mir so überlege, da war wohl manchmal ein Mann, der Horst sehr ähnlich sah. Das erklärte Lilo damit, dass es ein Cousin von ihm sei. Er wirkte jedoch viel jünger. Ich weiß nicht, wie ich es sagen soll, gestraffter, keine Falten, obwohl sein Körper ähnlich war, nicht dick, aber auch nicht mehr jugendlich schlank." Dabei zeigte sie stolz auf ihre eigene Figur. „Und wenn man nicht jeden Tag beharrlich trainiert, wie ich es mache, dann geht man schnell auseinander. Manche schon etwas früher." Dabei warf sie einen Blick auf Pablo, der sich auch prompt unangenehm angesprochen fühlte. Aber er hatte sich schon längst vorgenommen, etwas für seinen Körper und sein Aussehen zu tun, spätestens heute, als er Ina zum ersten Mal gegenübergestanden hatte. Es war so etwas wie „coup de foudre", sagen die Franzosen oder auf Spanisch „el flechazo", „Liebe auf den ersten Blick" im Deutschen. Pablo war stolz darauf, dass er so international war.

Barbara fuhr fort: „Ich dachte: Jetzt hat sich Lilo nach dem Tod von Horst seinen Cousin an Land gezogen. Außerdem schlich auch noch dieser Dirksen um sie herum. Also, eine trauernde Witwe war sie nicht. Aber ich will nichts Böses über Lilo sagen, schließlich ist sie meine Freundin."

„Wir danken Ihnen. Wir müssen jetzt leider gehen, wir haben noch etwas zu erledigen", drängte Pablo. Zu Ina gewandt sagte er: „Wir müssen in die Stadt, Kleidung für Sie kaufen."

„Kleidung, wieso? Für wen? Für Ina?", wunderte sich Barbara.

Ina erzählte ihr, dass sie und ihr Kollege auf der Fahrt vom Flughafen überfallen worden waren, dabei sei ihr sämtliches Gepäck gestohlen worden.

„Mein Gott, wie schrecklich! Hattet Ihr nicht furchtbare Angst? Ich wäre gestorben. Aber wenn du Kleidung brauchst, ich habe mehr als genug davon. Du brauchst sie mir auch nicht zurückzugeben. Komm, lass uns mal in meinen Kleiderschrank schauen", schlug Barbara gönnerhaft vor.

„Das kann ich aber doch nicht annehmen", wandte Ina ein.

„Papperlapapp. Natürlich kannst du. Wenn du nicht willst, pack ich dir was zusammen. Ich schenke es dir!"

Ina zierte sich immer noch. Barbara zog sie mit in ihren Ankleideraum. Tatsächlich hingen überall Kleider, Röcke, Hosen, Blusen, Jacken, Pullover. Ina staunte über die Menge der schönen und teuren Kleider. „Ich gebe dir Sachen, die mir schon etwas klein sind, obwohl ich mich sportlich so gequält habe. Dann brauchst du dich nicht zu genieren, es anzunehmen."

„Wie du meinst. Aber es ist wirklich nicht nötig. Ich könnte mit meinem Kollegen schnell in die Stadt fahren, um einige Kleidungsstücke zu kaufen." Immer noch hatte Ina ein seltsames Gefühl dabei, sich Kleidung von Barbara schenken zu lassen. In ihrem Kopf spukte das Wort „Unprofessionalität" herum.

„Du kannst es wirklich annehmen, ich bin doch keine Tatverdächtige, höchstens Zeugin. Und nicht einmal das. Als Nachbarin bin ich völlig unbeteiligt. Also kann man das nicht als Bestechung auslegen", beschwichtigte Barbara, die Inas Zögern zu spüren schien.

„Wenn du es so siehst, dann kann keiner etwas dagegen haben", ließ sich diese auf Barbaras Vorschlag ein. Barbara hatte eine große Tasche herausgeholt, in der sie vielfältige Kleidungsstücke wie Nachthemd, Unterwäsche, Bikini, einige Hosen, Blusen und Kleider verstaute. „Wie ist es mit Schuhen? Welche Größe hast du? Da könnte ich auch einige entbehren, die ich überhaupt nicht mehr trage, vielleicht auch noch nie getragen habe." Da sie auch bei den Schuhen dieselbe Größe hatten, packte Barbara noch zwei Paar Pumps und Straßenschuhe für Ina ein.

Da ihre Fragen vorläufig beantwortet waren, tranken Ina und Pablo ihren Kaffee aus und verabschiedeten sich von Barbara, die ihr Bedauern ausdrückte, dass ihre Gäste nicht länger bleiben konnten.

Als sie in dem Polizeiwagen die lange Auffahrt herunterfuhren und auf die serpentinenreiche Landstraße abbogen, sahen sie sich an. Wieder hatten sie dieses Gefühl der Verbundenheit. „Wenn Sie möchten, können wir auch ‚du' sagen, wenn Frau Schmidthoff das auch schon tut. Wir müssen doch zusammenarbeiten", schlug Pablo vor.

„Natürlich. Gerne. Es ist auch viel intimer, äh, näher", stotterte Ina. Verdammt, warum wurde sie jetzt rot, ärgerte sie sich. Das war ihr schon seit ihrer Pubertät nicht mehr passiert. Ihn schien es nicht zu stören, denn er lachte sie nicht aus, sondern lächelte sanft, fast liebevoll. Oje! Was passierte hier, dachte sie mit leichtem Erschauern.

„Was hältst du von deiner neuen Freundin Barbara Schmidthoff?", lenkte er das Gespräch auf ein weniger persönliches Thema ab.

Ina überlegte nicht lange. „Barbara ist sehr nett, aber auch sehr einsam. Mir scheint, sie krallt sich jeden, der nicht sofort verschwindet. Welchen Eindruck hast du?"

„Mir kommt das auch so vor. Sie braucht die Gesellschaft der anderen, sie fühlt sich überhaupt nicht wohl alleine. Was mich stört, ist, dass sie zwar Lilo Hallsteins Freundin sein will, aber doch ziemlich negativ über sie redet", äußerte Pablo.

„Das finde ich auch unangebracht. Da scheint mir so etwas wie Neid zu bestehen: Lilo als Männer fressendes Monster. In Wirklichkeit beneidet Barbara sie deswegen. Das möchte sie selbst gerne sein. Aber sie ist alt im Verhältnis zu ihr, sie muss viel tun, um sich fit und jugendlich zu erhalten. Und vielleicht interessiert sich doch kein Mann mehr für sie. Was meinst du als Mann?", wollte Ina wissen.

Pablo dachte noch über Inas Überlegungen nach, sie hatte sie teils in Spanisch, teils auf Deutsch ausgeführt. „Also mich würde sie nicht interessieren. Aber ich könnte mir vorstellen, dass ein etwa gleichaltriger oder kaum jüngerer Mann als sie sich von ihr angesprochen fühlt, vor allem, wenn man bedenkt, wie reich sie ist", legte Pablo seine Meinung dar.

„Arme Barbara! Wenn sie nur wegen ihres Geldes geliebt wird", bedauerte Ina. „Wenn nur ihr Geld geliebt wird!", verbesserte Pablo. „Aber unsere Probleme sind anderer Art: Wo ist Herr Doktor Dirksen? Ein Rätsel! Auch der frühere Gärtner ist noch verschwunden. Wir haben übrigens Frau Lilo Hallstein durch die Polizei in Dannstein aufgefordert, dass sie sich schnellstens nach Grandaria begeben soll. Es ist reichlich verdächtig, dass in ihrem Garten eine Leiche gefunden wird und es sie weiter nicht zu interessieren scheint. Außerdem wissen wir, dass es durchaus möglich ist, unbemerkt auf die Insel zu kommen und dann auch wieder zu verschwinden. Von Palmas fährt eine direkte Fähre auf das Festland. Die Passagiere werden nicht namentlich erfasst. Ina, du kennst Frau Hallstein, traust du ihr einen Mord zu?"

„Ich kenne sie tatsächlich schon seit ihrer Kindheit. Sie war immer schon ein exaltiertes Persönchen. Überbehütet, überverwöhnt. Sie hält alle schön auf Trab, sie ist es gewohnt zu herrschen, kann explodieren, wenn man ihr nicht den Willen tut. Ihre Eltern hatten ziemlich unter ihr zu leiden und tun das immer noch. Ich glaube, sie könnte eine antisoziale oder dissoziale Persönlichkeitsstörung haben. Bei Personen mit dieser psychischen Störung ist es so, dass Lügen und Betrügen, Reizbarkeit und Aggressivität Bestandteile ihres Charakters sind. Sie können nach außen trotzdem sehr charmant sein. Das hat mir eine Bekannte erklärt, die Psychologin ist. Außerdem ist diese Psychologin die Exfrau von Dirksen", stellte Ina dar.

„Wie verrückt! Was für Zusammenhänge! Diese Lilo Hallstein scheint aber auch eine interessante Person zu sein. Ob Doktor Dirksen und sie vielleicht gemeinsame Sache gemacht und Hallstein getötet haben?", überlegte Pablo.

Ina schaute ihn zweifelnd an. „Aber warum? Anscheinend hatte sie schon lange nichts mehr mit Dirksen. Und will auch nichts mehr von ihm. In Hassfeld ist sie mit einem neuen Mann aufgetaucht. Wenn sie Hallstein getötet hätten, dann doch vor zwei Jahren, nicht jetzt. Das gibt keinen Sinn."

„Tatsächlich rätselhaft! Was ist mit Hallstein? Was ist mit Dirksen? Übrigens: Meine Mutter wird sich schon

Gedanken machen, dass ich nicht komme. Wir müssen endlich nach Hause fahren!", schlug Pablo vor. Seiner Mutter gegenüber hatte er tatsächlich ein wenig Schuldgefühle.

„Von mir aus können wir direkt zu deiner Mutter fahren. In die Stadt zum Einkaufen brauchen wir ja nicht mehr. Ich hab jetzt genug Kleidung, Barbara hat es wirklich gut mit mir gemeint", wunderte sich Ina immer noch. „Sie ist sehr nett."

14. Kapitel

Etwas später brachte Pablo seine deutsche Kollegin zu seiner Mutter nach Hause.

„Mama, das ist meine deutsche Kollegin Ina Helle. Wir arbeiten an einem gemeinsamen Fall. Wenn du nichts dagegen hast, wohnt sie ein paar Tage bei uns."

Ina sah Pablos Mutter die Verwunderung darüber an. Sie begrüßte die junge Dame überaus freundlich: „Herzlich willkommen bei uns auf Grandaria. Gerne können Sie bei uns wohnen. Ich bin Tosca Cuerto."

„Tosca. Was für ein wunderbarer Name. Was für eine schöne Assoziation. Ich liebe Opern, natürlich auch ‚Tosca' von Puccini", schwärmte Ina.

Die elegante Dame mit den lila Haaren war Ina sofort sympathisch. Sie wurde wirklich nett auf dieser Insel empfangen, bis auf die Episode mit den Gangstern, dachte sich Ina.

„Mein Vater war auch Opernliebhaber. Man sagt, dass er in seiner Jugend eine leidenschaftliche Affäre mit einer Opernsängerin hatte. Daher mein Name", erklärte Tosca. Alle lachten.

Sie ließen sich mit Pablos Mutter auf der großen Terrasse nieder, nicht weit entfernt rauschte das Meer. Nur eine kleine, wenig befahrene Uferstraße trennte sie vom Sandstrand. Ina und Pablo saßen noch drei Stunden auf der Terrasse und unterhielten sich leise.

Tosca war schon lange ins Bett gegangen. Doch bevor sie das Licht löschte, nahm sie das Telefon, das neben ihrem

Bett stand, rief ihre Freundin Paloma an und erzählte ihr von dem überraschenden Besuch: „Eine Deutsche, stell dir das mal vor. Er hat doch immer über die Deutschen geschimpft. Jetzt wohnt sie hier. Gestern hat er davon noch nichts verlauten lassen. Das ist nicht Pablos Art. Die junge Frau muss es ihm angetan haben. Sie ist aber auch eine ganz hübsche und aparte junge Dame. Natürlich nehme ich sie gerne bei mir auf. Man muss sich ja freuen, dass Pablo eine Frau mit nach Hause bringt." Sie hielt kurz inne. „Vielleicht ist sie die Richtige für ihn", schwärmte sie.

Pablo und Ina tauschten keine Theorien mehr darüber aus, wer wohl der Mörder von wem sein könnte. Das Problem hatte Zeit bis morgen. Sie tranken Rotwein und genossen die Milde des Abends. Überall hörte man das Zirpen der Zikaden, die lauthals eine Partnerin suchten. Pablo legte seine Hand auf Inas, sie zog sie nicht zurück. Etwas später brachte er sie an die Tür des Gästezimmers, wo er sich mit einem zarten Kuss auf ihre Wange verabschiedete. Es war nur ein Hauch, aber ein Hauch tiefen Gefühls, so dass Ina wohlig erschauerte.

Tatsächlich hatte Sancho Frau Schmidthoff am Nachmittag noch mit einem riesigen Blumenstrauß aufgesucht. Es waren gelbe Rosen. Im Blumenladen hatte man ihm gesagt, dass man damit nichts falsch machen könne. Pablo und Ina waren gerade weggefahren, als er bei Barbara ankam. Es war nicht klar zu erkennen, ob sie sich mehr über seinen Besuch oder über die Blumen freute. „Das ist wunderbar. Ich habe lange keine Blumen mehr bekommen, schon gar keine Rosen. Ich liebe Rosen." Sie nahm die Blumen entgegen und roch daran. „Und wie sie duften. Wunderbar."

Sancho fühlte sich geschmeichelt, es war ihm nicht unangenehm, dass seine Geste so gelobt wurde. Es braucht nicht viel, dachte er, Frauen zu beeindrucken.

„Ich wollte mich bedanken, dass Sie mich gerettet haben", lenkte Sancho ab.

„Das wäre doch nicht nötig gewesen. Ich habe es gerne gemacht. Vor allem auch, weil Sie ein so gutaussehender Mann sind. Daher konnte ich nicht anders handeln."

Sancho lächelte angenehm berührt und dachte: Die geht aber ran. Da könnte er sogar noch etwas lernen.

„Auch Sie können etwas für mich tun", fuhr Barbara fort. „Sie müssen mit mir essen gehen, heute Abend noch. Sie dürfen mir das auf keinen Fall abschlagen. Bitte!"

Doch Sancho äußerte seine Bedenken: „Ich weiß nicht, ob ich das annehmen kann. Sie wissen doch, wir ermitteln in einem Mord, der nicht weit von hier begangen wurde."

„Ich bin doch höchstens Zeugin, keine Tatverdächtige. Von daher brauchen Sie keine Skrupel zu haben", beschwichtigte ihn Barbara Schmidthoff, „damit Sie damit noch besser klarkommen, deklarieren Sie das Treffen als Befragung zum Mordfall. Ich würde mich sehr freuen."

„Dem kann ich nicht viel entgegensetzen. Dann werde ich mir einige Fragen überlegen, die im Zusammenhang der Mordermittlung noch nicht gestellt worden sind." Barbaras dankbares Lächeln war die Antwort.

So kam es, dass der junge und dynamische Kommissar Sancho Delgado am Abend mit Frau Schmidthoff ausging, wobei sie sich nicht lumpen ließ. Sie hatte ein teures, aber auch sehr gutes Restaurant ausgesucht. Diesmal war Sancho passend gekleidet, mit dunklem Anzug und hellem Hemd. Dafür brauchte er nicht lange vor seinem Kleiderschrank zu stehen und zu überlegen, denn er besaß nur diesen einen Anzug und für so feine Leute wie Frau Schmidthoff schien ihm das angemessen. Jedoch verzichtete er auf eine Krawatte. Er kam sich elegant und leger vor.

Da hatte Frau Schmidthoff mehr Probleme, denn sie war eine typische Frau. Obwohl sie eine Menge schöne, elegante und teure Kleidung ihr Eigen nannte, glaubte sie, dass sie für diesen Anlass überhaupt nichts besäße. Lange stand sie vor dem Kleiderschrank und probierte mal dieses, mal jenes. Schließlich wählte sie ein lachsfarbenes langes Kleid, das ihren leicht gebräunten Teint unterstrich, und passende Riemchensandaletten dazu. Zur Feier des Abends legte sie den teuersten Brillantschmuck an, der noch aus dem Juwelierladen des Vaters stammte. „Du bist", sagte sie zu ihrem Spiegelbild, „in Polizeibegleitung. Da kann dir und deinem Schmuck nichts passieren."

Nach dem exquisiten Dinner fuhren Barbara und Sancho zum Yachthafen. „Ich muss dir unbedingt mein Boot zeigen", hatte sie ihm vorgeschlagen.

15. Kapitel

Mit einem Blick zum Himmel und auf das Thermometer stellte Ina fest, dass der Tag versprach nicht ganz so heiß, nicht so unerbittlich glühend wie den Tag zuvor zu werden. Auch Pablo schien das zu denken, denn er nahm das Tablett mit dem Frühstücksgeschirr und deckte den Tisch auf dem Balkon. Dort im Schatten der Markise war es am frühen Morgen angenehm warm. Nach einem nicht allzu ausgedehnten Frühstück mit Pablos Mutter fuhren Ina und Pablo wieder zur Polizeidienststelle. Sie teilten den Kollegen mit, was sie von Barbara Schmidthoff über Lilo und deren Männer erfahren hatten.

Sancho hingegen bekundete: „Frau Schmidthoff scheint einiges zu wissen. Ich muss mich noch mehr mit ihr unterhalten."

„Und wie war dein Treffen gestern?", wollte Pablo wissen. Sancho lächelte nur, teilte jedoch nichts weiter mit.

Pünktlich um sieben am Abend wurde Ina von Barbara mit deren rotem Ferrari abgeholt. Pablo bedauerte, dass Ina den Abend nicht mit ihm verbringen würde. Doch andererseits begrüßte Pablo Inas Aktivitäten, denn sie sollte die Gelegenheit haben, Leute kennenzulernen. Vielleicht würde sie bei der Gelegenheit noch etwas Insiderwissen über die Bewohner des Goldhügels erfahren.

Barbara begrüßte Ina sehr überschwänglich: „Hallo, meine Beste, wie ich mich freue, dass du Zeit für mich hast. Du würdest sicher viel lieber etwas mit deinem neuen Freund Pablo Cuerto unternehmen. Ich habe doch gemerkt, dass er eine Menge für dich übrig hat."

Ina tat unschuldig. „Tatsächlich, er ist sehr nett."

„Das ist gar kein Ausdruck. Er betet dich geradezu an."

„Jetzt übertreibe aber nicht! Er mag mich. Doch mehr? Wir sind Kollegen", stellte Ina klar.

„Mag sein. Mein Typ wäre er nicht."

„Dein Typ?", wunderte sich Ina. Wieso sagte Barbara das? „Was ist denn dein Typ?"

„Eher der Sancho, der ist lockerer, nicht so verbissen."

„Lockerer? Ob das wirklich wichtig ist?", zweifelte Ina.

Mittlerweile waren sie bei dem Restaurant „La Torre" angekommen, das sich ganz malerisch in einem Befestigungsturm aus dem Mittelalter befand. Barbara hatte einen Platz unmittelbar am Fenster reservieren lassen. „Ich bin schon immer hierhin gegangen", erklärte sie, „auch als mein Mann noch lebte."

Es war eine romantische Ecke. Am Fenster. Mit Kerzen und roten Rosen. Schön für ein Paar. Mit einem Mann, den man gerne mag, den man vielleicht sogar liebt. Aber mit Barbara? Wollte Barbara mit ihr etwas Wichtiges besprechen? Oder war sie wirklich so allein und einsam, dass sie jede Gelegenheit einer Gesellschaft ergreifen musste?

Barbara war wie für ein Rendezvous gekleidet: ein feines und luftiges türkisfarbenes Kleid, das mit ihrer Augenfarbe harmonierte, das halblange mittelblonde Haar frisch geschnitten und mit auffrischenden hellen Strähnen versehen. Die neue Frisur hatte sie sich gestern bereits für das Rendezvous mit Sancho zugelegt. Das Gesicht trug ein dünnes, kaum sichtbares Makeup, das ihre sommerliche Bräune besonders natürlich zur Geltung brachte. Eine attraktive Frau für ihr Alter, dachte Ina, und dazu noch mit einer solch schlanken, durchtrainierten Figur. Das kaum knielange Kleid und ihre farblich passenden High Heels ließen ihre Beine schlank und wohlgeformt erscheinen. Neben der eleganten Barbara kam sich Ina wie ein plumpes Landei vor, obwohl sie selbst lange in der Stadt gelebt hatte und sie heute Abend die dunkelblaue Seidenbluse zu der weißen Jeans aus Barbaras Fundus trug.

„Stehen dir gut, meine Sachen", lobte Barbara.

„Ich bin es, die dir ein Kompliment machen muss", bewunderte Ina ihre Begleiterin. „Du siehst wirklich umwerfend aus. Die Männer müssen bei dir Schlange stehen."

Barbaras Gesicht verdüsterte sich. „Na ja, die Männer sind ein spezielles Thema. Einerseits könnte ich durchaus den einen oder anderen haben. Aber man ist vom Alter her mehr oder weniger an sein eigenes Alter gebunden oder an noch ältere. Aber könntest du dir vorstellen, dass man so einen alten Kerl haben will? Die meisten haben einen dicken Bierbauch, eine Glatze, ein rotes und faltiges Gesicht und dreißig Kilo Übergewicht. Ist das attraktiv? Macht das Spaß?"

„So extrem ist das? Wirklich?"

„Frauenfreundschaften sind meist angenehmer", schmeichelte Barbara. „Die Frauen schauen bei anderen Damen nicht auf das Geld. Daher gibt es viele weibliche Wesen, die man sympathisch findet", fügte sie lachend hinzu.

Sie bestellte einen Meeresfrüchteteller, reichlich Salat mit gerösteten Walnusskernen und Pinien, dazu frisches

Landbrot und einen spritzigen Weißwein von der Insel. Ina schloss sich dieser Wahl an, weil Barbara ihr das dringend empfahl. Es schmeckte wirklich hervorragend. So hatte sie Austern, Muscheln und Tintenfische noch nie gegessen. Geröstet, gebraten und mit den verschiedensten Soßen. Eine Weile lang aßen sie schweigend und genießend, nur ab und zu war ein Ton der Anerkennung für die kulinarischen Genüsse zu vernehmen.

„Barbara, was hast du beruflich gemacht, bevor du dich hier nach Grandaria zurückgezogen hast?", wollte Ina wissen.

Barbara erzählte gerne von sich: „Ich stamme aus einer angesehenen Juwelierfamilie. Natürlich war es mir vorbestimmt, den Weg meiner Eltern einzuschlagen. Hauptsächlich meinem Vater zuliebe. Er hatte sich immer einen Sohn gewünscht und da keiner kam, musste ich diese Rolle übernehmen. Meinen Eltern gegenüber war ich niemals eine Rebellin. Meine Schwester Bettina dagegen, sie ist zwei Jahre jünger als ich, hat sofort etwas anderes gemacht. Sie studierte Jura, ist dann Rechtsanwältin geworden, übrigens eine sehr gute. Falls ich jemals eine brauche, dann werde ich sie nehmen. Meine Schwester hat schon viele anscheinend hoffnungslose Fälle wieder freibekommen, auch Mörder oder zumindest solche, die alle dafür hielten. Bettina hat nicht geheiratet, sondern sie lebt schon lange mit ihrer Lebensgefährtin zusammen. Sie hat einen Lebensstil eingeschlagen, den meine Eltern nicht gutheißen. Aber darum hat sie sich nie geschert, im Gegensatz zu mir: Ich habe den Mann geheiratet, den meine Eltern für mich ausgesucht haben. Er war auch nett und hatte noch mehr Geld als wir. Leider", stellte sie mit Bedauern fest, „konnten wir keine Kinder bekommen und wir lebten uns auseinander. Auch im Bett klappte es nicht mehr."

„Du bist bei ihm geblieben. Warst du trotzdem zufrieden?", erkundigte sich Ina.

„Richtig zufrieden war ich natürlich nicht. Wir lebten nur noch nebeneinander her und mein Mann gestattete mir, Liebschaften neben der Ehe zu haben. Es durfte nur nicht zu offensichtlich sein. Diskretion war wichtig. Früher war dieses Arrangement auch kein Problem für mich, es gab viele gutaussehende Männer in meinem Alter, mit denen ich ins Bett steigen konnte. Das änderte sich später, mit zunehmendem Alter wuchs mein Anspruch. Die reinen Bettgeschichten reichten mir nicht mehr. Richtig schwierig ist es, seit Alexander tot ist. Er starb vor einem halben Jahr."

„Tut mir leid", bekundete Ina.

„Das braucht dir nicht leid zu tun. Ich habe immer zu ihm gesagt: ‚Unsere einzigen Gemeinsamkeiten sind unsere Unterschiede'. Und er hat mir nicht widersprochen. Das Schlimme an seinem Tod ist, dass ich jetzt nicht mehr die verheiratete Frau bin, die ein Abenteuer sucht, sondern die Witwe, die vielleicht einen neuen Lebensgefährten braucht!", erklärte Barbara.

„Zwar ist seit dem Tode deines Manns noch nicht viel Zeit vergangen, aber hast du schon Ausschau nach einem neuen Lebensgefährten gehalten? Du hast ihn noch nicht gefunden?", erkundigte sich Ina teilnahmsvoll.

„Man findet schon jemanden, der einem gefällt. Aber jetzt habe ich mehr und mehr das Gefühl, dass die Männer nur hinter meinem Bankkonto her sind. Einmal glaubte ich, könnten echte Gefühle eine Rolle spielen. Aber dann erwies sich auch das als trügerisch. Liebe Ina, merke dir: Liebe ist wie Schokolade, einmal süß, einmal bitter, aber immer gehaltvoll." Barbara lächelte traurig.

Ina sagte anerkennend: „Das muss ich mir merken. Das ist ein toller Spruch. Woher hast du ihn?"

„Das ist meine eigene Philosophie. Ich habe im Gegensatz zu dir schon ein langes Leben hinter mir. Ina, du bist noch jung, noch schön. Überlege dir gut, mit wem du dich auf Dauer zusammentust. Ich habe viel falsch gemacht in meinem Leben, die falschen Entscheidungen getroffen, den falschen Partner gewählt. Vielleicht wäre ich mit einem anderen glücklicher geworden, vielleicht mit meinem Jugendfreund Fred, aber der hatte nicht so viel Geld, der war keine passende Partie. Aber ich will nicht jammern. Erzähle mal von dir. Wie ist es mit den Männern?"

Ina musste an ihre eigene quasi gescheiterte Ehe denken. „Ich habe auch schon viele Fehler gemacht: Ich habe einen Mann geheiratet, mit dem mich ebenfalls nichts weiter verbindet. Damals war es so etwas wie jugendlicher Leichtsinn, jugendliche Verblendung. Man dachte, wenn es nicht klappt, können wir uns wieder scheiden lassen. Aber das ist schwieriger als gedacht. Er will es nicht akzeptieren, er verfolgt mich, obwohl es offensichtlich mit uns nicht funktioniert; er sieht es einfach nicht ein. Wir haben keine Gemeinsamkeiten, hatten nie welche. Es war nur ein sexuelles Verhältnis, aber das ist mir zu wenig. Ich brauche mehr. Außerdem höre ich mittlerweile meine biologische Uhr ticken", seufzte Ina. „Ich bin ja auch schon dreißig. Wenn ich jetzt keinen richtigen Mann kennenlerne, wann dann?"

„Und der Kommissar Pablo? Könnte er der Richtige sein?", erkundigte sich Barbara.

„Ich weiß es nicht. Ich will mich auch nicht in ein Abenteuer stürzen und nach nur drei oder vier Monaten feststellen, dass er nicht der Richtige ist."

„Ja, bei der Partnerwahl muss man einerseits wählerisch sein, andererseits aber nicht verkniffen. Es ist nicht einfach, man kann sich schließlich keinen nach seinen Vorstellungen backen", lachte Barbara. „Auch wenn man es gerne möchte. Also, dann trinken wir doch auf uns." Sie hob ihr Glas und prostete Ina zu. „Auf uns! Dass wir auch ohne Männer glücklich sind. Wenn die nicht so sind, wie wir es wollen", fügte sie hintergründig lächelnd hinzu.

Danach war für den Abend das Thema „Männer" abgeschlossen. Um dreiundzwanzig Uhr brachte Barbara Ina zu Pablo nach Hause. Sie hatte wie Ina nur zwei Gläser Wein getrunken und beteuerte vehement, dass sie durchaus noch in der Lage sei, ihren Wagen zu steuern.

Pablo wartete schon ungeduldig auf Inas Rückkehr. Da seine Mutter bereits wieder im Bett war, setzten sie sich noch auf die Terrasse und unterhielten sich leise. Ina erzählte von dem Gespräch mit Barbara, und sie ließen den Abend mit einem samtenen Rotwein ausklingen.

16. Kapitel

Am Donnerstag um zwölf Uhr mittags kam Lilo auf dem Flughafen in Grandaria an. Mit demselben Flugzeug waren neue DNA-Proben der Familien Dirksen und Hallstein von der Polizei in Dannstein mitgeliefert worden. Vorsichtshalber war keinem zuvor gesagt worden, wann die Proben geschickt wurden. Ein Polizeiwagen stand am Flughafen in Grandaria bereit, um alles auf direktem Wege zum forensischen Institut nach Palmas zu bringen. Auf keinen Fall durfte der Wagen unterwegs anhalten. Aber diesmal lief alles reibungslos, die Proben kamen unbeschadet bei El Obscuro an, der sich sofort an die Arbeit machte.

Auch Lilo ahnte nichts von der zusätzlichen Fracht im Flugzeug. Sie musste ihrerseits nur dafür Sorge tragen, sich spätestens um fünfzehn Uhr zur Befragung in ihrer Villa zu befinden. Auch wenn sie ursprünglich darüber gemurrt hatte, fügte sie sich. Ansonsten hätte sie zum Kommissariat kommen müssen. Diesmal war sie allein, was sie nicht gut fand. Ihr Freund Max wollte angeblich in Frankfurt noch einiges regeln, bevor er nachkommen wollte. Bereits in Hassfeld hatte er sich nach ein paar Tagen abgesetzt. Sie glaubte, dass er die ganze Aufregung und den Mordverdacht seiner Freundin zu nervend fand.

Aber Barbara als liebe Freundin hatte sich für später angekündigt und wollte Lilo unterstützen.

Als Lilo mit ihrem Taxi ankam, wurde sie von einem Polizisten erwartet, der alle ihre Schritte überwachen sollte. Doch Lilo hatte nicht die Absicht, eventuelle Beweismaterialien zu beseitigen. Ihr war nur nach einer Dusche zumute. Eigentlich wäre sie gerne zum Schwimmen in den Pool gegangen, doch mit einem Blick stellte Lilo fest, dass niemand das Wasser gesäubert hatte. Gärtner Verde hätte das machen sollen. Er war auch für den Pool zuständig. Außerdem waren hinter dem Pool noch die rotweißen Absperrbänder gezogen, die den Ort des Leichenfundes markierten.

Als Lilo sich einen seriösen royalblauen Hosenanzug angezogen und ein unauffälliges Makeup aufgetragen, die langen blonden Haare zu einem effektvollen, aber züchtigen Knoten aufgesteckt hatte, erschienen die Kommissare Sancho Delgado, Pablo Cuerto und die Kommissarin Ina Helle. Zunächst gingen sie alle mit Lilo zu der Grube, um sie damit zu konfrontieren. „Hier wurde die Leiche gefunden! Es ist ein Mann, ungefähr fünfzig Jahre alt, etwa ein Meter fünfundsiebzig groß, nur mit einer Badehose bekleidet. Der Mann muss sich also hier wie zu Hause gefühlt haben. Wer war es?"

„Ich habe wirklich überhaupt keine Ahnung. Und ich habe auch niemanden ermordet. Ich habe doch ein Alibi", klagte Lilo. Ihre blauen Augen blickten unschuldig.

„Leider, leider", betonte Pablo, „ist Ihr Alibi gar nichts wert. Wir wissen jetzt definitiv, dass der Mann so um Ende Mai herum gestorben ist. Unser Gerichtsmediziner schätzt den Todeszeitpunkt auf den einunddreißigsten Mai. Und er irrt sich nie! Sie hätten am einunddreißigsten Mai vor Ihrem Abflug nach Deutschland noch die Möglichkeit gehabt, den Mann zu ermorden. Weil Sie nicht viel Zeit hatten, haben Sie ihn nur sehr oberflächlich verscharrt. Das war ein Fehler."

„Wenn ich jemanden hätte ermorden wollen, wäre ich doch nicht so dumm gewesen, das hier auf meinem Grundstück zu tun." Jetzt klang Lilos Stimme wirklich jämmerlich und trotzdem widerspenstig.

„Vielleicht haben Sie ihn auch im Affekt getötet und wollten sich der Leiche schnell entledigen, vor allem weil Sie nachher abreisen wollten. Geben Sie es doch zu", beschwor sie Sancho.

„Nichts gebe ich zu. Ich war's nicht und das ist mein letztes Wort", trotzte Lilo.

„Dann sagen Sie doch wenigstens, wer der Tote sein könnte", redete Ina ihr zu.

„Ich weiß es nicht. Woher soll ich das denn wissen? Ich war doch nicht hier. Ich glaube, dass mich jemand reinlegen will", beteuerte Lilo. Dann wandte sie sich scheinbar hilfesuchend an Ina. „Frau Helle, ich möchte Ihnen etwas sagen. Aber nur unter vier Augen. Von Frau zu Frau sozusagen."

Die Kommissare sahen sich fragend an, Ina nickte bestätigend.

„Na gut, dann gehen wir nach nebenan", schlug Ina vor, die sich wunderte. Wollte Lilo jetzt ein Geständnis ablegen? Im Nebenzimmer sah Ina Lilo erwartungsvoll an. „Was ist, Lilo? Wollen Sie gestehen?"

Lilo bedachte Ina mit einem verschlagenen Blick. „Nein, Ina, so darf ich dich doch nennen und dich außerdem auch duzen. Du wirst auch gleich erfahren, warum. Wir haben nämlich etwas gemeinsam." Ina überlegte, was Lilo meinen könnte. „Also", fuhr Lilo fort, „ich war bei deinem Mann, bei Benno."

Jetzt sah Ina noch ratloser aus. „Was willst du damit sagen?"

„Ich muss sagen, dass Benno wirklich ein ganz Scharfer ist. Wir sind in eurem Wohnzimmer richtig übereinander hergefallen und haben es miteinander getrieben. Die Hunde hatte er in den Flur gesperrt, damit sie uns nicht stören konnten."

Obwohl Ina sich um Fassung bemühte, musste sie ausgesprochen entsetzt gewirkt haben. Doch mit Lilos Aussage wollte sie sich nicht zufriedengeben. Außerdem konnte sie nicht mehr ‚Sie' zu ihr sagen. „Wer sagt mir, dass du dir das nicht nur ausgedacht hast? Du hast doch deinen Freund. Der hätte doch bestimmt etwas dagegen, wenn du es mit einem anderen Mann treiben würdest."

Lilo lächelte hintergründig. „Der war schon abgereist. Ist er doch selbst schuld, wenn er wegfährt. Du musst mir schon glauben. Dein Mann wird dir gegenüber natürlich alles abstreiten. Aber er hat mir gesagt, dass ich jederzeit wiederkommen kann, weil du ja nicht mehr da wohnst."

„Und sonst willst du mir nichts sagen? Das hättest du dir sparen können. Was mein Mann macht, ist mir egal", rang Ina sich ab. Nach außen schien sie jetzt ruhig, innerlich war sie wütend, auf Lilo und auf ihren Mann. „Lass uns wieder rübergehen, die denken doch, dass du ein Geständnis ablegen wolltest", schlug Ina vor.

„Hab ich doch auch irgendwie", bestätigte Lilo lächelnd.

Pablo und Sancho sahen sie erwartungsvoll an, als sie

wieder eintraten. Ina schüttelte leicht den Kopf. „Es hatte nichts mit dem Mordfall zu tun."

„Frau Hallstein, wir müssen weiter fragen", bestimmte Pablo. „Wir haben den Verdacht, dass Ihr Mann noch lebt. Was sagen Sie dazu?"

„Mein Mann lebt noch? Mein Mann ist tot. Seit zwei Jahren. Ich war gerade erst zu seiner Gedenkfeier in Hassfeld!" Dann fing sie an, heftig zu weinen. „Mein Mann, mein armer Mann. Ich vermisse ihn so sehr." Die Tränen flossen, Lilos Gesicht war schmerzlich verzogen.

Sehr eindrucksvoll, dachte Ina, wenn sie Lilo nicht von einer anderen Seite kennengelernt hätte, wäre sie doch direkt darauf hereingefallen.

„Frau Hallstein, wir müssen Sie bitten, morgen zur Rechtsmedizin zu kommen, um den Toten zu identifizieren. Vielleicht kennen Sie ihn", ordnete Pablo ungerührt an.

Lilo war entsetzt. „Muss das sein? Ich guck mir doch keine vergammelte Leiche an."

Wir könnten Sie wegen Mordverdachts festnehmen. Das werden wir Ihnen im Moment ersparen, wenn Sie kooperativ sind", gab Pablo zu bedenken.

„Dann werde ich eben morgen kommen", seufzte Lilo genervt.

17. Kapitel

„Die hat es faustdick hinter den Ohren", meinte Sancho anerkennend. „Hat die eine Schauspielausbildung hinter sich?"

„Das war wirklich ausgesprochen theatralisch. Man hätte ihr die Tränen glauben können. Aber vielleicht weint sie auch, weil allmählich ihr doppeltes Spiel ans Tageslicht kommt", spekulierte Pablo. „Ina, was meinst du?"

Bisher hatte Ina niedergeschlagen und still in ihrem Autositz gesessen, seitdem sie mit den anderen Kommissaren von Lilos Villa losgefahren war.

„Ich traue ihr alles zu, sie ist von Grund auf schlecht", stieß Ina so heftig hervor, dass Pablo sie besorgt ansah.

„Was hat sie denn gesagt?", fragte Sancho.

„Nichts zu dem Fall, etwas Persönliches", wiegelte Ina ab. Doch ihre Stimmung war offensichtlich gedrückt. Das schien auch die beiden Herren anzustecken, denn keiner sagte mehr etwas, bis man im Kommissariat angekommen war. Dort gingen alle zu den Tagesaktivitäten über.

Für Ina war von der Polizeistation in Dannstein ein Fax gekommen. Es war von dem Tenor Edmond Hilger, der nach seinem Krankenhausaufenthalt Ina dort hatte aufsuchen wollen. Er wollte mit ihr reden. Dann hatte er einen Brief für Ina geschrieben, den eine Kollegin von Ina als Fax weitergeleitet hatte.

„Liebe Frau Helle,
ich wollte Sie erreichen, weil mir noch etwas eingefallen ist. Mein verschwundener Kumpel Mattes trägt einen kostbaren

Ohrstecker aus Gold mit einem kleinen Frosch aus Smarag-
den am linken Ohrläppchen. Es war ein Geschenk seiner
Mutter und er würde sich nie davon trennen.

Seien Sie so lieb und suchen Sie Mattes doch auf Gran-
daria und bestellen ihm schöne Grüße von mir. Grüßen
Sie auch Dr. Dirksen, er soll sich mal ein bisschen beeilen.
Wir brauchen ihn.

Ansonsten freue ich mich, liebe Ina Helle, wenn Sie nach
Hassfeld zurückkommen und wir das Projekt ‚Gesang bei
Speis und Trank' starten können. Ich habe auch schon gute
Ideen wie ‚Nessun dorma', ‚La donna e mobile'. Ich fang
schon mal an zu üben.

Liebe Grüße der Tenor (haha!)

Jetzt musste Ina schmunzeln, so, so, der Tenor. Er
hatte sie wenigstens ein bisschen aufgeheitert. Der
Hinweis auf den Kumpel Mattes war wichtig. Morgen würde sie die entsprechenden Stellen der Obdachlosen aufsuchen, um hoffentlich Mattes zu finden.
Aber eine andere Frage brannte ihr auf den Nägeln:
Wie sollte sie sich Benno gegenüber verhalten? Folgende
Möglichkeiten gab es: Erstens: Von hier aus schon die
Scheidung einreichen. Zweitens: Ihn über den Haufen
schießen. Drittens: Oder sich revanchieren. Zu Punkt
eins: Das wäre übereilt. Außerdem, wer versicherte ihr,
dass Lilo die Wahrheit sagte? Obwohl sie das mit den
Hunden nur wissen konnte, wenn sie bei Benno gewesen
war. Zu Punkt zwei: Nicht ernst gemeint, auch wenn sie
jetzt die genügende Wut dazu im Bauch hatte. Warum
regte es sie überhaupt so auf? Verletzte Eitelkeit oder weil
ihr doch noch etwas an ihm lag? Zu Punkt drei: Wenn

sich die Gelegenheit ergab, könnte das ihre vorrangige Option sein!

Etwas weniger wütend und nachdenklich fuhr sie anschließend mit Pablo nach Hause. „Wenn du mir erzählen willst, was Lilo gesagt hat, kannst du das", schlug er während der Fahrt vor. „Ich werde dir, so gut es geht, helfen."

„Das ist nett von dir. Ich bin mir sicher, dass du mir helfen kannst", deutete sie hintergründig an.

Am Abend, als Pablos Mutter bereits wieder ins Bett gegangen war und sie sich bei einem wunderbaren Wein auf der Terrasse wohlgefühlt hatten, brachte Pablo Ina zu ihrer Zimmertür. Wieder küsste er sie vorsichtig auf Stirn, Wange und Mund. Diesmal ließ sie ihn nicht gehen, sondern sie zog ihn zu sich ins Zimmer und erwiderte heftig seinen Kuss. Fast ohne ihre Lippen voneinander zu lassen, zogen sie sich gegenseitig aus und fielen voller Leidenschaft übereinander her. Später schmiegte sie sich glücklich in seine Arme. Das war nicht nur Revanche, sagte sie sich, das war viel mehr. Bis in den frühen Morgen blieb er bei ihr, sie liebkosten sich immer wieder und kamen kaum zum Schlafen. Als er um fünf Uhr vorsichtig die Tür öffnete, um in sein Zimmer zu gehen, flüsterte er verschwörerisch: „Mama hat als ältere Dame einen leichten Schlaf, sie soll nichts merken. Sie würde sich wundern." Dann schlich er leise davon.

18. Kapitel

Als sie übernächtigt um sieben aufstehen mussten, trafen sie sich vor dem Badezimmer und begrüßten sich mit zärtlichen, aber flüchtigen Küssen. Mama Tosca sollte nichts merken. Beschwingt kamen sie auf die Terrasse zum Frühstückstisch, den Pablos Mutter schon gedeckt hatte. Auch sie strahlte vor Freude. „Was für ein schöner Tag. Schaut mal. Wie das Meer in leichten Wellen gegen die Ufersteine brandet. Nachmittags gehen die Mütter, oft auch die Omas mit den kleinen Kindern zum Strand, die spielen dann im Sand. Ist das nicht wunderbar?"

Pablo und Ina sahen sich lächelnd, aber auch fragend an. Was wusste sie? Und vor allem: Welche Pläne malte sie sich aus?

Im Polizeirevier hatte Pablo noch eine Menge Schriftkram zu erledigen, der nichts mit dem Mordfall auf Lilos Grundstück zu tun hatte. Das wäre für Ina zu langweilig gewesen. Außerdem wollte sie dem Wunsch des Tenors entsprechen und nach seinem Kumpel Mattes suchen. Dafür bekam sie den kleinen Smart von Pablos Mutter Tosca geliehen und fuhr zu den Stellen, an denen sich hauptsächlich deutsche Obdachlose aufhielten. In der Nähe des alten Hafens war ein solcher Ort. Drei etwas verwahrlost aussehende Gestalten saßen dort auf den Steinen und ließen sich die warme Morgensonne auf die Haut scheinen. Sie tranken und prosteten sich zu, allerdings nicht, wie man erwartet hätte, mit billigem Fusel, sondern mit Cola und Zitronenlimonade. Ina nahm es erstaunt zur Kenntnis. Sie fragte die drei, ob sie Mattes kennen würden. Dabei beschrieb sie auch den Ohrstecker, der ein unverwechselbares Kennzeichen für Mattes war. „Nein, aber wir sind auch erst seit kurzem hier. Wir kennen noch nicht so viele", antwortete einer von ihnen.

„Wenn er auftaucht, soll er sich bitte sofort bei der Polizei in Palmas melden. Sagen Sie ihm, dass es um den Arzt Doktor Dirksen geht, den er gut kennt."

Ina reichte den Männern eine Visitenkarte der grandarischen Polizei, auf die sie ihren Namen notiert hatte. Die drei versprachen ihre Augen offenzuhalten.

Unverrichteter Dinge wollte Ina wieder zu dem kleinen Smart, um dann zum Polizeirevier zu fahren. Als sie gerade den Schlüssel aus ihrer Tasche holte, hörte sie jemanden rufen: „Ina, hallo! Was machst du denn hier?" Es war Barbara. Auch Ina wunderte sich, Barbara hier zu treffen. „Da drüben ist der Yachthafen", dabei zeigte sie auf die andere Seite des Hafens. „Da habe ich mein Boot. Ich musste mal sehen, in welchem Zustand es ist. Denn ich wollte dich zu einer Bootstour einladen."

Ina freute sich über das Treffen mit Barbara. Sie setzten sich in ein kleines Strandcafé, um sich zu unterhalten. Scherzhaft fragte Barbara: „Hast du neue Freunde?" Dabei zeigte sie lächelnd auf die Obdachlosen, die sich jetzt an den Strand gelegt hatten.

„Nein, natürlich nicht. Ich sollte nach einem bestimmten Obdachlosen suchen, der angeblich auf Grandaria sein soll."

„Soll das auch etwas mit dem Mordfall auf Lilos

Grundstück zu tun haben?", wollte Barbara neugierig wissen.

„Nein, nur indirekt, weil es eventuell Doktor Dirksen betrifft. Er war der Arzt eines Obdachlosen, der verschwunden ist."

„Liebe Ina, du sprichst in Rätseln. Doktor Dirksen? Willst du mir mehr dazu sagen? Vielleicht kann ich dir helfen? So einiges weiß ich doch auch", betonte Barbara.

„Danke für das Angebot. Ich werde gerne darauf zurückkommen. Leider kann ich im Moment selbst nicht mehr dazu sagen", bedauerte Ina.

„Ich verstehe, dass du mir aus ermittlungstechnischen Gründen nichts erzählen willst. Was meinst du denn zu Lilo? Alles weist darauf hin, dass sie und nur sie die Mörderin sein kann. Ich bin nicht dieser Meinung", versicherte Barbara.

„Barbara, du weißt, dass ich nicht mit dir darüber reden darf. Aber mich wundert, dass du Lilo nicht für die Mörderin hältst. Welche Gründe hast du dafür?"

„Ich bin mir sicher, dass Lilo zu dumm ist für einen Mord. Sie ist verbal aggressiv, regt alle Leute auf, macht sich unbeliebt. Das kann sie gut. Aber allein dieses Verhalten zeigt doch schon ihre Dummheit."

„Das könnte man denken. Aber dieser Mord war vielleicht ein Totschlag, war vielleicht gar nicht geplant. Lilo hatte nicht viel Zeit, den Toten zu vergraben. Deshalb diese Schludrigkeit. Alles spricht dafür, dass es so passiert ist. Wir müssen Lilo nur dazu bringen zuzugeben, dass sie das war", betonte Ina. Jetzt ärgerte sie sich darüber, dass sie doch begonnen hatte, Barbara über die polizeilichen Ermittlungen zu informieren.

„Lilo ist in ihrer Ekelhaftigkeit für euch die ideale Mörderin. Ihr wünscht euch direkt, dass sie das ist und nur sie. Aber in Wirklichkeit ist sie nur eine verwöhnte Göre, die denkt, dass sich alles um sie dreht", gab Barbara zu bedenken.

„Ich bin gar nicht der Meinung, dass Lilo so dumm ist. Sie weiß erstens immer genau, wo sie einen treffen kann, und zweitens hat sie ziemlich raffiniert verstanden, sich viel Geld und Ansehen anzueignen", zweifelte Ina.

„Das ist Instinkt und sonst gar nichts. Der funktioniert gut bei ihr", versicherte Barbara.

„So kann man es auch sehen. Aber vielleicht hat sie ja auch einen Killerinstinkt", versuchte Ina zu erklären.

„Jedoch nur im Hinblick darauf, anderen das Leben schwer zu machen." Das war Barbaras unumstößliche Meinung.

Ina konnte nicht alles, was Barbara meinte, nachvollziehen, aber es machte sie nachdenklich. Am erstaunlichsten war Barbaras spürbare Geringschätzung gegenüber Lilo. Trotzdem bezeichnete sie Lilo als ihre Freundin. Sie hielt sie für dumm und eigentlich traute sie ihr den Mord nicht zu. Aber das hieß noch lange nichts, folgerte Ina für sich.

Als Ina nachdenklich zum Auto ging, kam eine SMS von Pablo: *Te quiero! Was machst du? Fahre doch zu Mama nach Hause. Ich komme auch zum Mittagessen.*"

„Das freut mich, Pablo, dass du jetzt bereitwillig zum Essen kommst. Und nicht nur du, sondern auch Ina, die ich gerne mag. Das Allerwichtigste ist aber, dass du dich mit ihr so gut verstehst", flüsterte Tosca ihrem Sohn zu, als er zu Hause ankam.

„Mama, keine falschen Schlüsse ziehen", warnte Pablo seine Mutter.

Nachdem Ina und Pablo mit Mama Tosca gegessen und noch ein wenig geplaudert hatten, fuhren sie zum Instituto forense, denn sowohl Lilo als auch Barbara wurden zur Identifizierung der Leiche erwartet.

Tosca dagegen rief ihre Freundin Paloma an, um ihr das Neueste zu berichten.

19. Kapitel

Das gerichtsmedizinische Institut war ein alter Bau aus der Mitte des neunzehnten Jahrhunderts. Vor einigen Jahrzehnten war er renoviert worden, hätte aber jetzt wieder eine Renovierung nötig. Am Ende eines weißgekachelten Flurs befand sich rechts der Obduktionssaal, links der Aufbewahrungsraum. Hier waren silberfarbene Metallwannen in die Wand eingelassen, sie wurden wie Schubladen herausgezogen. Jede war so groß wie ein Sarg – es waren Kühlzellen, in denen die Toten lagen.

Um drei Uhr am Nachmittag kam Lilo ins gerichtsmedizinische Institut, war aber leider nicht entsprechend angezogen. Sie hatte sich nur nach den Außentemperaturen gerichtet und trug ein kurzes Röckchen und eine leichte Bluse. Daher hatte Lilo nichts anderes zu tun, als sofort loszuschimpfen: „Unmöglich, man hätte mir doch sagen können, dass ich hier in die Antarktis komme." Dabei machte sie ihren Mund rund und pustete vor sich hin.

Doch dann trat El Obscuro ein. Offensichtlich wirkte sein Anblick so einschüchternd auf Lilo, dass sie ihn erstaunt anschaute und sofort verstummte. Er zog die Schublade mit dem Toten heraus, der völlig mit einem Tuch abgedeckt war. Dann deckte Obscuro das Gesicht auf. Mittlerweile war es bearbeitet worden und sah nicht mehr ganz so zerfallen aus. Man konnte die ursprüngliche Form erahnen. Das Einschussloch in der Stirn hatte der Gesichtsrekonstrukteur unsichtbar gemacht.

Dennoch war das zu viel für Lilo. Augenblicklich nahm ihr Gesicht fast die grünlichgraue Farbe des Mordopfers an. Wohl um nicht in Ohnmacht zu fallen, wandte sie sich sofort ab. „Diese Fratze kenne ich nicht. Überhaupt ist es eine Zumutung, einem unbescholtenen Bürger so etwas zu zeigen. Ich guck mir nie wieder so etwas an!" Eilig lief sie mit klappernden Absätzen davon.

An der Tür fing Pablo sie ab. „Dann sehen Sie sich wenigstens noch die Badehose an, die der Tote trug."

Lilos Blick sah entsetzt aus. „Nein, die kenne ich auch nicht. Dieses billige Ding habe ich vorher noch nie gesehen."

Auf dem Flur begegnete sie Barbara, die ebenfalls zur Identifizierung des Toten ins forensische Institut bestellt war. Die erschüttert aussehende Lilo sah Barbara bittend an. „Barbara, können wir uns gleich mal sprechen? Ich warte unten im Park auf dich."

Doch zunächst sollte auch Barbara sich die Leiche ansehen. Neugierig betrachtete sie das Gesicht des Toten. Ihr wurde nicht schlecht. „Von dem Gesicht kann man nicht viel sehen", kommentierte sie. „Das ist ja schon reichlich zerstört."

„Es sah noch schlimmer aus. Wir haben versucht, es zu rekonstruieren", bemerkte der Forensiker.

„Kann ich den übrigen Körper sehen?", bat Barbara. Das wunderte den Gerichtsmediziner und er sah sie fragend an. Barbara erklärte, dass sie früher einmal angefangen habe, Medizin zu studieren. „Zumindest den Anatomiekurs hatte ich schon mitgemacht. Daher beunruhigt mich ein Toter nicht."

Als wollte sie das Bild des nackten Toten für immer in sich aufnehmen, betrachtete sie den Leichnam. „Das könnte der Cousin von Herrn Hallstein sein", überlegte sie laut. „Irgendwie passt die Figur, auch wenn man nichts Genaues erkennen kann."

Ihr wurde ebenfalls die Badehose des Toten gezeigt, die sie glaubte wiederzuerkennen. „Mag sein, dass ich die Badehose schon mal gesehen habe. Auf jeden Fall im Zusammenhang mit Lilo. Möglich, dass sie dem Cousin von Herrn Hallstein gehörte. Aber genau kann ich es nicht sagen."

Die Kommissare vermerkten das in ihrem Notizbuch. Ina verließ mit Barbara das forensische Institut, um sich noch kurz mit ihr zu unterhalten. „Barbara, hast du wirklich Medizin studiert? Davon hast du nichts gesagt." „Ist das wichtig? Ich habe mal so hinein geschnuppert, aber dann bestanden meine Eltern darauf, dass ich in Vaters Fußstapfen treten sollte", erklärte Barbara.

Draußen im Park wartete Lilo auf Barbara. Für Ina hatte sie nur einen verächtlichen Blick. Ihrer Freundin Barbara fiel sie um den Hals. „Die behandeln mich wie eine Mörderin. Ich hab doch keinen umgebracht! Du musst mir helfen!" Sie sah so unglücklich aus wie ein kleines Mädchen, das die gefundenen Ostereier nicht essen darf.

„Tatsache ist, dass der Tote in deinem Garten gefunden wurde. Deshalb bist du zunächst einmal die Hauptverdächtige", erklärte Ina.

„Das weiß ich, ich bin doch nicht dumm", betonte Lilo. Barbara und Ina sahen sich vielsagend an.

„Ich soll dagewesen sein, als der Mann getötet wurde. Aber dann müsstest du genauso verdächtig sein", wandte sich Lilo an Barbara. „Du warst morgens doch noch bei mir."

Barbara fragte: „Wieso? An welchem Tag?"

„An dem Tag, als ich nach Deutschland geflogen bin."

„Das stimmt. Wir haben zusammen gefrühstückt, dann habe ich dich zum Flughafen gebracht", versuchte sich Barbara zu erinnern.

„Sie hat mich zum Flughafen gebracht. Damit habe ich ein Alibi", triumphierte Lilo.

Ina überlegte, warum keiner Barbara nach dem wahrscheinlichen Datum des Mordes befragt hatte, dann wäre Lilos Alibi schon klar gewesen. Jetzt wollte sie die genauen Uhrzeiten erfahren. Lilo und Barbara rekonstruierten gemeinsam den Ablauf des entsprechenden Tages. Barbara berichtete: „Um neun Uhr war ich bei Lilo. Auf ihrer Terrasse haben wir bis zehn Uhr gefrühstückt, dann sind wir zum Flughafen gefahren, wo wir etwa eine halbe Stunde später ankamen, also zehn Uhr dreißig. Dort ließ ich Lilo vor dem Eingang mit ihrem Gepäck heraus. Ich hatte keine Zeit mehr, sie in das Innere des Flughafens zu begleiten, weil ich noch zu meiner Yacht fahren wollte. Die soll nämlich bald gestrichen werden. Dafür musste ich einiges vorbereiten."

Das Flugticket bewies, dass Lilos Flugzeug um vierzehn Uhr fünfunddreißig mit ihr gestartet war. Also hatte Lilo ein unumstößliches Alibi?

„Siehst du, Ina, ich hab es dir gesagt, Lilo ist zu einer solchen Tat nicht fähig. Sie wäre doch auch nicht so dumm, jemanden auf ihrem eigenen Grundstück zu töten und zu vergraben", beteuerte Barbara. „Das habe ich denen auch schon gesagt. Aber keiner will mir glauben. Ach, ihr duzt euch?", wunderte sich Lilo. „Übrigens danke, Barbara. Du bist mein Alibi." Etwas versöhnlicher wandte sie sich an Ina. „Übrigens, Frau Helle, es tut mir leid, dass ich Ihnen das über Ihren Mann gesagt habe." Sie war zur respektvolleren Anrede und zum ‚Sie' übergegangen. „Ich hätte es für mich behalten sollen", fügte sie hinzu.

Ina überging mit sich kämpfend Lilos Bemerkung. Am liebsten wäre sie wütend auf die unverschämte Lilo losgegangen. Stattdessen wandte sie sich an Barbara, denn musste diese nicht auch nach ihrem Alibi befragt werden?

„Barbara, du musst mir auch sagen, was du an dem Tag gemacht hast."

Ironisch sah Barbara Ina an. „Ina, jetzt bin ich sehr enttäuscht. Du willst mich, deine Freundin, doch nicht verdächtigen?"

Ina beschwichtigte sie: „Nein, ich verdächtige dich nicht. Ich dachte nur, dass du mit deiner Aussage helfen könntest, den Fall zu lösen. Wir sind auf jede Hilfe angewiesen. Ich denke, du nimmst eine wichtige Schlüsselfunktion ein."

„Das klingt einerseits schmeichelhaft, aber andererseits weiß ich nicht, wie ich diesem Anspruch gerecht werden kann. Liebe Ina, ich will dich nicht enttäuschen, ich will mein Bestes tun, um Licht in das Dunkel zu bringen. Ich bin froh, gebraucht zu werden." Dabei umarmte sie Ina gerührt.

„Dann sag mir, wie der entsprechende Tag für dich abgelaufen ist."

„Also, ich habe Lilo um zehn Uhr dreißig am Flughafen abgesetzt, dann bin ich langsam zum Yachthafen gefahren. Dort war ich eine oder zwei Stunden auf meiner Yacht und habe ein bisschen aufgeräumt. Anschließend ging ich zu Fuß zum Hafenrestaurant, um ein wenig zu essen. Ich gönnte mir einen Nizza-Salat. Ich müsste noch eine Rechnung davon haben. Moment." Sie kramte in ihrer Tasche, doch dann bedauerte sie: „Der ist in einer anderen Tasche. Zu Hause schau ich noch mal nach."

Ina nickte. „Ist schon gut. Das ist kein Misstrauen, Barbara, aber alle Personen, die in der Nähe des Geschehens waren, müssen befragt werden. Ich weiß gar nicht, warum die spanischen Kollegen das noch nicht gemacht haben."

„Ich verstehe doch, dass es kein persönliches Misstrauen mir gegenüber ist. Ich weiß das und sage wie Lilo: Ich bin doch nicht dumm." Dabei lachte sie, auch Ina stimmte in das Lachen ein.

Lilo schien zufrieden, dass sie im Moment aus dem Fadenkreuz der Verdächtigung ausgeschieden war und sich der Fokus auf eine andere Person richtete. „Da siehst du, Barbara, wie schnell man in Verdacht gerät. Da muss man nicht jung und hübsch sein, um den Verdacht auf sich zu ziehen."

Indigniert wehrte sich Barbara. „Ich weiß, liebe Lilo, ich bin nicht so jung und hübsch wie du. Deswegen bringe ich aber keinen um. Außerdem spricht doch einiges dafür, dass nicht ich, sondern du den Mord begangen hast: Erstens: Eindeutig lag der Tote in deinem Garten. Ich hatte keinen Schlüssel von deinem Grundstück. Wie sollte ich hineingekommen sein und dort, aus welchem Grund auch immer, jemanden ermordet haben? Außerdem hättest du zweitens durchaus noch

Zeit gehabt zurückzufahren, wahrscheinlich mit dem Taxi. Man braucht, wenn man schnell fährt, nicht mehr als zwanzig Minuten."

Feindselig sah Lilo sie an. „Du bist mir eine gute Freundin, mich in die Pfanne zu hauen. Ich wusste doch, dass du nur eine missgünstige, alte Ziege bist. Das haben auch andere gesagt." Wütend stürmte Lilo davon. Barbara war ebenfalls ärgerlich, aber auch traurig. „So unterscheidet man zwischen Freunden und Feinden. Und hier sieht man ja in welche Richtung. Ina, ich bin so froh, dass ich dich als neue Freundin gewonnen habe. Schade, dass du nicht für immer hierbleiben willst. Der Kommissar Pablo wäre doch ein netter Mann für dich. Aber sage mir, was Lilo über deinen Mann gesagt hat?"

„Ach, nichts", wich Ina aus.

„Da war doch was. Sag es mir. Vielleicht kann ich dir helfen", bot sich Barbara an.

„Lilo behauptet, dass sie etwas mit meinem Mann hatte, als ich nach Grandaria abgereist war", stieß Ina hervor.

„Du musst nicht alles glauben, was Lilo erzählt. Aber wenn es wahr wäre, könntest du ihn vergessen. Wenn er es mit so einem Flittchen wie Lilo treibt." Traurig nickte Ina. Über ihren Mann Benno wollte sie nicht weiter mit Barbara sprechen, daher lenkte sie das Gespräch auf den Fall in Grandaria ab. „Es bleibt eins festzuhalten: Lilo hat doch kein durchgängiges Alibi. Es sei denn, auf dem Flughafen erinnert sich jemand an sie und hat vielleicht mit ihr geflirtet, was mich bei ihr nicht wundern würde."

„Das kann ich mir bei ihr auch lebhaft vorstellen. Die ist hinter allem her, was – entschuldige, dass ich es so krass ausdrücke – einen Penis hat. Mach dir nichts draus, Ina, auf die sind schon viele Männer hereingefallen. Und Männer sind nun mal so", versuchte Barbara Ina zu beschwichtigen.

Beide Frauen umarmten sich, dabei klopfte Barbara Ina tröstend auf die Schultern.

Ina seufzte auf. „Ach, eigentlich macht es mir nicht viel aus. Selbst wenn es stimmen sollte. Es bestätigt mir nur, dass unsere Beziehung wirklich am Ende ist und ich mich nach etwas anderem umsehen muss."

„Ja, nimm den Kommissar Pablo, der ist sicher treu und dir ganz ergeben", pries Barbara an.

Ina ging darauf nicht ein, sondern brachte ihre Gedanken zum Mordfall vor: „Es könnte sein, dass der Mann schon tot war, als ihr zusammen gefrühstückt habt. Barbara, hast du etwas Verdächtiges bemerkt oder war sonst noch jemand anwesend?"

Barbara versuchte sich zu erinnern. „Mir ist nichts aufgefallen. Wir saßen auf der Poolterrasse. Ich weiß nicht, ob hinter dem Pool etwas versteckt war. Ich bin nicht herumgelaufen."

Ina dachte daran, dass man die Fundstelle der Leiche nur schwer von der Terrasse aus sehen konnte. Eventuell hatte Lilo den Mann schon getötet und verscharrt, bevor Barbara kam. Aber wäre sie das Risiko eingegangen, dass Barbara die Leiche finden könnte?

So dumm konnte keiner sein. Und die Möglichkeit, dass sie vom Flughafen wieder zurückgekommen war, um den Mann zu töten und ihn in aller Ruhe zu vergraben? Ziemlich unwahrscheinlich.

Wenn sie ihn vorher schon getötet hatte und ihn nur

noch begraben musste und dafür wieder zurückgekommen war? Auch das kam Ina nicht ganz plausibel vor. Hätte sie in diesem Fall nicht das Frühstück mit Barbara abgesagt und lieber nach getaner Arbeit ein Taxi zum Flughafen genommen? War Lilo also doch unschuldig? Fragend sah Barbara Ina an. „Was überlegst du so intensiv?"

„Mir gehen viele Gedanken durch den Kopf. Der Fall sieht sehr verzwickt aus", wich Ina aus.

„Du denkst über Lilo nach? Ist sie deiner Meinung nach doch nicht die Mörderin?", fragte Barbara.

Ina konnte nicht mehr darauf antworten, weil in diesem Moment Pablo vor die Tür des Institutes trat und sich suchend nach ihr umblickte.

Hastig verabschiedete sich Barbara von Ina: „Ich ruf dich an. Jetzt will ich nicht stören. Außerdem muss ich noch zur Yacht. Morgen machen wir einen Bootstörn. Ich lade dich ein. Am besten ohne deinen neuen Liebsten, damit wir Frauen unter uns sind. Wir Freundinnen, die noch übriggeblieben sind." Eilig lief sie davon.

Freudig ging Ina Pablo entgegen, freudig kam er auf sie zu. Er zog sie hinter einen Busch, nahm ihr Gesicht in seine Hände und küsste sie zart. „Die brauchen das nicht zu sehen. Vorerst."

Im Polizeirevier mussten die Kommissare sich gegenseitig eingestehen, dass sie in dem Mordfall nicht viel weitergekommen waren. Zudem war Lilo doch nicht mehr verdächtig. Über Lilos neues Alibi hatte Ina alle informiert.

„Der Schlüssel liegt wohl bei den Männern", folgerte Sancho. „Wir wissen nichts über den Verbleib von Doktor Dirksen, nichts über Hallstein, seinen angeblichen Cousin, nicht einmal etwas über den früheren Gärtner. Alle sind verschwunden. Das kann doch einfach nicht sein!"

Ina hatte den Eindruck, dass sich im Kommissariat eine Atmosphäre der Aussichtslosigkeit und der aufkommenden Verzweiflung breitmachte. Jemand hatte die Pinnwand verändert: Als Opfer war jetzt Dirksen eingetragen, als Mörderin stand ganz groß „Lilo Hallstein" an der Tafel. Striche zwischen den beiden Personen gaben mögliche Gründe an. Seitens Dirksen waren ‚Eifersucht' und ‚Hassliebe' vermerkt, seitens Lilo Hallstein die ‚Beseitigung eines unliebsamen Mitwissers bei dem möglichen Versicherungsbetrug'. Als Pablo das sah, machte er ein großes Fragezeichen an den Rand.

Alles war so unsicher, nichts schien zu stimmen. Ina fragte sich, wie lange sie noch auf der Insel bleiben könnte. Ohne mit Ergebnissen aufzuwarten, wäre das sicher nicht mehr lange. Einerseits hatte sie Sehnsucht nach ihren beiden Hunden, andererseits wollte sie nicht von Pablo weg. Nicht jetzt!

Benno hatte ihr über das Internet Bilder von Chica und Mio geschickt, die beide auf einer Wiese zeigten. Nicht eingesperrt im Flur, während er sich mit Lilo auf dem Teppich wälzte, dachte Ina zynisch.

Trotz allem musste der Mordfall aufgeklärt werden. Bisher wusste man nicht einmal, wer der Tote war. Dass es sich um Hallsteins Cousin handeln könnte, war die reinste Vermutung seitens Barbaras. Es war nicht einmal sicher, dass es ihn als Person überhaupt gab. Lilo gab darüber keine Auskunft. Nachdem man sie gezwungen hatte, sich die Leiche anzusehen, war sie nicht mehr bereit, mit der Polizei zu reden. Daraus wäre eventuell abzuleiten, dass der angebliche Cousin mit Horst Hallstein identisch war, vermutete jemand. Aber egal, er war verschwunden. Die DNA-Proben waren noch nicht ausgewertet. Es dauere länger, aber bald, bald sei es so weit, vertröstete El Obscuro.

Zumindest war der Abend noch angenehm und erfolgversprechend. Pablo hatte vor, Ina in ein schönes romantisches Restaurant auszuführen. Er fragte seine Mutter leicht zweifelnd: „Mama, du bist uns doch nicht böse, wenn Ina und ich ins Restaurant essen gehen? Wir wollen in das ‚La Luna' unten am Hafen."

„Nein, mein liebster Sohn, ich gönne euch das doch. Natürlich wollt ihr hier nicht immer mit einer alten Frau herumsitzen", beschwichtigte Tosca ihren Sohn. „Du bist doch keine alte Frau, bei Weitem nicht", wies Pablo entschieden zurück. Als Ina noch kurz in das Badezimmer ging, zog Tosca ihren Sohn zur Seite und flüsterte ihm ins Ohr: „Pablo, ich denke, du hast die Frau deines Herzens gefunden. Ich sehe, wie glücklich du bist."

„Aber Mama, so weit ist es noch lange nicht."

„Wir haben viel Platz hier im Haus. Es wäre an der Zeit, dass es sich endlich mit Leben füllt", äußerte sich Tosca bestimmt.

„Mama, setze uns nicht unter Druck. Ina kann doch nicht ohne Weiteres von Deutschland weg. Sie hat da ihren Job bei der Kriminalpolizei", gab Pablo zu bedenken.

„Wenn sie dich liebt, wird sie auf jeden Fall hierher kommen. Das ist doch klar." Tosca schien sich sehr sicher.

Zweifelnd schüttelte Pablo den Kopf.

Ina und Pablo verbrachten die Nacht wieder zusammen.

Als am nächsten Morgen Ina und Pablo nach dem Frühstück zur Dienststelle gefahren waren, rief Tosca ihre Freundin Paloma an: „Hallo, liebste Paloma, hier ist Tosca. Es gibt Neuigkeiten: Pablo hat die Nacht wieder mit Ina verbracht. Es scheint ernst zu werden. Das kann nur Gutes bedeuten, sie wirken beide glücklich und zufrieden."

20. Kapitel

Der Mittwoch war ein ereignisreicher Tag in Grandaria, an den sich so manch einer noch lange erinnern würde, dachte Ina später im Rückblick. Für den Mordfall brachte er noch nicht den Durchbruch, aber zumindest neue Erkenntnisse. Zunächst kam eine Information aus dem gerichtsmedizinischen Institut mit dem Ergebnis der DNA-Untersuchung: Der Tote aus Lilos Garten konnte weder Dirksen noch Hallstein sein. Wer war es denn? Und wo waren die beiden Herren? Die Möglichkeit bestand, dass Hallstein noch lebte. Oder hatte es einen Cousin gegeben, der auf dem Grundstück ermordet und vergraben worden war? Oder schloss die DNA-Probe auch einen Verwandten von Hallstein aus? Man müsste den Gerichtsmediziner dazu befragen.

Mittlerweile hatte die ebenfalls durchgeführte Isotopenanalyse ergeben, dass es sich bei der Leiche um eine Person handeln musste, die lange Zeit auf der Insel Grandaria oder in einer ähnlichen Region gelebt hatte. Sancho, der von Obscuro informiert worden war, las aus einem kriminalistischen Lexikon vor: „'Isotope sind verschiedene Varianten eines chemischen Elements, deren Neutronen ein unterschiedliches Gewicht und andere physikalische Eigenschaften haben. In unterschiedlichen Regionen treten zum Beispiel verschiedene Varianten von Wasserstoff und Kohlenstoff, Stickstoff, Sauerstoff, Schwefel, Strontium und Blei auf. Sie sind über die Luft, das Wasser und den Boden in den Nahrungskreislauf gelangt, sodass alle Lebewesen abhängig von ihrem Aufenthaltsort einen typischen geografischen ‚Fingerabdruck' aufweisen.' So steht es im Lexikon. Bei unserem Toten zeigen beispielsweise Schwefelisotope die Nähe zum Meer an. Der Gerichtsmediziner vermutet daher, dass der Ermordete kein Nord- oder Mitteleuropäer, sondern eher ein Einheimischer ist."

Alle waren sehr beeindruckt. Der Tote schien also der ehemalige Gärtner zu sein? Er hatte auf jeden Fall Zugang zu Lilos Grundstück gehabt und war seit fast vier Wochen verschwunden. In der Wohnung des fünfundvierzigjährigen Gärtners hatte man sehen können, dass er längere Zeit nicht mehr anwesend war. Die Lebensmittel im Kühlschrank waren längst abgelaufen, die Milch trotz Kühlung sauer. Ansonsten sah die Wohnung ordentlich und sauber aus. Hier hatte ein Mensch gelebt, der es gewohnt war, aufzuräumen, Ordnung zu halten, so wie er es in den Gärten tat. Er war nicht verheiratet, niemals gewesen, und führte ein zurückgezogenes Leben. Bilder an der Wand zeigten offensichtlich seine Eltern und eine Schwester. In einem kleinen Karton gab es Fotos von gleichaltrigen und jüngeren Männern und viele Liebesbriefe auf Englisch mit „in love, your A." unterschrieben. Andere Briefe waren ebenfalls in Englisch abgefasst, jedoch ziemlich stümperhaft, unterzeichnet mit ‚Your love, H.'.

„Der hatte nie eine Freundin", spekulierte Sancho, der sich die Wohnung genau angesehen hatte. „Irgendwie kommt es mir so vor, als ob er Männern gegenüber aufgeschlossener war." Wir müssen überprüfen, von wem und von wann die Briefe sind. Vielleicht erfahren wir dadurch mehr über Verde."

Auch bei Lilo würde sich etwas Neues tun. Max sollte heute Nachmittag auf dem Flughafen ankommen. Endlich würde sie Hilfe und Unterstützung erhalten. Auch wenn Lilo sich noch nicht sicher war, was Max ihr bedeutete. Doch in diesem Fall war er ihr recht willkommen. Zumindest seit Barbara nicht mehr als Freundin zur Verfügung stand. Sie hätte Barbara fragen wollen, ob sie bei ihr übernachten könne. Allein fühlte sie sich in ihrer Villa nicht mehr wohl. Das Gefühl, dass da eine Leiche gelegen hatte, verleidete ihr doch den Pool und die Terrasse. Der Pool war ohnehin noch nicht gesäubert, denn der Gärtner hatte sich nicht mehr gemeldet. Lilo war ein Mensch, der immer jemanden um sich brauchte, wenn auch nicht, weil sie Freundschaft für die entsprechende Person empfand, Liebe erst recht nicht. Sie brauchte jemanden, der ihr nützlich sein oder den sie fertigmachen konnte.

Genauso war es mit Hallstein gewesen, sie liebte den Alten nicht, hatte ihn nie geliebt. Sie ließ sich gerne von ihm verwöhnen, nicht nur mit Kleinigkeiten, sondern mit Geld, viel Geld. Sonst hätte sie sich auf den viel älteren Mann nicht eingelassen. In dieser Hinsicht hatte er seine Schuldigkeit getan. Doch nicht ganz. Sie hatte ihn immer wieder gezwungen, sich noch mehr auf riskante Geldgeschäfte einzulassen. Er hatte es sogar mit Erfolg gemacht. Zudem sollte er alles Geld aus seiner Firma herausziehen, so dass weder die Gläubiger noch die Familie etwas von dem Geld zu sehen bekämen. Und alles war ihr überschrieben worden! Sie war die Besitzerin der Millionen.

Und Max? Was konnte er ihr bieten? Er war nicht gerade armer Leute Kind. Seine Familie besaß viele Ferienhäuser in verschiedenen Ländern Europas, die vermietet wurden. Da war genug Geld, aber ob Max ein Mann zum Heiraten war, wollte Lilo gar nicht wissen. Sie wusste, dass Max für sie ein Spielzeug war, sie für ihn eine Gespielin. Vielleicht war von seiner Seite etwas mehr echtes Gefühl vorhanden, wer weiß? Bei ihr auch ein klein wenig. Sie wollte ihn sogar vom Flughafen abholen. Das war immerhin ein Anlass, den schnellen Maserati aus der Garage zu holen und das schöne Wetter im Fahrtwind zu genießen. In der Hinsicht hatte Grandaria unendlich viel zu bieten im Gegensatz zu Hassfeld. Wer will schon auf Dauer in einem solchen Eifelkaff wohnen? Schon als Kind und Jugendliche hatte sie es gehasst, dieses Hassfeld. Und es kam ihr damals so vor, als ob ihretwegen der Name des Ortes so bezeichnend war. Sie würde auch nicht mehr zurückgehen, zumindest nicht freiwillig. Wenn nicht diese lästigen Notwendigkeiten wären: die Totenfeiern für Hallstein und die Besuche bei den Eltern. Wenn diese unbedingt ihre Tochter sehen wollten, könnten die doch nach Grandaria kommen, aber bisher hatten sie sich noch nie dementsprechend geäußert.

Als Lilo am Airport angekommen war, schlenderte sie durch die Ladenpassagen, die sie so liebte, da sie immer eine schicke Tasche oder ein extravagantes Tuch fand. Plötzlich sah sie mit Erschrecken, dass auch diese lästige Kommissarin anscheinend ähnliche Kaufgelüste haben musste.

Der Zusammenstoß war unvermeidlich. „Hey Lilo, was machst du denn hier?"

„Ich hole meinen Freund Max ab, er muss jeden Moment landen", antwortete Lilo wahrheitsgemäß.

„Schön für dich, dass Max kommt, er kann dir sicher eine Unterstützung sein. In dieser schwierigen Situation!"

„Ich brauche keine Unterstützung! Was für eine schwierige Situation? Ich habe nichts verbrochen und habe deshalb auch nichts zu befürchten", giftete Lilo sie an.

„Ich glaube dir sogar", beschwichtigte Ina sie. „Deine Mankos liegen woanders. Da muss ich Barbara recht geben."

„Was für Mankos? Barbara? Kommen Sie mir nicht mit der. Die hat doch selbst genug Dreck am Stecken. Gegen die bin ich ein Waisenkind."

„Wie meinst du das?"

„Na, wie die hinter den Männern her ist. Wenn ich es drastisch ausdrücken darf: Sie ist hinter allem her, was einen Penis hat."

Ina musste lächeln.

„Da gibt's nicht zu lachen. Den Dirksen hat sie ständig verfolgt, obwohl er eigentlich nichts von ihr wollte. Sogar Horst hat sie nicht in Ruhe gelassen. Da lebte ihr Mann Alexander noch. Nun gut, andererseits war ihr Mann auch nicht brauchbar. Da guckt man sich natürlich mal nach anderen um. Ich bin die Letzte, die das nicht verstehen würde. Überhaupt, Frau Helle, was machen Sie denn hier? Wollen Sie wieder abreisen?", fragte Lilo hoffnungsfroh.

„Nein, keineswegs. Ich muss ein paar Erkundigungen einholen", versicherte Ina. „Erkundigungen? Etwa über mich? Warum ich mich von Barbara so früh zum Flughafen bringen ließ? Dann bin ich gespannt, was Sie rausbekommen. Nur zu!" Damit drehte sie sich abrupt um und eilte Richtung Ankunftshalle davon. Lilo sei dumm, hatte Barbara gesagt. Aber sie war alles andere als das, folgerte Ina.

Ina fragte überall in den Geschäften nach, ob Lilo an dem fraglichen Tag gesehen worden sei. Einige konnten sich tatsächlich an die junge, auffällig schöne Frau mit den langen blonden Haaren erinnern. Im Café erfuhr sie, dass Lilo nicht allein gewesen war. Sie habe lange mit einem jungen, sehr gut aussehenden Mann bei Cappuccino gesessen und sich sehr intensiv mit ihm unterhalten.

Waren da womöglich ein Mordkomplott geplant oder die letzten Feinheiten abgestimmt worden? War dieser junge Mann der Auftragsmörder? Hatte Lilo ihm den Auftrag gegeben, den Mann umzubringen? Nicht Hallstein, nicht Dirksen. Den früheren Gärtner? Damit war man wieder beim Ausgangsproblem. Ohne Identität des Mordopfers war es kaum möglich, den Täter zu ermitteln. Und wer war der gutaussehende junge Mann vom Flughafen?

So war er zumindest von einer jungen Kellnerin beschrieben worden, die wohl ein Auge auf ihn geworfen hatte und ihn daher ziemlich gut beschreiben konnte. Sie habe ihn toll gefunden und es bedauert, ihn mit einer so gutaussehenden Blondine zusammen zu sehen. Etwa zwei Stunden hätten die beiden intensiv miteinander gesprochen und zwar auf Deutsch, sodass sie nicht viel verstanden habe. Die Kellnerin beschrieb Lilos Gesprächspartner als etwa ein Meter achtzig groß, dunkelbraune, leicht gewellte Haare, braune Augen, athletische

Figur. „Er ist einfach super aussehend, schade, dass er nicht mehr hierhin kommt", sagte sie bedauernd.

„Ich werde ihn zu Ihnen schicken, wenn ich ihn finde", versprach ihr Ina. Die Augen der jungen Kellnerin begannen zu leuchten. Manchmal ist es so einfach, jemanden glücklich zu machen, dachte Ina. Hoffentlich würde sie daran denken. Lügen waren ihr zuwider. Daher schrieb sie es sich in ihr Notizbuch: „Tollen Typen zu Alicia ins Flughafencafé schicken".

Umgehend fuhr Ina zum Kommissariat. Aufgrund der engagierten Beschreibung durch die Kellnerin wurde der junge Mann als Lilos neuer Gärtner identifiziert, der die Leiche gefunden hatte. Sein Name? Schnell hatte Sancho seine Daten aus den Unterlagen herausgesucht: Rico Manrique. Auch seine Adresse und seine Telefonnummer waren erfasst worden. Man müsste ihn also sofort aufsuchen. Lilo hatte doch verneint, einen neuen Gärtner zu haben. Hatte sie gelogen? Ina erinnerte sich daran, dass Rico Lilos Jugendfreund aus Hassfeld war. Welche Rolle spielte Rico?

Etwas später kam ein unerwarteter Anruf. Ein Polizist hatte Pablos Auto gefunden. Es stand in einer dunklen Ecke des größten Parkhauses in Palmas, das zu dem modernen Einkaufszentrum Cantaro gehörte. Bei Einheimischen wie Touristen war Cantaro gleichermaßen beliebt, da man hier zu günstigen Preisen bestens shoppen konnte. Pablo wäre auch mit Ina hierhin gegangen, um neue Kleidung für sie zu besorgen, wenn Barbara nicht so großzügig gewesen wäre. Neben den Modegeschäften und einigen Supermärkten befanden sich hier auch Kinos, Restaurants, Spielhallen und sonstige Unterhaltungseinrichtungen. Ein Vorteil von Cantaro war auch die Lage in unmittelbarer Nähe des Hauptstrandes der Stadt Palmas. Ina konnte nachvollziehen, dass Cantaro architektonisch sehr umstritten war, weil es sich um einen hypermodernen Glasbau mit verspiegelten Fensterflächen handelte, der einen starken Kontrast zu der teils maurisch, teils durch den Jugendstil geprägten Altstadt darstellte.

Um die kriminaltechnischen Untersuchungen ungestört durchführen zu können, hatte die Polizei eine ganze Etage des Parkhauses abgesperrt. Der Wagen war mit geschlossenem Verdeck gefunden worden, die Türen ordnungsgemäß verriegelt. Der Schlüssel war nicht auffindbar. Noch an Ort und Stelle wurde Pablos Wagen bereits einer ersten kriminaltechnischen Untersuchung unterzogen. Auf den ersten Blick fanden sich keine Spuren der Gangster, sie hatten nicht zufällig etwas liegenlassen. Im Kofferraum stand noch Inas Koffer, allerdings geöffnet und durchwühlt. Auch Inas Handtasche lag dort, jedoch fehlten Portemonnaie, Geld und die Röhrchen mit den DNA-Proben. Die Handys, die Ausweispapiere und Inas EC- und ihre Kreditkarte waren noch da.

Die Tasche und den Koffer klebte man mit Klebestreifen ab, um mögliche Fingerabdrücke der Gangster festzuhalten. Doch Ina war sich sicher, dass man keine Fingerabdrücke finden würde. Sicher nicht von den Gangstern, denn die hatten doch Handschuhe getragen, soweit sie sich erinnern konnte. Und ein richtiger Verbrecher würde Handschuhe tragen! Aber vielleicht hatten die beiden Typen irgendwelche anderen verwertbaren Spuren hinterlassen. Vielleicht Haare oder Schuppen ….

Ina und Pablo bekamen ihre Handys ausgehändigt, Ina auch ihre Tasche mit den Papieren. Das war eine große Erleichterung für sie, denn sie hätte nicht gewusst, wie sie hier auf der spanischen Insel in zumutbarer Zeit an neue Papiere hätte kommen sollen. Pablos Pistole jedoch war nicht gefunden worden.

Da Pablos Cabrio noch einer intensiven Untersuchung unterzogen und ins Polizeirevier abgeschleppt werden sollte, fuhren Ina und Pablo weiterhin mit dem Polizeiwagen.

21. Kapitel

„Zur Feier des Tages können wir heute unser Picknick machen", schlug Pablo vor. „Wer weiß, was sonst noch dazwischenkommen kann."

„Du hast Recht. Das wird schön", freute sich Ina.

Umgehend rief Pablo seine Mutter an, um sich von ihr den Picknickkorb fertig machen zu lassen.

„Das mache ich doch gerne", versicherte sie. „Ich werde euch ein paar Leckereien einpacken. Ihr werdet zufrieden sein. Verlass dich auf mich."

Pablo merkte ihr an, dass sie Freude daran hatte, Schicksal zu spielen und das Ihrige für das Glück ihres Sohnes zu tun. Sofort rief Tosca Paloma an, um ihr das Neueste zu berichten: Pablos Picknick mit Ina.

„Wir fahren noch einmal hoch zu dem Bonavista. Wir schauen uns den Ort näher an, wo wir von den Gangstern ausgesetzt worden sind", kündigte Pablo den Kollegen an.

„Glaubst du denn, dass du da neue Erkenntnisse über die Verbrecher erhältst? Soll ich mitfahren und dir helfen?", bot sich Sancho an.

„Nein, nein", wehrte Pablo ab. „Das geht schon. Frau Helle hilft mir." Etwas später gingen Pablo und Ina zu dem Polizeiwagen.

Sancho stand am Fenster und beobachtete, wie sie redend und lachend in den Wagen einstiegen und davonfuhren. Von vornherein war ihm klar, dass Pablo nicht ihn, sondern Ina dabeihaben wollte. Irgendwie wurmte es ihn, dass Pablo die Vergnügungstour als Dienstfahrt deklarieren wollte. Barbara gefiel ihm, aber Ina gefiel ihm besser. Er war doch nicht eifersüchtig? Und neidisch? Auf Pablo? Ausgerechnet! Seit ein paar Tagen war Pablo von einer Aura umgeben, die Sancho bei ihm noch nie gesehen hatte. Ihm war auch nicht verborgen geblieben, dass Ina kein eigenes Hotelzimmer bezogen hatte, sondern von Anfang an bei Pablo wohnte. Die hatten doch nicht schon was miteinander, überlegte Sancho. Dass Pablo auch so ein Frauenheld war, hätte er nicht von ihm gedacht.

Sancho war gerade dabei zu überlegen, wie er Pablo ärgern könnte, als er plötzlich mitbekam, dass ein etwa gleichaltriger Mann wie er, hellbraune Wuschelhaare, groß, schlaksig, zwei Hunde an der Leine, zur Rezeption kam. „Hunde sind hier nicht zugelassen", sagte der diensthabende Polizist.

Doch der Mann verstand ihn nicht. Sancho wusste, dass es sich um einen Ausländer handeln musste, daher trat er hinzu und fragte auf Englisch: „Was wünschen Sie?"

Der Mann war sehr aufgeregt. „Entschuldigen Sie bitte. Ich suche meine Frau."

„Sie wollen also eine Vermisstenanzeige aufgeben? Wann haben Sie Ihre Frau zuletzt gesehen?", fragte Sancho dienstbeflissen.

„Nein, sie wird nicht vermisst. Sie arbeitet hier. Sie heißt Ina Helle."

„Ina Helle? Ach, du grüne Neune. Sie sind der Ehemann? Sie ist verheiratet", stellte Sancho sensationslüstern fest.

„Ja. Sie kennen meine Frau? Wo ist sie denn?"

„Ich befürchte, sie ist gerade sehr beschäftigt. Ob sie Zeit für Sie hat, kann ich nicht garantieren. Aber ich sage Ihnen gerne, wo Sie sie wahrscheinlich finden, dann können Sie sich selbst überzeugen", bot Sancho großzügig an.

„Danke für Ihre außerordentliche Hilfsbereitschaft", lobte der junge Mann mit den beiden Hunden.

„Keine Ursache, gern geschehen", meinte Sancho aus ganzem Herzen.

Da Inas Ehemann einen Mietwagen mit Navigationsgerät hatte, würde er Bonavista sicher finden. Der Aussichtspunkt war einer der spektakulärsten Sehenswürdigkeiten der Insel. Viele Touristen, aber auch Einheimische fuhren dorthin. Doch jetzt in der Vorsaison war er noch nicht überlaufen, so dass man dort relativ ungestört war. Aber für Pablo und Ina wäre das Vergnügen bald vorbei, dachte Sancho leicht schadenfroh.

Währenddessen waren Pablo und Ina mit der von Tosca liebevoll gepackten Picknicktasche zur Aussichtsplattform gefahren. Keiner sonst hielt sich dort auf.

Damit das so blieb, hatte Pablo rotweißgestreifte Absperrbänder der Polizei mitgebracht und zog sie in gehörigem Abstand rings um die Hügelspitze. So würde sich hoffentlich kein Fremder ihrer Idylle nähern und sie würden ungestört bleiben. Nachdem sie den Blick auf die vor ihnen liegende Bucht genossen und bewundert hatten, breitete Pablo eine Decke im Schatten einer Pinie aus. Auf einer weißen Tischdecke ordneten sie Teller, Gläser und Besteck und packten die essbaren Köstlichkeiten aus: Frisée-Salat mit Beefsteak, Tomaten, Pinienkernen und Balsamico-Dressing, weißen Bohnensalat mit einer Soße aus klein geschnittenen Tomaten und Fenchelsalami, Serano-Schinkenröllchen und Oliven-Anchovis-Häppchen. Tosca hatte sowohl Rotwein als auch Champagner eingepackt, der sogar noch erfrischend kühl war.

„Deine Mutter hat sich aber wirklich Mühe gemacht. Das sieht ja wunderbar aus", musste Ina anerkennen.

„So ist sie immer. Sie sorgt zu gut für mich", äußerte Pablo anerkennend. Dabei zeigte er auf seine Figur und lachte.

Mit Appetit widmeten sie sich dem Essen. Als sie getrunken, gegessen und wieder getrunken hatten, stellte Pablo fest: „Ich glaube, ich habe zu viel getrunken. Und du auch. Wir müssen hier übernachten."

„Hier übernachten? Mit dir macht das viel Spaß", äußerte Ina voller Überzeugung.

„Es wird viel Spaß machen. Wir bleiben hier und lassen Mord und Mordermittlung sein. Und die da unten", dabei zeigte er auf die Stadt unten am Meer, „sind uns auch ganz egal."

Am Horizont verschmolz der Himmel mit der Erde wie ein Liebespaar. Pablo zeichnete mit dem Zeigefinger den Küstenverlauf nach und deutete auf den Ort, der sich in die Bucht schmiegte und halb den Berg hochzog.

Auf dem Berg schmiegte sich Ina in Pablos Arme.

„Glaubst du, dass du in Spanien bleiben kannst? Ich würde es mir sehr wünschen", hoffte Pablo.

Ina wurde nachdenklich. Sie hatte Pablo nicht gesagt, dass sie noch verheiratet war. Noch! Aber ihr Mann war weit weg, ganz weit. Sie hatte ihn und ihre Probleme mit ihm vergessen. Wenigstens für den Moment.

„Ich will dich nicht drängen", fuhr Pablo fort. „Doch ich habe das Gefühl, dass wir in jeder Hinsicht gut harmonieren. Es wäre schade, wenn es enden würde."

Sie nahm seinen Kopf in ihre Hände und küsste ihn zart auf den Mund. „Du hast recht. Ich würde alles dafür tun, bei dir bleiben zu können. Aber ich muss in Deutschland noch einiges regeln."

Plötzlich hörte sie nicht allzu weit entfernt einen Pfiff. Wenn sie es nicht besser wüsste, könnte sie glauben, dass Benno gepfiffen hätte. In plötzlicher Panik zog sie sich eiligst an. Auch Pablo hatte den Pfiff gehört und sich Hose und Hemd übergestreift. Für die Unterwäsche war keine Zeit, sie blieb auf der Decke liegen. Dann hörte Ina jemanden rufen: „Mio, Chica, sucht Ina!"

22. Kapitel

Zum Mittagessen fuhr Lilo mit Max in die kleine Hafenstadt Merida auf der anderen Seite der Insel. Hier gab es das charmante, kleine Restaurant „La Bamba", das ausschließlich einheimische Speisen anbot, zu einer guten Qualität und nicht überteuert. Lilo wollte ihrem Freund etwas von dieser schönen Insel bieten, so froh war sie, nicht ganz ohne Hilfe dazustehen. Anschließend schlenderten sie Händchen haltend über die Uferpromenade, wo sich Restaurants und Cafés aneinanderreihten.

Zum ersten Mal, seitdem sie wieder auf die Insel gekommen war, fühlte sich Lilo nicht wie die verfolgte Mörderin. Aber das Leben auf Grandaria war noch nicht so wie vor ihrer Abreise. In ihrer Villa waren bisher weder ein Gärtner erschienen noch die Haushälterin. Und Lilo hatte keineswegs die Absicht, selbst einen Finger zu krümmen. Jedoch hatte die Polizei heute Morgen bei ihr angerufen und sie gefragt, ob der neue Gärtner den Schlüssel für das Grundstück wiederhaben könne, er wolle endlich seinen Aufgaben nachgehen. Immerhin habe er auch schon Geld für seine Tätigkeit erhalten.

Als Lilo und Max auf das Grundstück einbogen, bemerkte sie, dass mittlerweile der Gärtner da sein musste. Alles sah bereits ordentlicher aus und die Sprinkleranlage war in Gang gesetzt worden. Lilo nahm es anerkennend zur Kenntnis.

Auch der Pool war schon gesäubert und der Sand am hinteren Rand geebnet, so dass nichts mehr an die Leiche und ihr Grab erinnerte. Oho, er hat ganze Arbeit geleistet, dachte sich Lilo, muss ein tüchtiger Mann sein.

Auch in der Villa wurde gearbeitet. Zum Lüften waren alle Fenster geöffnet. Frau Neta ging mit Putzeimer, Staubwedel und Staubsauger gegen jedes erdenkliche Stäubchen vor. Als sie sah, dass Lilo mit einem Gast ankam, begrüßte sie die beiden höflich und bot sich an, Kaffee und kalte Getränke auf die Terrasse zu bringen. Endlich, dachte Lilo, läuft das Leben wieder normal.

Etwas später stand alles auf dem gusseisernen Terrassentisch. Lilo bat Frau Neta, dass niemand mehr auf die Terrasse kommen solle, denn sie und ihr Gast wollten schwimmen, im Schatten liegen und sich ihrer Kleidung entledigen. Es gab eine breite, sehr gemütliche Sonnenliege, die man auch oder gerade zu zweit nutzen konnte. Da Lilo schon ohne Bikini in das angenehm warme Wasser sprang, war Max angeregt, ebenfalls nackt einen gewagten Sprung ins Wasser zu tun. Wie kleine Kinder tollten sie herum, kreischten, tauchten und sprangen, bis sie genug vom Pool hatten und die Liege aufsuchten. Dort ließen sich beide nieder.

Gerade war Max dabei, Lilo von Kopf bis Fuß mit Küssen zu bedecken, als der neue Gärtner Rico plötzlich auf der Terrasse stand. Abrupt ließ Lilo von Max ab und schob seinen Kopf von sich. „Was soll das?", fauchte sie Rico an.

„Das sollte ich dich fragen", erwiderte dieser außer sich. „Lilo, ich dachte, wenn dein Mann tot ist, wolltest du wieder mit mir zusammen sein. Du hast mir einmal ewige Liebe geschworen und ich habe alles für dich getan."

„Wer ist das? Was will er?", wollte Max entgeistert wissen.

Lilo hatte ein Tuch ergriffen, um ihre Blöße zu bedecken, Max warf sie auch eins hin.

Dann zog sie Rico resolut von der Terrasse hinter einen kleinen Pavillon.

„Rico, was machst du hier?"

„Ich bin dein Gärtner. Dafür bin ich dir anscheinend gut genug."

„Wie kommst du denn darauf? Ich soll dich als Gärtner eingestellt haben? Hier will ich dich gar nicht sehen. Schlimm genug, dass du mich immer verfolgst. Geh weg und belästige mich nie wieder!", schmetterte Lilo Rico an den Kopf.

Wutentbrannt entfernte sie sich, um zu Max zurückzugehen.

Entsetzt nahm Rico Lilos Zurechtweisung zur Kenntnis. Immer wieder hatte er sich ihre Launen gefallen lassen, aber wenn sie einen anderen hatte, war er ein Nichts für sie. Mein ist die Rache! Er hatte das Rezept!

Kaum fünf Minuten brauchte er, um ins Gartenhaus zu laufen und mit einer Pistole in der Hand zurückzukehren. Es waren noch genügend Patronen im Lauf. Das würde reichen. Er wollte Lilo und ihren neuen Freund nicht aus dem Hinterhalt erschießen, sie sollten wissen, warum sie sterben mussten. Vorsichtig schlich Rico sich an. Hinter Büschen hielt er sich verborgen. Wenn beide zu sehr miteinander beschäftigt wären, wollte er eingreifen und seine Besitzansprüche noch einmal stellen. Sollte Lilo wieder nicht darauf eingehen, müsste sie genauso sterben wie ihr Freund. Den wollte er auf keinen Fall verschonen. Der sollte spüren, was es bedeutete, ihm Lilo wegzunehmen. Keiner durfte das ungestraft. Aus seinem Versteck heraus beobachtete Rico, wie sich Lilo und ihr Freund verhielten. Noch musste Lilo alle ihre Überzeugungskraft aufbieten, ihren Freund zu beruhigen und ihm die Situation zu erklären. Noch waren beide in ihre Tücher gehüllt. Wie zu erwarten musste Lilo sich doch nicht allzu lange mit ihrer Überzeugungsarbeit aufhalten. Einige Küsse und Umarmungen genügten. Schon zog Max Lilos Tuch weg und schmiegte sich eng an sie.

Das war zu viel für den Beobachter Rico.

In diesem Moment wurde er aktiv. Er trat vor und bedrohte beide mit der Pistole: „Lilo, ich hab genug von dir und deiner Untreue. Deinen Freund werde ich jetzt erschießen. Du kannst noch wählen: mich oder den Tod!"

Entsetzt blickten beide zu ihm hin. Jedoch fand Lilo schnell wieder ihre Fassung. Auch jetzt konnte sie nicht glauben, dass er es wirklich ernst meinte. „Was fällt dir ein? Willst dich wohl als Richter aufspielen? Da bist du an die Falschen geraten."

Vielleicht hatte Rico gedacht, dass Lilo Angst hätte und sich auf seinen Vorschlag einlassen würde. Doch damit zeigte er, dass er sie falsch eingeschätzt hatte. Er hätte es besser wissen müssen. Auf jeden Fall ließ er sich irritieren und zögerte. Zudem merkte er nicht, dass sich jemand von hinten anschlich und ihm einen gewaltigen Stoß versetzte, so dass er ins Stolpern geriet und kopfüber in den Pool fiel. Dabei verlor er die Pistole aus der Hand. Sie landete ebenfalls im Wasser. Das bekam Rico bei seinem unfreiwilligen Bad jedoch nicht mit. Als er wieder auftauchte, standen am Beckenrand der Kommissar Sancho und daneben der Polizist Pedro. Sancho war derjenige, der für Lilo und Max als Lebensretter fungiert hatte. Als Rico aus dem Wasser stieg, legte ihm Pedro Handschellen an und führte ihn ab.

„Er ist der Mörder!", kreischte Lilo hysterisch. „Fast hätte er uns auch umgebracht!"

Ohne Kommentar fischte Sancho die Pistole mit einem Kescher aus dem Becken und steckte sie in eine Tüte. Sie würde kriminaltechnisch untersucht werden. Vielleicht war es die Waffe, mit der das Mordopfer erschossen worden war.

23. Kapitel

Im Polizeirevier sollte Pablo Rico näher befragen. Ihm wurde unerlaubter Waffenbesitz und Bedrohung vorgeworfen. Außerdem könnte er mit der Tötung der gefundenen Leiche zu tun haben. Seine Aussagen und mögliche Motive sollten unter die Lupe genommen werden. Da Pablo jedoch nicht erreichbar war, erklärte sich Sancho bereit, Rico zu vernehmen.

„Sie haben das Recht, einen Rechtsanwalt hinzuziehen", belehrte ihn Sancho.

„Den brauche ich nicht, ich möchte ein Geständnis ablegen! Ich, Rico Manrique, bin der Mörder."

Sancho schaltete sofort. „Der Mörder? Sie haben also den Mann in der Hallstein-Villa ermordet und anschließend verscharrt. Wer ist der Tote?"

„Das ist mein Vorgänger, der Gärtner."

„Warum haben Sie ihn getötet?", fragte Sancho.

„Er hat mich und Lilo beleidigt. Er hat gesagt, dass Lilo eine Nutte ist, die es mit allen treibt, und dass ich für Lilo nur ein Handfeger bin", erwiderte Rico Manrique in vorwurfsvollem Ton.

„Ein Handfeger?" Sancho war überrascht.

„Ja, ich erledige die Drecksarbeiten für sie. Das meinte er damit. Sie nutzt mich nur aus. Eine andere Bedeutung habe ich nicht für sie", stellte Manrique niedergeschlagen dar.

„Bringt man deswegen jemanden um?", fragte Sancho verwundert.

„Ja, er hat mich zur Weißglut gebracht. Ich konnte es mir nicht mehr anhören."

„Wie sind Sie auf das Grundstück gekommen?"

„Als Lilo abgereist war, bin ich zur Villa gefahren und habe mit dem Schlüssel aufgeschlossen, den sie mir gegeben hatte. Sie wollte, dass ich den Gärtner umbringe. Ich habe es in ihrem Auftrag getan." Rico seufzte tief auf. „Ich bin froh, dass ich es endlich gesagt habe. Es ist eine große Erleichterung für mich. Eigentlich wollte ich den Mann gar nicht umbringen, ich hatte gar nichts gegen ihn, ich kannte ihn nicht einmal richtig."

„Das heißt, dass Frau Hallstein Sie zum Mord angestiftet hat?"

„Das kann man so nennen", bestätigte Rico. „Warum ich mich darauf eingelassen habe? Wir kennen uns schon seit der Kindheit, in Hassfeld wohnten wir fast nebeneinander. Als wir sechzehn waren, hatten wir eine Beziehung. Danach war ich ihr hörig, bis heute. Ich konnte nie akzeptieren, dass jemand sie beleidigte, deshalb habe ich den Gärtner umgebracht. Ich konnte schon gar nicht akzeptieren, dass sie einen anderen Mann hatte. Deswegen wollte ich ihren neuen Freund erschießen."

Wie Wasser bei einem Dammbruch waren die Worte aus Manrique herausgeschossen.

Gedankenverloren sah sich Sancho das Häufchen Elend Rico Manrique an, das vor ihm saß. Der Ärmste, abhängig von einer Frau. Das hatte der doch gar nicht nötig mit seinem Aussehen. Wie gut, dass Sancho sich nicht an eine einzige hängte.

„Ich versteh nur nicht, warum Sie sich selbst beschuldigen", überlegte Sancho laut. „Warum haben Sie die

Leiche angeblich gefunden und die Polizei gerufen? Sie hätten doch die Polizei zappeln lassen können. Vielleicht hätten wir es gar nicht herausbekommen."

„Weil ich mich an Lilo rächen will. Ich hatte gemerkt, dass sie nach dem Tod ihres Mannes wieder neue Freunde und Beziehungen hatte. Das konnte ich mir nicht länger mit ansehen", erklärte Manrique.

„Wie haben Sie den Gärtner getötet?"

„Mit der Pistole. Ich habe ihn erschossen."

„Und Sie konnten einfach auf das fremde Grundstück spazieren? Sie waren doch ein Fremder für Verde?", wunderte sich Sancho.

„Er hat mich als Landsmann akzeptiert und nicht gedacht, dass ich ihn erschießen wollte."

„Sie sind also hingegangen und haben den wehrlosen Mann einfach erschossen?", provozierte Sancho.

„Nicht einfach so. Ich habe ihn erschossen, als er sich umdrehte. Ich hätte ihm nicht in die Augen blicken können", erklärte Rico.

„Noch schlimmer. Woher hatten Sie die Pistole?"

„Ich habe sie von Lilo bekommen. Sie hat sie mir gegeben, als sie mich beauftragt hat."

„Warum haben Sie den Toten nicht so tief in der Erde vergraben, dass er nicht gefunden werden konnte?"

„Darauf gebe ich keine Antwort. Ich habe ein Geständnis abgelegt und damit genug." Rico lehnte sich erschöpft zurück und wischte sich die Stirn ab.

Zufrieden schloss Sancho sein Verhörbuch. Fall erledigt, Klappe zu, ich habe den Mörder gestellt und sein Geständnis. Ich habe es geschafft und nicht Pablo. Sancho rief Pedro, der den geständigen Rico in die Zelle brachte. Mit gesenktem Kopf ließ sich Rico abführen. Doch jetzt sah er nicht ganz so elend aus wie zuvor, sondern fast entspannt und sogar freudig. Sich wundernd nahm Sancho das zur Kenntnis.

24. Kapitel

Chica und Mio kamen herangestürmt. Sie stürzten sich schwanzwedelnd und freudig bellend auf Ina, die fassungslos aussah. Über die Hunde freute sie sich und ließ deren Freudensausbrüche über sich ergehen. Benno kam lächelnd hinterher. Zunächst wollte er sich wohl dem allgemeinen Freudentaumel anschließen, doch als er sich umsah, wirkte er überrascht und das Lächeln erstarb.

„Entschuldigung, habe ich gestört?", fragte er mit ironischer Stimme.

„Was willst du denn hier? Mit dir habe ich überhaupt nicht gerechnet", fuhr Ina Benno an.

„Das merke ich", gab er genauso aggressiv zurück. „Das nennst du arbeiten. Und ich wollte dir eine Freude machen und dir die Hunde bringen."

Auch Pablo war überrascht. „Was ist los? Wer ist das?"

Keiner antwortete ihm. Er dachte sich seinen Teil und fing an, seine Sachen zusammenzusuchen.

„Ist das dein Mann? Du bist verheiratet?", hakte Pablo nach.

Mittlerweile hatte er auf seine SMS geschaut und Sanchos Nachricht gelesen: *„Rico Manrique festgenommen. Geständnis abgelegt. Er ist der Mörder. Noch was: Inas Mann sucht euch!"*

Pablos Gesicht hatte sich um mehrere Nuancen verdüstert. Wolken hatten sich vor die Sonne gezogen, die Hitze hatte nachgelassen.

Wortlos packte Pablo alle Sachen und verstaute sie in

seinem Wagen. Inas Tasche ließ er stehen. Keiner sprach ein Wort.

Sollte es Benno leidtun, dass er Inas Ausflug mit ihrem spanischen Kollegen so verdorben hatte? Aber eigentlich könnte sie sich freuen, wenn er die Hunde zu ihr brachte, dachte er. Es hatte gar nicht so wenig gekostet. Die Hunde mussten während der Flugreise in einer engen Box im klimatisierten Frachtraum verbringen. Andererseits hätte das Hundehotel mit Pool auch eine Menge gekostet. Nein, keine Frage, er wollte Ina eine Freude machen und sich Grandaria mit eigenen Augen ansehen. Ina könnte wenigstens seine gute Absicht anerkennen und ein glücklicheres Gesicht machen.

Verstört hatte Ina ihre Tasche aufgenommen und wollte zu Pablo ins Auto steigen, doch der schüttelte traurig den Kopf. „Das kannst du nicht machen. Du musst mit deinem Mann und deinen Hunden fahren. Ich schreibe dir eine SMS."

Dann schlug er die Wagentür zu und ließ den Motor an.

„Aber ich will mit dir fahren, ich muss dir das erklären."

Ihre Erwiderung hörte Pablo nicht mehr oder wollte es wohl nicht hören. Schon hatte er den Wagen gedreht und entfernte sich ungewohnt schnell über die Serpentinen in Richtung Küste. Kurz schaute Ina ihm nach, doch dann sprangen die Hunde wieder an ihr hoch. Offenbar spürten sie Inas Betroffenheit und wollten sie wohl auf andere Gedanken bringen.

Ina merkte, dass sie ihren Hunden noch nicht die erwarteten Streicheleinheiten gegeben hatte. Das musste sie unbedingt nachholen. Bald dachte Ina nicht mehr an Pablos traurige, aber verständliche Reaktion. Später würde sich vielleicht noch die Gelegenheit ergeben, mit ihm zu sprechen und ihm zu erklären, dass sie sich eigentlich schon von Benno getrennt hatte. Pablo würde sich schon wieder beruhigen, tröstete Ina sich selbst. Immerhin hatte sie noch alle Sachen bei ihm.

Schuldbewusst sah Benno sie an. „Ich habe nichts zum Picknicken mitgebracht. Ich könnte mir das hier auch gut mit dir und den Hunden vorstellen. Kann ich dich jetzt in dein Hotel bringen? Du hättest mir schreiben können, wo du wohnst, dann hätten wir versucht, da auch unterzukommen."

Traurig schüttelte Ina den Kopf. „Ich habe kein Hotel. Ich habe bei Pablo und seiner Mutter gewohnt."

Befremdet sah Benno sie an und bemerkte ironisch: „Wie intim! Du warst schon Familienmitglied. Es tut mir leid, dass ich dir das kaputtgemacht habe." Von Ina wurde er nur mit einem vorwurfsvollen Blick bedacht.

„Dann komm mal zuerst mit in unser Hotel. Ich kann doch nicht meine Ehefrau so allein in der Wildnis stehenlassen", lenkte Benno ein.

Er ließ die Hunde in den Kofferraum springen und Ina setzte sich auf den Beifahrersitz. Es gefiel ihr, dass er „unser Hotel" gesagt hatte, er hatte damit die Hunde sozusagen als Familienmitglieder bezeichnet.

Zufällig war sein Hotel das Hotel „La Luz", das Dirksen vor seinem Verschwinden bewohnt hatte. Das wusste Ina jedoch nicht. Benno hatte es für sich und die Hunde gewählt, weil es erstens Haustiere erlaubte, zweitens für die Haustiere keinen Aufschlag verlangte und drittens in der Nähe einer kleinen Bucht lag, in der man die Hunde gut ausführen und schwimmen lassen konnte.

„Willst du diese Nacht hier im Hotel wohnen? Bei Pablo bist du wohl ausquartiert, wie ich das sehe", stellte Benno ohne Umschweife fest. „Wir können nach einem Zimmer fragen. Du kannst natürlich auch bei uns schlafen. Wir haben ein Doppelbett." Benno lachte.

Dagegen war Ina nicht zum Lachen zumute.

„Das Letzte halte ich für keine gute Idee. Allenfalls in einem anderen Zimmer", überlegte Ina laut.

In diesem Moment kam eine SMS-Nachricht. Von Pablo. Vielleicht holte er sie doch gleich ab, hoffte Ina. Doch Benno hatte recht.

Pablo schrieb: *Für dich ist das Hotel ‚Miramar' in der Stadt, Nähe Polizeirevier, reserviert. Deine Sachen sind schon da. Morgen Vormittag kurze Besprechung im Polizeirevier, zehn Uhr. Abschluss des Falls. Der Tote ist anhand der DNA-Spuren aus Verdes Wohnung als Verde identifiziert. Geständnis des Mörders Rico Manrique liegt vor. Deine Anwesenheit ist also nicht mehr weiter erforderlich. Dein Rückflug daher morgen 14.30, schon gebucht. Pablo"*

Ina fühlte sich unendlich traurig, aber auch genauso wütend. Der hatte sie wirklich ausradiert, aus seinem Leben gestrichen.

Für Benno hatte sie im Moment auch keinen Nerv und sie schlug ihm vor: „Bitte, Benno, kannst du im Hotel Miramar übernachten und ich bleibe hier? Bringst du mir später meine Sachen?"

Verständnisvoll nickte Benno. „Ich verstehe. Wenn du mit den Hunden zusammen bist, kannst du dich beruhigen und abschalten. Gut, ich schlafe im Miramar und bringe dir gleich deine Sachen. Morgen früh hole ich dich ab und fahre dich pünktlich zu deinen Kollegen. Und ich kümmere mich wieder um die Hunde."

„Danke. Du bist nett", lobte ihn Ina.

„Das will ich meinen. Ich kenne dich und ich weiß, was du jetzt am meisten brauchst, nämlich die Hunde, nicht mich."

Eine Stunde später hatte er ihre Sachen gebracht. „Willst du wirklich nicht ins Miramar?", fragte er fürsorglich. „Da gibt es sogar einen Pool und ein Fitness-Studio. Das wäre doch etwas zum Entspannen."

„Nein, nein, geh du schwimmen und trainieren. Das magst du doch auch. Mir reicht es, die Hunde hier zu haben. Nachher gehe ich mit ihnen noch ein bisschen am Strand entlang. Das wird mich auf andere Gedanken bringen."

Benno hauchte ihr noch einen Kuss auf die Wange und ließ sie rücksichtsvoll allein.

Ina freute sich mit den Hunden zusammen zu sein, ihnen Stöckchen zu werfen, auch ins Meer, so dass sie mit Begeisterung ins Wasser sprangen, kurze Zeit auf den Wellen schaukelten, sich gegenseitig das Stöckchen wegschnappten, um es wieder zu Ina zu bringen. Dann konnte das Spiel wieder von vorne beginnen. Und das etwa zwanzigmal hintereinander. Zufrieden gingen alle drei wieder ins Hotel zurück.

Auf Pablo brauchte sie hier nicht zu warten, denn er wusste nicht einmal, dass sie in diesem Hotel und nicht im Miramar war. Aber das war auch gut so, er würde sowieso nicht kommen, so zutiefst getroffen wie er wohl war. Sie hatte ihm auch nicht auf seine SMS geantwortet. Warum auch? Er wollte keinen Kontakt mehr mit ihr. Morgen würde sie ihn noch einmal sehen. Bei der gemeinsamen Besprechung. Dann könnte sie versuchen, ihn umzustimmen. Er wollte also, dass sie morgen abreiste. Rückflug schon gebucht!

Nicht nur aus privaten Gründen hatte Ina ein seltsames Gefühl dabei, so schnell wieder abzureisen. Auch aus beruflichen, redete sie sich ein. Der neue Gärtner Rico Manrique, den sie auch kannte, sollte also der Mörder sein. Dieser Junge, den sie noch als Schulkameraden von Lilo und Tessa kennengelernt hatte. Aber man kann nicht wissen, was aus einem Kind werden kann. Niemandem kann man hinter die Stirne schauen, hatte ihre Oma immer gesagt.

Plötzlich verspürte Ina Hunger, auch die Hunde mussten etwas essen. Es war schon acht Uhr abends. In dem kleinen Hotel gab es ein winziges Restaurant, bei schönem Wetter konnte man jedoch auf der Terrasse sitzen. Und jetzt war schönes Wetter. Ina wurde freundlich begrüßt, eine junge Kellnerin bediente sie. Sie empfahl einen frischen Meeresfisch mit mediterranen Kräutern und Safranreis. Obwohl man doch zu Fisch eher einen Weißwein trinken sollte, bestellte sich Ina einen kräftigen Rotwein. Ihr war nach einem Vino tinto zumute, nach einer ganzen Karaffe. Für die Hunde bestellte sie je ein Kindermenü, natürlich mit Fleisch.

Alle waren mit Essen beschäftigt, als der eifrige Hotelmanager an ihren Tisch trat. „Ist alles nach Ihren Wünschen? Wir haben gerne deutsche Gäste. Selten allerdings kommen die mit Hunden. Übrigens habe ich gehört, dass sie aus Hassfeld stammen. Das muss ein wichtiger Ort sein, denn Sie sind innerhalb kurzer Zeit der dritte Gast von dort."

„Danke. Es ist alles gut, wunderbar. Ich fühle mich jetzt richtig wohl, obwohl es heute Nachmittag noch nicht so war. Wer aus Hassfeld wohnte hier?"

„Ihr Mann oder Bruder war heute Nachmittag hier, der hat Ihnen das Zimmer überlassen, hat er gesagt. Dann war vor ein paar Wochen ein anderer Herr hier, der dann aber verschwunden ist und sogar von der Polizei gesucht wird."

Ina war hellhörig geworden, das musste Dirksen sein. Dirksen war immer noch nicht gefunden worden. Dirksen, der ursprünglich von ihr als Mörder verdächtigt wurde, es im Falle des Gärtners Verde jedoch offensichtlich nicht war. Aber warum war er immer noch nicht aufgetaucht? Hielt er sich versteckt, weil er Nachforschungen wegen des Versicherungsbetrugs um Hallsteins angeblichen Tod befürchtete? Vielleicht hatte er noch mehr auf dem Kerbholz?

„In welchem Zimmer hat der Herr denn gewohnt?", wollte Ina wissen.

„In dem Zimmer, in dem Sie jetzt wohnen. Es war das einzige Zimmer, das noch frei war, weil es von der Polizei gesperrt war", erklärte der Manager entschuldigend. „Ich hoffe, das stört Sie nicht."

„Macht nichts."

Bei sich dachte Ina: „Umso besser. Ich schau mich noch mal ein bisschen um, vielleicht ist etwas von den spanischen Kollegen übersehen worden."

Nun hatte Ina keine Muße mehr, das mittlerweile beginnende Abendrot zu genießen. Den Wein hatte sie bereits ausgetrunken und sie fühlte sich entsprechend leicht und beschwingt. „Ich gebe es zu, ich bin besäuselt", sagte sie zu Mio und Chica, die sie aufmerksam ansahen. „Wir müssen im Zimmer noch was suchen."

Bei dem Wort „suchen" spitzten beide ihre Ohren und wedelten mit den Schwänzen. Zwar bezweifelte Ina, dass die Hunde ihr wirklich helfen konnten, aber sie fühlte sich zumindest von zwei Polizeihunden unterstützt.

Im Zimmer suchte sie systematisch an allen Stellen, die die Polizei vielleicht nicht so intensiv in Augenschein genommen hatte. Natürlich war die Polizei gründlich gewesen, später die Putzfrau. Nichts war da, was auf Dirksens frühere Anwesenheit schließen ließ. Enttäuscht setzte Ina sich auf das Bett, auf dem die Hunde schon ihren Platz eingenommen hatten. Gedankenverloren drehte sie ein Bällchen in der Hand, das Benno für die Hunde mitgebracht hatte. Frustriert warf sie es Richtung Fenster. Sofort sprangen die Hunde hinterher und rissen dabei das Telefon und eine Lampe vom Nachttisch. Es schepperte. Glücklicherweise war auf den ersten Blick nichts zu Bruch gegangen. Ina untersuchte die Lampe, nur der Schirm war etwas verbogen, Birne und Lampe waren noch in Ordnung. Doch bei genauerer Untersuchung schien das Telefon gelitten zu haben. Ein tiefer Riss zog sich an der Seitenverkleidung aus Kunststoff bis zur Unterseite. „Oh verdammt", schimpfte Ina. „Dass Ihr verrückten Hunde auch immer so springen müsst. Jetzt haben wir den Ärger."

Ina besah sich das Telefon näher, um zu sehen, ob sie den Riss so zusammenschieben konnte, dass man ihn nicht mehr bemerken würde. Jedoch schien der Riss nicht von heute zu stammen, denn die Kanten waren nicht so hell und frisch. Plötzlich spürte sie ein Stückchen Papier, das in der Bruchspalte festgeklemmt war. Vorsichtig zog Ina es heraus. Es stand eine Nummer darauf. Anscheinend eine Telefonnummer. Hatte hier jemand einen Zettel versteckt? Vielleicht sogar Dirksen? Wahrscheinlich war das Papier zufällig hier eingeklemmt worden. Vielleicht hatte die Nummer gar nichts mit Dirksen zu tun, versuchte Ina ihren erwachenden Jagdinstinkt zu beruhigen. Ganz leicht feststellbar, einfach anrufen, sagte sie sich.

Sie nahm das Handy, das sie von der spanischen Polizei für den dienstlichen Gebrauch auf Grandaria erhalten hatte, und wählte die Nummer. Vergeben, aber vergebens, sagte sie sich. Niemand nahm ab, nur ein Freizeichen. Offensichtlich eine Festnetznummer hier aus der Gegend. Vielleicht war der Teilnehmer nicht zu Hause. So spät am Abend? Ina sah auf die Uhr. Bereits kurz vor Mitternacht. Was hätte sie gesagt, wenn sich tatsächlich jemand gemeldet hätte? Entschuldigung, ich habe mich verwählt. Oder: Ich wüsste gerne, wer Sie sind. Natürlich hätte sie das wissen wollen. Morgen würde die Polizei gewiss schnell ermitteln, auf wen der Anschluss zugelassen war. Ina wusste jetzt ganz sicher, dass sie morgen noch nicht abreisen würde. Pablo könnte versuchen, sie aus seinem Leben zu verbannen, aber gewaltsam ließ sie sich nicht von Grandaria vertreiben. Sie musste hier noch einiges erledigen. Dirksen musste sie finden, um vielleicht etwas über das Schicksal von Edmond Hilgers Kumpel Mattes zu erfahren. Morgen würde sie daher ein Fax an ihren Chef schicken und ihm die Situation erklären.

In der Nacht wurde Ina einige Male wach und bedauerte, nicht in Pablos starken Armen zu liegen. Dummer Pablo! Warum musste er so beleidigt reagieren? Wir waren doch noch in der Verliebtheitsphase. Es war doch noch so schön und vielversprechend. Dann schlief sie wieder ein, getröstet durch die Anwesenheit der Hunde. Besonders Mio suchte ihre Nähe.

25. Kapitel

Wie versprochen kam Benno morgens zum Hotel „La Luz", um Ina zum Polizeirevier zu bringen. „Stell dir vor, wer gestern Abend noch im Hotel auftauchte", sagte er.

Ina blieb fast das Herz stehen.

„Wer?", fragte sie beklommen. Hatte sie sich verspekuliert. Wollte Pablo sie doch aufsuchen und sich mit ihr versöhnen?

„Dein Kollege!"

Oh Gott, dachte sie, und er hat Benno gesehen und fühlt sich nun bestätigt. Es würde nie wieder etwas. Vorbei. Vertan. Für immer. Ina tat sich über alle Maßen leid.

„Aber es war nicht dein Geliebter, sondern der dürre Lange", klärte Benno auf.

Ina atmete erleichtert auf und wunderte sich aber dann. Sancho also. Was wollte der denn von ihr?

„Wo war er? Was hat er denn gesagt?"

„Ich war abends noch essen, anschließend an der Bar. Dort habe ich ihn getroffen. Er war überrascht, dass du nicht im Hotel warst. Ich habe ihm erklärt, dass wir die Hotels getauscht hätten, weil du lieber mit den Hunden zusammen sein wolltest. Er wollte wissen, wie dein Hotel heißt, er müsse dir etwas Wichtiges mitteilen. Doch ich habe ihm gesagt, dass du Ruhe brauchst, er könne dir alles zum Fall heute mitteilen. Ich hoffe, das war dir recht." Dann fügte Benno hinzu: „Ich hatte den Eindruck, dass sein Interesse doch nicht beruflicher, sondern privater Art war."

„Sancho? Du meinst, der will was von mir?"

„Warum lungert er denn im Hotel herum? Und warum war er so erpicht darauf, zu erfahren, wo du wohnst? Das war sehr verdächtig."

„Verdächtig?", überlegte Ina. „Was ist nicht alles verdächtig? Übrigens habe ich meinen Rückflug für heute storniert. Es ist doch noch nicht alles geklärt."

Verständnisvoll legte Benno seine Hand auf ihre. „Ich weiß. Ich habe sowieso nicht damit gerechnet, dass du so schnell nach Hassfeld zurückkehrst. Ich meine das nicht nur im Hinblick auf einen möglichen Liebhaber."

Im Polizeirevier schickte Ina sofort ein Fax an ihren Chef. Er würde Verständnis haben, dass sie länger blieb. Außerdem sollte heute auch Lilo verhört werden, die ebenfalls gestern noch festgenommen worden war. „Anstiftung zum Mord" wurde ihr vorgeworfen.

Heimlich hielt Ina Ausschau nach Pablo. Doch sie konnte ihn nirgends erblicken.

Stattdessen kam Sancho lächelnd auf sie zu. Von ihm erfuhr sie, dass Pablo sich für den heutigen Tag krankgemeldet hatte.

„Du hast dich leider mit dem Falschen eingelassen", erklärte Sancho. „Ich würde mich nicht wegen einer Frau so herunterziehen lassen."

„Wer sagt denn, dass er meinetwegen krank ist? Wie würdest du denn reagieren?"

„Ich würde schweigen und genießen und schweigen. Anscheinend machst du das auch so. Du hast einen Mann zu Hause und lässt dich auf so einen harmlosen Schlumpf wie den Pablo ein. Hätte ich dir direkt sagen können, dass dies Probleme gibt. Na ja, nicht für dich.

Noch ein erotisches Abenteuer gefällig? Ich stehe bereit."
Sancho grinste anzüglich.

Abrupt wandte Ina sich ab. Was fiel dem denn ein? Benno hatte recht. Bisher war sie in Pablos Obhut hier ein- und ausgegangen, so lange hatte sich Sancho nicht an sie herangemacht. Aber jetzt das. Nannte man so etwas schon sexuelle Belästigung?

Aus dem Automaten zog sie einen Kaffee und gesellte sich lieber zu Stella, einer jungen Kommissarin, mit der sie schon öfter gesprochen hatte. Stella hatte Inas Irritation nach dem Gespräch mit Sancho bemerkt und erklärte ihr: „Nimm nicht ernst, was er sagt. Er macht sich an jede ran. Er ist stolz darauf, als der Gigolo oder sogar als Hengst des Polizeireviers bezeichnet zu werden. Es ist nicht persönlich zu nehmen."

„Aber er sieht so harmlos aus, nicht wie ein Herzensbrecher, eher wie ein großer Junge, der noch nicht weiß, wo es langgeht", überlegte Ina laut.

„Das ist seine Masche. Bei manchen Frauen weckt er einen Instinkt, ihm zu helfen. Zumindest glaubt man ihm nicht, dass er gefährlich werden kann. Aber wenn man ihn gewähren lässt, landet man am selben Abend mit ihm im Bett. Ich glaube, er hat eine heimliche Strichliste, wo er alle Eroberungen abhakt. Lass dich nicht auf ihn ein, es sei denn, du magst einen ‚Quickie'."

„Hat er es auch bei dir versucht?", wollte Ina wissen.

„Versucht ja, aber ohne Erfolg. Das wurmt ihn, macht ihn ganz verrückt, kann er nicht auf sich sitzen lassen."

Stella erzählte Ina, dass eine Freundin von ihr, der Sancho anfangs auch schöne Augen und nette Komplimente gemacht hatte, sich ganz auf ihn eingelassen habe. Doch dann habe er sie vor den Kopf gestoßen. Eine Beziehung wolle er nicht, das könne er sich gar nicht vorstellen, nicht mit ihr und nicht mit irgendeiner anderen. Diese Freundin sei weggezogen, weil sie nicht mehr hierbleiben konnte. Sie arbeite jetzt in Madrid.

„Das hätte ich ihm nicht zugetraut", wunderte sich Ina immer noch. „Sancho als Herzensbrecher und Gigolo."

„Dagegen ist unser Chef Pablo ganz anders gepolt", fuhr Stella fort, die offensichtlich von der Affäre zwischen Ina und Pablo nichts mitbekommen hatte. „Soweit ich weiß, hatte er nie eine Beziehung. Er wohnt noch bei seiner Mutter. Sie hält ihn wie einen kleinen Jungen bei sich, aber andererseits möchte sie, dass er endlich mal eine Frau findet und sie Enkel bekommt. Pablo ist sehr nett, aber keine kann sein Herz erringen. Wir haben schon vermutet, dass er schwul ist." Schwul auf jeden Fall nicht, kommentierte Ina für sich, das wusste sie aus erster Hand. Aber sie würde Stella davon nichts sagen.

Dazu fehlte ohnehin die Gelegenheit, denn es kam Bewegung in die Abteilung. Lilo, die zerknirscht, aber auch wütend aussah, wurde ins Vernehmungszimmer geführt. In Abwesenheit von Pablo hatte Sancho die Aufgabe, Verdächtige zu vernehmen. Beim Verhör ebenfalls anwesend waren Stella, Ina und eine ganz junge Anwältin, Señora Moreno.

„Frau Hallstein, Ihnen wird vorgeworfen, dass Sie Ihren Gärtner Rico Manrique angestiftet haben, Ihren früheren Gärtner José Verde zu ermorden. Sie haben ihm die Pistole dafür gegeben und mindestens zwanzigtausend Euro, die wir in seinem Besitz gefunden haben."

Entsetzt schaute Lilo auf. „Das ist eine Unverschämtheit, mir so etwas vorzuwerfen. Ich habe niemanden zu einem Mord angestiftet, außerdem hatte ich niemals eine Pistole. Sie spinnen wohl alle!"

Beruhigend legte die Anwältin ihre Hand auf Lilos Arm und flüsterte ihr etwas ins Ohr.

„Aber ich muss mich doch wehren können", wandte Lilo heftig ein.

Ungerührt fuhr Sancho fort: „Rico Manrique ist Ihr Jugendfreund und Schulkamerad. Ist das richtig?"

„Ja. Aber was hat das damit zu tun? Ich hatte schon lange keinen Kontakt mehr mit ihm."

„Beantworten Sie nur die Fragen", ordnete Sancho streng an.

Ina wunderte sich über Sancho. Bei dieser ausgesprochen gut aussehenden jungen Frau Lilo Hallstein schien er vollkommen professionell und ließ sich nicht die Spur von ihr einnehmen. Die zwei Gesichter des Sancho Delgado! Dass er sich nicht an Lilo herangemacht hätte, konnte sich Ina beim besten Willen nicht vorstellen, nicht nach dem, was sie über ihn erfahren hatte.

„Haben Sie, als Sie am einunddreißigsten Mai nach Deutschland abgereist sind, Rico Manrique auf dem Flughafen getroffen und lange mit ihm geredet?", hakte Sancho nach. Erstaunt sah Lilo auf. Wie konnten die das schon wieder wissen, schien ihr Blick zu sagen, dann schaute sie Ina vorwurfsvoll an.

„Ja, ich habe ihn getroffen, aber nur zufällig, und ich habe mit ihm geredet, weil ich ihn von früher kannte. Das war der einzige Grund. Sonst hatte das Ganze keine Bedeutung für mich", beteuerte Lilo.

„Sie haben ihm bei der Gelegenheit die Pistole und das Geld gegeben. Das behauptet Herr Manrique. Warum sollte er sonst so etwas sagen?"

„Woher soll ich das wissen? Weil er spinnt. Weil er sich was einbildet. Weil er sich an mir rächen will", antwortete Lilo. Ihre Stimme klang hysterisch.

„Warum sollte er sich an Ihnen rächen wollen, wenn Sie jahrelang nichts mehr miteinander zu tun hatten, wie Sie selbst behaupten?"

„Weil ich nichts mehr mit ihm zu tun haben will. Weil er noch immer um mich herumschleicht. Manche Menschen sind so. Das müssten Sie doch wissen." Beschwörend sah Lilo ihn an.

Doch darauf ging Sancho nicht ein, er blieb ungerührt und professionell. „Sie haben ihm kein Geld gegeben?"

„Nein", wehrte Lilo entschieden ab.

„Wie erklären Sie sich, dass er, der einfache Gärtner und Gelegenheitsarbeiter, plötzlich zwanzigtausend Euro besitzt?"

„Zum Teufel, das weiß ich nicht. Er muss es von jemand anderem bekommen haben. Ich hatte doch kein Motiv, meinen Gärtner umzubringen. Er hat immer gut bei mir gearbeitet", fluchte und beteuerte Lilo.

Auch von ihrem Wutausbruch ließ sich Sancho nicht irritieren. „Sie glauben, dass jemand Herrn Manrique Geld gegeben hat, um den Gärtner zu töten?"

„Das kann doch sein, Verde hat nicht nur bei mir gearbeitet. Vielleicht hatte jemand anderes ein Motiv, ihn umzubringen. Fragen Sie doch mal Barbara Schmidthoff. Bei ihr war er auch als Gärtner beschäftigt. Vielleicht weiß sie etwas", schlug Lilo verzweifelt vor.

„Sie wissen, dass das alles nicht wahrscheinlich klingt: Jemand hat Ihren Gärtner auf Ihrem Grundstück ermordet."

„Ja, das glaube ich. Jemand will mich belasten. Vielleicht hat derjenige Rico beauftragt, weil er sich an mir rächen will." Lilo rang verzweifelt ihre Hände.

„Alles spricht gegen Sie, das wissen Sie. Leider müssen Sie weiterhin in Untersuchungshaft bleiben. Auch der Staatsanwalt und der Richter werden kaum anderer Meinung sein. Abführen!"

Die Tür öffnete sich, der Polizist Pedro trat ein und führte Lilo weg, die sich jedoch mit Händen und Füßen wehrte und schrie: „Ich bin unschuldig. Ich habe niemanden getötet und keinen Mordauftrag gegeben!"

Jetzt stand die junge Anwältin Moreno auf und ergriff das Wort: „Im Auftrag meiner Mandantin verlange ich Haftaufschub, weil sie unschuldig ist. Jemand hat Herrn Manrique einen Mordauftrag erteilt. Der ließ sich darauf ein, weil er sich an meiner Mandantin rächen wollte. Ich gebe zu, dass einiges gegen meine Mandantin spricht. Aber das gehört zu der perfiden Intrige, um Lilo Hallstein zu verunglimpfen und sie als Täterin dastehen zu lassen. Auch wenn Ihnen das unwahrscheinlich erscheint, bitte ich Sie, diese Überlegungen zu berücksichtigen. Ich kenne Frau Hallstein zwar noch nicht lange, aber ich kann Ihnen versichern, dass sie keine Mörderin ist und dass sie auch keinen Mordauftrag geben würde. Sie ist nur eine junge Frau, die nach Anerkennung süchtig ist, die manchmal aufbraust und beleidigend wirkt, aber sie ist kein schlechter Mensch. Berücksichtigen Sie das bitte!"

„Das muss der Richter entscheiden", stellte Sancho lakonisch fest.

Anschließend setzten sich die Kommissare zusammen. Alle waren der Meinung, dass Lilo schlechte Karten hatte. Keiner konnte so recht an ihre Unschuld glauben. Obwohl dies natürlich auch eine Möglichkeit war, räumte jemand ein. Wie erwartet konnten der Richter und der Staatsanwalt den Fall ebenfalls nicht zu Lilos Vorteil auslegen. Auch eine Freilassung auf Kaution war wegen Fluchtgefahr nicht möglich.

Das seltsame Gefühl, das Ina verspürt hatte, meldete sich wieder. So richtig konnte sie nicht an die Version glauben, dass Lilo die Anstifterin und Rico der Mörder war. Sie entschloss sich, mit Rico zu reden. Vielleicht könnte sie etwas mehr an hintergründigen Stimmungen mitbekommen. Als deutsche Kommissarin, die den Tatverdächtigen von früher kannte, hatte sie keine Probleme, den Besprechungstermin zu erhalten.

Rico sah zerknirscht aus, immer noch, sagten die, die ihn am Vortag bei seinem Geständnis schon gesehen hatten. Wenig war übriggeblieben von dem Latin Lover, der zu schön war, um kein Mörder zu sein.

„Rico, vielleicht erinnerst du dich noch an mich? Ich bin die Tante von Tessa, die auch in deiner Klasse war."

Ein kurzes Leuchten huschte über sein Gesicht. „Ja, stimmt, die nette Tessa. Ich hätte mich in sie verlieben müssen. Nicht in dieses Aas Lilo, die mir nur Pech bringt, die mich fertigmacht."

„Seit wann bist du wieder auf Grandaria? Du hast doch auch in Hassfeld gewohnt."

„Nach der mittleren Reife bin ich genau wie Lilo von der Schule gegangen. Das Abitur wollte ich nicht machen. Ich hatte versucht, hier in Grandaria Arbeit zu finden. Meine Eltern sind ja von hier. Das war allerdings schwer. Deshalb und weil ich Lilo nicht vergessen konnte, bin ich nach Hassfeld zurück und fand einen Ausbildungsplatz als Gärtner. Vor ein paar Jahren machte ich dann die Gesellenprüfung. Weil meine Eltern auch wieder nach Grandaria zurückgegangen sind und mich gerne in ihrer Nähe haben wollten, lebe ich seit kurzem wieder hier."

„Tessa erzählt manchmal von früher. Sie hat eine hohe Meinung von dir. Ich glaube, sie wird es kaum akzeptieren, dass du ein Mörder sein sollst", schmeichelte Ina.

„Nicht sein sollst, ich bin es, ich muss es leider gestehen." Rico sah Ina Beifall heischend an.

„Wirklich? Ich glaube dir nicht, Rico. Du warst immer so ein netter und sozial denkender Junge", wandte Ina ein.

„Die Menschen ändern sich, wenn sie in schlechte Gesellschaft geraten. Das müssten Sie in Ihrem Berufsleben doch öfter gesehen haben", gab Rico zu bedenken.

„Das mag sein. Aber ich habe noch niemanden erlebt, der das so freimütig zugibt und freiwillig jeden Verdacht auf sich selbst lenkt", bedachte Ina.

„Das habe ich doch schon erklärt. Muss man sich denn immer wiederholen", fragte Rico ungeduldig. „Ich will mich an Lilo rächen, weil sie mich fertigmacht."

„Weil du dich an ihr rächen willst, behauptest du, dass sie dich angestiftet hat?", fragte Ina.

„Ja, so ist es", bestätigte Rico. Dann stutzte er kurz. „Sie hat mich angestiftet, wirklich. Es war ihre Idee, den Gärtner zu töten."

„Ich verstehe dich, so ein Mensch wie Lilo kann einem wirklich zusetzen", bestätigte Ina.

Eifrig nickte Rico.

Ina hatte den Eindruck, dass sie sich mit der Argumentation im Kreise drehten. Es blieben so viele offene Fragen.

„Warum hast du dich nicht schon gerächt, als Lilo früher eine Beziehung zu Dirksen und später zu Hallstein hatte, den sie sogar geheiratet hat?"

„Damals habe ich das Ganze noch nicht so ernst genommen. Außerdem dachte ich, wäre es besser für Lilo, wenn sie sich noch ein bisschen austobt. Da wusste ich nicht, dass ich das überhaupt nicht ertragen kann. Aber dann habe ich gemerkt, dass ich sie immer noch liebe."

„Das klingt sehr plausibel. Du bist ein vernünftiger junger Mann!"

„Leider nicht vernünftig genug", bedauerte Rico.

„Könntest du dir vorstellen, dass jemand einen anderen beschuldigt, andererseits aber beteuert, die Person zu lieben?"

„Liebe kann in Hass umschlagen. Und das ist bei mir der Fall", erklärte Rico mit fester Stimme.

„Du hättest Psychologe werden sollen."

„Das bin ich doch in gewisser Weise auch. Zumindest bei Pflanzen, da habe ich immer gute Ergebnisse", bestätigte Rico stolz.

„Der Pflanzenflüsterer sozusagen", schmeichelte Ina ihm.

Rico lächelte.

„Rico, wenn du die Gelegenheit hättest, dass Lilo zu dir zurückkäme, würdest du das wollen? Was würdest du dafür tun?"

Ein Hoffnungsschimmer breitete sich auf Ricos Gesicht aus. „Ich würde nichts lieber als das wollen und ich würde alles dafür tun!"

„Dann überlegen wir, wie wir das anstellen", versprach ihm Ina. „Als Erstes müsstest du Lilo, wenn sie keinerlei Schuld an Verdes Tod hat, von dem Verdacht befreien."

Nachdenklich verließ Ina das Polizeirevier. Was hatte sie jetzt erreicht? Was wusste sie nun? Dass Rico Lilo immer noch liebte, dass er sich selbst widersprach. Also war sein Geständnis sehr fraglich. Aber bewies das etwas über seine oder Lilos Schuld oder Unschuld? Vielleicht würde Inas Appell an Rico fruchten.

Morgen musste sie ihn wieder besuchen und weitersehen. Vielleicht ließ er sich weichklopfen, indem sie ihm bezüglich Lilo noch mehr Hoffnungen machte. Zuvor würde sie noch einmal mit Lilo reden. Das lehnte sie jedoch innerlich sofort entschieden ab. Was war von der zu erwarten? Nur Beleidigungen und bestenfalls Unschuldsbeteuerungen.

Nein, ihr war nach einem verständnisvollen Menschen zumute, der in der Lage war, ihr einen guten Ratschlag zu geben, und der ihre Probleme mit den Männern verstand. Eine Frau, die selbst Probleme mit Männern hatte. Eine Freundin! Barbara! Vielleicht konnte sie auch etwas zur neuen Entwicklung im Mordfall sagen. Vielleicht sollte Ina die Hunde zu Barbara mitnehmen und sie ihr vorstellen.

Wie aus dem Nichts stand Sancho vor ihr. „Darf ich die hübsche und nette Dame in ihr Hotel bringen?", schmeichelte er.

„Nein, danke. Ich werde schon abgeholt", lehnte sie entschieden ab.

„Tu doch nicht so abweisend. Du bist auch nicht besser als ich, im Gegenteil, sogar schlimmer. Ich bin wenigstens nicht verheiratet." Sancho grinste.

„Wie schön für dich. Sei glücklich damit und lass mich in Ruhe", erwiderte sie mit bissigem Ton.

Sancho ließ immer noch nicht locker. „Kollegen müssen zusammenarbeiten! Wie wär's, wenn wir bei einem Wein den Fall besprechen?"

„Ein anderes Mal, jetzt habe ich schon etwas vor", behauptete Ina. Fast stimmte es. Sie würde erst ins Hotel fahren und später zu Barbara.

Eine Viertelstunde später holte Benno sie ab, die Hunde befanden sich im Kofferraum des Kombis. Dann brachte er sie in ihr kleines Hotel.

„Lass uns doch heute Abend irgendwo schön essen gehen und ein bisschen nett den Tag ausklingen", schlug er vor.

„Ich glaube, das geht nicht. Ich habe mir schon etwas vorgenommen", wies sie seinen Vorschlag zurück.

„Dein Pablo? Hat er sich wieder beruhigt?", wollte Benno wissen.

„Nein, den habe ich gar nicht gesehen. Der war heute krank", erklärte Ina.

„Oh, krank! Kein Wunder, wenn man sich in meine wunderbare Frau verliebt und es nicht klappt. Der Ärmste …"

„Lass das, du Schmeichler. Das ist das Letzte, was ich jetzt gebrauchen kann. Ich will zu einer Frau, die fast schon so etwas wie eine Freundin ist, eine Nachbarin von Lilo, Barbara heißt sie. Ich kann mich toll mit ihr unterhalten. Und wir können so wundervoll über die Männer lästern, die einem ja wirklich zur Last werden können. Und ich will ihr die Hunde vorstellen", erklärte Ina.

„Dann will ich euch lästernden Frauen nicht im Weg stehen. Habe deinen Spaß. Bring mich doch bei der Gelegenheit in mein Hotel zurück, ich gehe schwimmen, und du kannst mit dem Wagen weiterfahren. Ist einfacher für dich. Dann kannst du auch die Hunde mitnehmen", schlug Benno großzügig vor.

Hoffentlich war Barbara da. Jetzt hatte Ina wirklich Lust, mit ihr zu reden und über die Männer zu lästern.

Das Tor bei Barbara war geöffnet, so dass Ina mit dem Wagen hineinfahren konnte. Im Innenhof ließ sie die Hunde heraus, denn selbst im Schatten könnte es zu warm im Wagen werden.

Ina betätigte den Türklopfer, doch es tat sich nichts. Sie drückte die Klingel im Löwenmaul. Wieder nichts. Nicht einmal die Hausangestellte öffnete. Aber Barbara war zu Hause! Sie hätte das Tor sonst geschlossen. Noch einmal klingeln, dann um das Haus herumgehen. Hoffentlich war Barbara nichts passiert! War der wirkliche Mörder jetzt bei ihr? Ina glaubte nicht, dass es Rico war.

Mit den Hunden rannte Ina um die ausgedehnte Villa herum. Dann sah sie, warum Barbara nichts gehört hatte. Die Hunde bellten.

26. Kapitel

Pablo fühlte sich ausgesprochen am Boden zerstört. Er war seit gestern wirklich ernsthaft krank. Niemals hatte ihn etwas so schwer getroffen. Warum hatte Ina sich auf ihn eingelassen? Sie hatten so viele Gemeinsamkeiten entdeckt, sich so wohl miteinander gefühlt. Warum hatte sie ihm nicht von Anfang an gesagt, dass sie verheiratet war? Alles gelogen? Hatte Ina nicht so viel für ihn empfunden wie er für sie? Diese Schmach! Seiner Mutter konnte er gar nicht unter die Augen treten.

Mutlos steckte er den Kopf in das Kissen und wollte nie mehr daraus auftauchen.

Vorsichtig klopfte seine Mutter an die Tür. „Pablo, iss doch was! Was ist denn los? Erzähl doch mal. Ich bin deine Mutter."

„Lass mich, Mama, ich kann nicht. Später vielleicht. Jetzt nicht", antwortete Pablo kaum hörbar.

„Ist was mit Ina?", bohrte seine Mutter weiter.

Nur ein anhaltender Schrei kam als Antwort.

„Pablo, lass doch die Frauen, die setzen dir so zu. Sie machen dich krank. Vielleicht bleibst du doch besser ledig. Dann ärgert dich keine mehr."

Darauf wollte Pablo nichts entgegnen, stattdessen hielt er sich die Ohren zu. Seine Mutter Tosca war dafür bekannt, dass sie alles loslassen konnte, nur ihren Sohn nicht.

Eine Stunde später setzte sich Pablo auf die Terrasse. Seine Mutter servierte ihm ein gehaltvolles Frühstück und lobte ihn: „Das ist schön von dir, dass du dich wieder aufraffst. Das Leben muss ja weitergehen."

Dann fragte sie vorsichtig: „Darf ich mich zu dir setzen? Iss doch was, du hast sonst keine Kräfte mehr!"

Pablo war entgeistert. „Mama, ich hab sowieso zehn Kilo zu viel. Wäre also nicht schlimm, mal weniger zu essen. Das ist auch nicht mein größtes Problem."

Das überhörte seine Mutter. „Pablo, ich habe mir das Ganze überlegt. Ich weiß zwar nicht genau, was passiert ist. Aber du musst es praktisch sehen: Sei froh! Du hattest ein paar Tage guten Sex. Das ist für einen jungen Mann auch wichtig."

„Mama!" Vorwurfsvoll sah Pablo seine Mutter an. „Mama, du bist unmöglich. Ich hatte nicht nur Sex, ich war glücklich."

Tröstend streichelte sie ihm über den Arm. „Ich weiß. Es tut mir auch so leid, dass es jetzt zu Ende ist. Aber wir werden es überstehen."

„Ich glaube, ich werde nicht drüber wegkommen. Es ist so schwer." Doch dann stellte er sich entschlossen hin. „Jetzt ist sie weg. Ich kann wieder zur Arbeit gehen, das wird mich ablenken", entschied Pablo.

Tosca strahlte. „So liebe ich meinen Sohn, aktiv und tatkräftig!"

Pablo seufzte tief auf.

Nach einer ausgiebigen Dusche, bei der er sich alles Elend vom Körper spülte, fuhr Pablo zum Polizeirevier. Er war froh, dass Sancho nicht anwesend war, dessen mitleidige und schadenfrohe Blicke hätte er nicht ertragen können. Der hätte sicher eine unpassende Bemerkung gemacht.

Pablo nahm sich die Verhörmappen vor und studierte sie ausführlich. Aha, Ina war nicht nur anwesend gewesen, sondern sie hatte Rico sogar befragt. Was war dabei herausgekommen? Ein paar Widersprüche, die sie angestrichen hatte. Pablo schaute auf die Uhr. Mittlerweile müsste sich Ina mitten in den Wolken befinden. Weit weg von hier, weit weg von ihm. Unerreichbar! Wieder tat er sich selbst leid. Pablo schluckte. Jetzt wurde ihm bewusst, dass er Ina etwas überstürzt weggeschickt hatte. Es war doch noch nicht alles abgeschlossen. Von dem Fall her natürlich. Zumindest das Rätsel Dirksen blieb. Und damit die Frage nach dem Versicherungsbetrug.

Hatten sie etwas übersehen? In dem Hotel oder bei Dirksens Sachen? Im Hotel würde nichts mehr zu finden sein und Dirksens Sachen waren hundertmal durchgesehen worden und befanden sich jetzt im Polizeiarchiv. Hatte Dirksen genug Geld gehabt, um seine Identität zu wechseln? Woanders ein neues Leben zu beginnen? Aber daran glaubte Pablo nicht. Wie Dirksens Exfrau erzählt hatte, war Dirksen doch recht bodenständig und vor allem ehrgeizig. Strebte er nicht einen Nobelpreis für medizinische Forschungen an? Es musste ihm etwas passiert sein. Freiwillig wäre er nicht von der Bildfläche verschwunden. Außerdem war völlig vergessen worden, Lilo Hallsteins und Barbara Schmidthoffs Hausangestellte Frau Neta zu befragen. Vielleicht hatte sie im Haus etwas beobachtet? Wo war sie jetzt? Bei der Arbeit? Bei Lilo Hallstein oder bei Barbara Schmidthoff? Oder arbeitete sie noch an einer anderen Stelle? Die Hallstein war aus bekannten Gründen nicht zu Hause, höchstens ihr Freund. Also erst mal zu Frau Schmidthoff. Die gute Freundin von Ina. Was würde sie zu Inas plötzlicher

Abreise sagen? Egal. Ein dickes Fell zulegen und durch! Überhaupt, wo trieb sich Sancho wieder einmal herum?

Überaus erschrocken von dem Bild, was sich ihr bot, wäre Ina am liebsten wieder davongeschlichen. Doch die Hunde hatten gebellt und sie angekündigt. Am Pool lag Barbara, völlig nackt, neben ihr, ebenso nackt, Sancho. Aber keineswegs tot, sondern überaus lebendig. Nur ungern ließen sie voneinander ab. Neben ihnen standen Cocktails. Ina konnte es nicht fassen: Barbara, die so gegen die Männer wetterte, ließ sich auf einen solchen Gigolo ein. Auf solch einen windigen Typen. Und Sancho?

„Das nennt man Zeugenbefragung", bemerkte Ina zynisch.

Beide hatten mittlerweile Handtücher um ihre Blöße geschlungen.

„Gebt euch keine Mühe, ich habe schon alles gesehen", kommentierte Ina leicht amüsiert.

„Alles? Oje, du Spannerin!" Sanchos Stimme klang gar nicht verlegen, eher unverschämt. „Wohl neidisch?"

„Was machst du denn hier?", fragte Barbara und zwinkerte Ina dabei zu. „Manchmal muss man sich mal was Gutes gönnen. Und das war wirklich gut." Anerkennend sah sie dabei Sancho an, der sich offensichtlich geschmeichelt fühlte.

„Wer es mag! Jedem das Seine", konterte Ina. Der Blick, den sie Sancho zuwarf, war niederschmetternd.

„Wenn man das Gute nicht zu schätzen weiß, ist man selbst schuld", resümierte er. „Gut, dann lass ich die Damen mal alleine. Liebste, wenn du noch was brauchst", wandte er sich zu Barbara und gab ihr einen intensiven

Kuss, „dann ruf mich an. Der polizeiliche Notdienst steht dir immer zur Verfügung." Er lachte anzüglich.

Barbara konnte nicht umhin, in das Lachen einzustimmen. „Ja, rechne damit. Manchmal gibt es Notfälle."

Vorwurfsvoll sah Ina Barbara an. Barbara ignorierte das. „Moment, Ina, ich muss mir eben etwas überziehen und meinen Gast verabschieden."

Schnell folgte Barbara Sancho in den Salon, wo beide die im vorherigen Eifer hingeworfenen Kleider wieder aufhoben.

Ina sah noch, dass sich Barbara ihr Kleid überzog und den mittlerweile ebenfalls flüchtig angezogenen Sancho Händchen haltend zur Haustür begleitete. Dort küssten sie sich lang anhaltend.

Jetzt erst kam sie zurück. „Schau nicht so vorwurfsvoll. War nur Spaß. Und ein bisschen Selbstbestätigung. Es schmeichelt mir sehr, wenn ich Chancen bei einem so viel jüngeren Mann habe."

„Was für Chancen? Der nennt sich selbst der Gigolo oder Hengst vom Dienst, der treibt es mit jeder und probiert es bei jeder", klärte Ina sie auf.

„Mach mir das doch nicht schlecht. Hauptsache, ich fühle mich gut dabei", sagte sie zufrieden lächelnd.

„Ich will dir das nicht zerstören. Ich möchte nur nicht, dass du nachher enttäuscht wirst. Ich dachte, ich könnte mit dir über die Männer herziehen. Deshalb bin ich gekommen. Und was muss ich sehen? Du hast dich gerade voll auf einen eingelassen."

Überraschend fiel Barbara Ina um den Hals. „Ich danke dir für deine Anteilnahme und dass du dir Sorgen um mich machst. Das tut mir gut. Komm, wir trinken etwas, dann können wir wieder richtig lästern. ,Sex on the beach' oder ,Swimmingpool'?"

Fragend sah Ina sie an.

„Beides sind Cocktails: ,Sex on the beach' ist mit Wodka, Pfirsichlikör, Orangen- und Cranberrysaft, ,Swimmingpool' mit Rum, Kokossirup und Blue Curaçao", erklärte Barbara.

„Ach so, ich glaube, dann ist mir eher nach ,Sex on the beach'. Das scheint mir erfrischender", entschied sich Ina.

„Mir ist auch danach." Barbara lachte und mischte sich und Ina einen süßen, aber überaus leckeren Cocktail. „Ich bin eine Meisterin beim Mixen von Cocktails. Hab mal aus lauter Langeweile an einem Kurs mit anschließendem Wettbewerb teilgenommen und gewonnen. Was gibt es bei dir Neues an der Männerfront?"

Ina erzählte von dem Malheur, das sie ereilt hatte, dass Benno gekommen war, mit den Hunden, wie man sah, und dass er sie und Pablo überrascht hatte.

„Fast so wie bei dir und Sancho. Nur mir war es schrecklich unangenehm, euch schien es kaum etwas auszumachen", wunderte sich Ina immer noch.

Ihr war alles so fürchterlich peinlich gewesen.

Lauthals lachte Barbara, besonders über die Tatsache, dass Inas und Pablos Unterwäsche quasi auf dem Präsentierteller liegengeblieben war. Schade fand Barbara, dass Pablo sich so heftig und anscheinend endgültig von Ina abgewandt hatte.

„Ich glaube aber, es tut ihm jetzt schon leid. Es sagt alles, dass er sich deswegen krank fühlt, es ist seine Hilflosigkeit. Er liebt dich, meine Liebe. Aber du musst dich entscheiden. Werde dir schnell darüber klar, was du willst", legte Barbara Ina nahe.

„Danke, Barbara. Du bist wirklich eine Freundin. Was würde ich ohne dich machen? In Hassfeld habe ich keine Freundin, mit der ich so Intimes besprechen könnte", stellte Ina fest.

„Dann bleib hier in Grandaria. Ich würde mich freuen. Noch ein Grund mehr, sich für Pablo zu entscheiden." Beide lachten.

Wie auf Stichwort stand Pablo plötzlich auf der Terrasse. Hatte er gelauscht, fragte sich Ina. Sollte ihr das peinlich sein? Nein, er sollte wissen, wie es um sie stand.

Als Pablo Ina sah, spiegelten sich zwiespältige Gefühle auf seinem Gesicht, zutiefst erschrocken, aber auch freudig überrascht. Schnell hatte er sich wieder im Griff und er schaute beide Frauen ernst an. „Guten Tag, Frau Schmidthoff, hallo Ina. Du bist also nicht abgereist?", wandte er sich an sie. „Dein gutes Recht. Tut mir leid, dass ich dir das vorschreiben wollte. Dein Mann wollte bestimmt noch etwas von der Insel sehen."

„Mein Mann? Wieso?", fragte Ina überrascht. „Der hat nichts mit meiner Entscheidung zu tun."

Pablos Gesicht drückte Zweifel aus, aber er ging nicht näher darauf ein.

„Ich bin dienstlich hier", sagte er stattdessen.

„Wollen Sie mich festnehmen?", scherzte Barbara. „Wegen Verführung Minderjähriger? Oder? Lassen Sie mich mal überlegen. Vielleicht habe ich jemanden umgebracht?"

„Es gibt keinen Grund für solche Scherze", missbilligte Pablo. Das Lachen fiel ihm noch nicht leicht. „Ich suche die Haushälterin, die auch bei Lilo Hallstein angestellt ist."

Barbara überlegte laut: „Ach so, Frau Neta. Die kommt gleich um siebzehn Uhr. Eben war ich anderweitig beschäftigt, da hätte sie mich gestört." Dabei warf sie Ina einen vielsagenden Blick zu.

„Señor Cuerto, möchten Sie auch etwas trinken? Uns war gerade nach ‚Sex on the Beach'", schlug Barbara lachend vor.

Pablo fragte irritiert: „Sex on the Beach?" Dann sah er die Cocktailgläser. „Nein, danke. Ein einfaches Wasser tut es auch."

Barbara sah Pablo ernst an. „Sie sind selbst schuld, wenn Ihnen so etwas Gutes entgeht. Manchmal muss man etwas riskieren."

Ina spürte, dass es Pablo zusehends unangenehmer wurde, daher lenkte sie ab. „Ach, Barbara, ich wollte dich noch etwas fragen. Ich habe in Dirksens Hotel einen Kassenzettel mit einer Telefonnummer gefunden. Ich habe sie heute Morgen von der Polizei überprüfen lassen. Rate mal, von wem die ist."

„Du warst in Dirksens Hotelzimmer?", fragten Barbara und Pablo wie aus einem Munde.

„Ja, ich wohne sogar da. Entschuldige, Pablo, dass ich nicht ins Miramar gegangen bin. Ich habe das Hotelzimmer Benno überlassen, weil ich lieber mit den Hunden zusammen sein wollte."

„Du hast nicht im Miramar übernachtet?" Pablo schien gar nicht erbost darüber zu sein, sondern ausgesprochen erleichtert. „Dann war dein Mann allein da?"

„Natürlich. Wie kommst du darauf?"

„Nun ja", druckste er herum. „Ich musste zufällig gestern Abend in der Nähe des Miramar etwas erledigen und da habe ich deinen Mann gesehen. Er ging ins Hotel, spät am Abend."

„Und du dachtest, dass er mit mir im Miramar übernachtet hat?", folgerte Ina.

Da Pablo darauf keine Antwort gab, ging Ina davon aus, dass er sie gestern Abend beobachten wollte. Das zuzugeben war ihm unangenehm. Vielleicht hatte er gehofft, sie im Hotel zu sehen, stattdessen war ihm Benno über den Weg gelaufen. Welche Verwicklungen! Vielleicht hatte ihn das krank gemacht? Aber jetzt sah man ihm seine Krankheit nicht mehr an. „Und du warst heute Morgen krank?", fragte Ina. „Ist es wieder in Ordnung?"

„Es geht schon wieder", antwortete Pablo kurz angebunden.

Ina kam auf ihre ursprüngliche Frage zurück: „Barbara, kannst du dir erklären, warum Dirksen deine Telefonnummer hat?"

„Warum sollte er meine Nummer nicht haben? Er kennt mich doch über Lilo."

„Hat er dich am einunddreißigsten Mai angerufen? Das war der Tag, als er verschwunden ist. Seitdem hat ihn anscheinend keiner mehr gesehen", stellte Ina klar.

„Ich kann mich nicht erinnern, ob er mich überhaupt jemals angerufen hat", wies Barbara von sich.

„Pablo, darum musst du dich kümmern." Ina überreichte ihm den Zettel, auf dem Barbaras Nummer notiert war. Er steckte ihn kommentarlos ein.

Etwas später kam Señora Neta mit ihrem Enkel. Sie sollte die große Fensterfront zum Pool säubern. Zuvor musste sie jedoch Pablo Rede und Antwort stehen. Da Barbara noch einige Schriftstücke zu erledigen hatte, überließ sie die Terrasse Pablo und Ina zur Befragung.

Als Barbara in den Salon ging, folgte Ina ihr. „Barbara, hattest du mit Dirksen auch was? So wie mit Sancho?"

„Du glaubst wohl, ich bin der weibliche Don Juan. Das schmeichelt mir", erwiderte Barbara ausweichend.

Ina ließ nicht locker. „Ja oder nein? Hattest du was mit ihm?"

„Du traust mir aber auch wirklich alles zu. Nein, ich hatte nichts mit ihm", wies Barbara entschieden zurück.

Ob das die Wahrheit war? Auch Lilo hatte gesagt, dass Barbara hinter Dirksen her war. Wenig überzeugt wandte sich Ina zu Pablo und Frau Neta auf der Terrasse. Der kleine Enkel spielte in der Zwischenzeit mit den Hunden, die sich über die Abwechslung freuten. Barbara hatte dem Jungen eingeschärft, nicht über die Beete zu laufen, in der Nähe des Pools zu bleiben und überhaupt nicht auf dem hinteren Gelände des Grundstücks herumzutoben.

Die Befragung der Hausangestellten war umso wichtiger geworden, seitdem man wusste, dass der Ermordete der frühere Gärtner war, den Frau Neta schließlich auch kannte.

„Frau Neta, Sie sind doch José Verde oft begegnet?"

„Auf jeden Fall. Er hat genau wie ich bei denselben Leuten gearbeitet: bei Frau Hallstein und Frau Schmidthoff. Davor hat er als Gärtner den Golfplatz gepflegt. Da war ich allerdings nicht."

„Hat er öfter mit Ihnen gesprochen, zum Beispiel, ob er Probleme mit seinen Arbeitgebern hatte?", fragte Ina.

„Davon hat er nie etwas gesagt und ich glaube es auch nicht. Mit allen kam er gut zurecht. Er war sehr nett und fleißig."

„Wissen Sie etwas über sein Privatleben?"

„Ich weiß nur, dass er einen Freund hatte und …", Frau Neta stockte, „dass er privat eher mit Männern als mit Frauen umging. Ich meine, er war …, er war …."

„Er war also homosexuell", folgerte Pablo.

Erleichtert stimmt sie zu: „Ja, das wollte ich sagen."

„Hatte er einen festen Freund?"

„Den hatte er, lange Zeit, aber der ist wohl gestorben, glaube ich. Es kann aber auch sein, dass José von seinem Freund verlassen worden war. Jedenfalls war er in letzter Zeit ziemlich depressiv." Frau Netas Gesicht hatte einen traurigen Ausdruck angenommen, als ob ihr Verdes Schicksal ziemlich naheging.

„Sie kannten den Freund also nicht? Sie haben auch keine Idee, wer das sein könnte?"

Es schien, als ob ihr ein Gedanke käme, doch dann sagte sie entschieden: „Nein, ich weiß es nicht und kann es mir auch nicht vorstellen. Sie wissen doch selbst, dass die Leute hier auf diesen Inseln noch sehr konservativ sind. Keiner wird freiwillig zugeben, homosexuell zu sein."

„Das leuchtet mir ein. Seit wann war denn José so depressiv?"

„Noch nicht lange. Seit ein paar Monaten, höchstens ein halbes Jahr. Kurz vor seinem Verschwinden erzählte er mir, dass er eventuell nicht mehr lange arbeiten würde, denn er würde wahrscheinlich viel Geld erben, dann könnte er sich selbst einen Gärtner leisten."

„Erben?", wunderte sich Pablo. „So viel? Von wem denn? Vielleicht von seinem verstorbenen Freund? Kennen Sie seine Angehörigen?"

„Nein, ich weiß nur, dass José nicht von hier ist. Seine Familie lebt auf einer anderen Insel."

„Kennen Sie auch Herrn Dirksen?", fragte Ina.

„Den Doktor Dirksen, aber natürlich. Der ist oft bei Frau Hallstein, aber auch hier bei Frau Schmidthoff." Hatte Barbara also doch gelogen? Aber warum?

„Wissen Sie, wie die Beziehung von Herrn Dirksen zu Frau Hallstein oder zu Frau Schmidthoff ist?", wollte Pablo von der Haushälterin wissen.

„Frau Hallstein ist er ziemlich lästig. Ich glaube, sie sieht ihn eher als notwendiges Übel. Frau Schmidthoff dagegen ...", ihr Ton ging ins Flüstern über, „hat viel für ihn übrig. Sie schickt mich immer weg, wenn er kommt. Wie heute bei dem Kollegen von Ihnen. Da denke ich mir meinen Teil."

„Mit wem heute?", erkundigte sich Pablo. „Etwa mit Sancho?"

„Den Doktor Dirksen habe ich lange nicht mehr gesehen", fuhr Frau Neta fort. „Das sind schon ein paar Wochen. Dabei war er gerade erst zum Urlaub gekommen."

„War er denn noch da, als Frau Lilo Hallstein nach Deutschland abgereist ist?"

„Am Tag vorher. Ich kann mich noch gut erinnern. Da waren alle bei Frau Hallstein zum Frühstück, Frau Schmidthoff, Herr Dirksen und der Cousin von dem verstorbenen Herrn Hallstein. Das war das letzte Mal."

Nachdem Pablo und Ina noch die Personalien und die

Adresse von Frau Neta festgehalten hatten, beendeten sie die Befragung und entließen Frau Neta zur Hausarbeit.

Ina und Pablo hatten die Befragung professionell abgewickelt, doch spürten sie eine seltsame Beklommenheit. Sollten sie wie früher unbekümmert über ihre Eindrücke plaudern? Oder sollten sie völlig ernsthaft, wie zwei Fremde miteinander reden? Pablo versuchte die sachliche Variante. „Was hältst du davon?"

„Was Verde betrifft, kann ich noch nichts sagen, aber bei Dirksen kommen wir weiter. Ich glaube, dass Barbara über ihre Beziehung zu ihm ...", flüsterte sie wie soeben Frau Neta, „uns nicht die Wahrheit gesagt hat. Sie hatte was mit ihm. Ich muss das noch näher herausbekommen."

„Was weißt du über Sancho und Barbara Schmidthoff? Hatten die wirklich was miteinander?", wollte Pablo wissen.

„Ich habe sie am Pool überrascht, quasi in flagranti", bestätigte Ina.

Pablo erschrak. „Typisch Sancho, macht auch wirklich vor nichts und niemandem Halt. Wie unprofessionell. Man soll nichts mit einer Zeugin anfangen. Mich wundert, dass er es bei dir nicht versucht hat." Ina war keineswegs geneigt, Pablo von Sanchos Annäherungsversuchen zu erzählen und ihm dadurch auch die Zusammenarbeit mit dem Kollegen zu verderben. „Vielleicht, weil er glaubt, dass wir zusammen sind", erklärte Ina.

„Für so rücksichtsvoll halte ich ihn nicht! Schon gar nicht mir gegenüber", zweifelte Pablo.

„Vielleicht gefalle ich ihm nicht oder er merkt, dass ich nichts für ihn übrighabe."

Der Zweifel blieb auf Pablos Stirn stehen.

Da Ina noch mit Barbara reden wollte, fuhr Pablo davon, jedoch ohne ein Wort darüber zu verlieren, ob sie sich wiedertreffen wollten. Ina war enttäuscht. Dagegen war Pablo stolz darauf, ihr widerstanden zu haben. Mehrmals war er versucht, Ina zu fragen, ob sie gemeinsam zu Abend essen sollten, doch aus Selbstschutz behielt er es besser für sich.

„Typisch Mann", kommentierte Barbara, die sich etwas später zu Ina an den Pool gesellte. „Alles wieder auf null gestellt."

„Barbara", begann Ina ihre erneute Befragung, „du hast uns, was Dirksen betrifft, nicht die Wahrheit gesagt. Du hattest doch etwas mit ihm! Nicht nur einmal!"

Barbara sah erschrocken aus. „Gut, ich gebe es zu. Immer wenn er hier war, waren wir zusammen. Aber dann ist er eines Tages nicht mehr wiedergekommen und ich musste mir Ersatz suchen. Wie es aussieht, habe ich den gefunden."

„Warum hast du mir das nicht gleich erzählt. Ich hätte dich doch nicht verurteilt. Vom Alter her passt Dirksen sowieso besser zu dir."

„Erstens wollte ich nicht, dass du mich für ein Sexmonster hältst ...", begann Barbara zu erklären. Ina schüttelt heftig den Kopf. „Aber das hätte ich doch nicht!"

„Zweitens ... Jetzt weiß ich es nicht mehr, der Gedanke ist weg. Aber Tatsache ist, dass Dirksen auch weg ist."

„Du hast gar keine Ahnung, wo er sein könnte? Hat er nie etwas gesagt?", bohrte Ina weiter.

„Doch, das war zweitens. Ich hatte es verdrängt: Er wollte weg, vielleicht nach Deutschland. Ich weiß es nicht. Wegen einer anderen, glaube ich. Er hat es mir gegenüber nicht zugegeben. Anscheinend hat er es auch gemacht. Jedenfalls kam ich mir blöd vor", erzählte Barbara.

„Du mochtest ihn? Arme Barbara", bedauerte Ina ihre ältere Freundin und nahm sie tröstend in die Arme. „Wie konnte er dich nur so im Stich lassen?"

„Was ist eigentlich mit Lilo, ich habe sie mehrmals versucht anzurufen, aber sie meldet sich nicht. Ich wollte mich wieder mit ihr versöhnen", lenkte Barbara ab.

„Du weißt es noch nicht? Du hattest keinen Kontakt mehr mit ihr? Lilo wurde verhaftet, sie ist in Untersuchungshaft", informierte Ina sie.

„Wieso? Was hat sie verbrochen?", staunte Barbara.

„Rico, euer neuer Gärtner, hat sie beschuldigt, ihn zum Mord an eurem früheren Gärtner angestiftet zu haben."

Barbara strahlte Ina an. „Das gibt es doch nicht. Dann war er es also. Lilo allein hätte ich den Mord nicht zugetraut. Das hab ich schon mal gesagt. Rico ist der Mörder. Was für eine Wendung. Gratuliere! Dann hast du deine Arbeit gemacht und deine Pflicht erfüllt. Wann reist du ab?"

„Ihr wollt mich offensichtlich alle ganz schnell loswerden. Ich weiß noch nicht. Es ist doch noch nicht alles geklärt", wich Ina aus.

Neugierig fragte Barbara: „Was denn nicht?"

„Wir suchen noch nach Dirksen."

„Aber das habe ich dir schon gesagt: Er liegt in den Armen einer anderen Frau und scheint glücklich damit."

„Auch wenn er jetzt irgendwo ein neues Leben angefangen hat, müssten wir ihn wenigstens kurz sprechen, um die Vermisstenanzeige ad acta legen zu können."

„Gibt es denn eine Vermisstenanzeige?"

„Seine Tochter wollte wissen, was aus ihrem Vater geworden ist, weil er sich überhaupt nicht meldet. Außerdem sollte vor ein paar Tagen sein Praxisbetrieb wieder losgehen. Da ist er auch nicht erschienen. Das ist mehr als ungewöhnlich für ihn."

„Mir hat er gesagt, dass er mit seinem früheren Leben nichts mehr zu tun haben will. Das bezog sich auf mich, aber anscheinend auch auf seine Exfrau und seine Kinder. Und wohl auch auf seine Praxis", folgerte Barbara.

Voller Zweifel machte Ina sich auf den Weg zu ihrem Hotel. So hatte sie Dirksen nicht eingeschätzt. Zumindest hatte er sich von Zeit zu Zeit bei seiner Tochter gemeldet. Seine Praxis würde er überhaupt nicht im Stich lassen.

Mittlerweile war es schon spät. Immer noch bestand Bennos Einladung zum Abendessen. Doch darauf wollte sie auf keinen Fall eingehen. Wenn Pablo davon erführe, war wirklich alles vorbei und aussichtslos. Sanchos Einladung? Ina musste lachen. Wie der sich entpuppt hatte, unglaublich. Und dann trieb er es noch mit Barbara, offensichtlich und ohne Scham.

Etwas später erhielt Ina auf ihrem Handy eine SMS von Pablo. Voller Hoffnung sah sie nach. Vielleicht will er doch noch mit mir zu Abend essen? Doch sie wurde enttäuscht, denn nur eine Kurznachricht war gekommen: *„Obscuro hat Verdes Leiche zur Beerdigung freigegeben, Verwandte bisher nicht gefunden."*

Wie am Vorabend musste Ina mit der Gesellschaft ihrer Hunde vorliebnehmen. Sie machten wieder einen ausgedehnten Spaziergang am Strand, gingen anschließend in das kleine Restaurant. Diesmal hatte Benno für die Hunde Hundefutter besorgt, das der Kellner den beiden servierte. Darüber freute sich Ina.

27. Kapitel

Am nächsten Morgen fuhr Ina mit dem Mietwagen ins Polizeirevier. Die Hunde durften im Kofferraum mitfahren. Auf dem Polizeiparkplatz ließ Ina sie heraus und nahm sie mit ins Gebäude. Pablo war wieder anwesend, hatte jedoch keinen Blick für Ina. Dagegen spielte Sancho wieder den Charmanten, als ob sie ihn nicht gestern noch mit Barbara überrascht hätte. „Wie geht es heute früh der wunderbaren Frau Helle?"

Ina ging nicht darauf ein und wünschte nur kurz angebunden einen guten Morgen.

Lilo war bereits zu Verdes Verwandtschaft befragt worden. Doch Genaues über seine verwandtschaftlichen Hintergründe wusste sie nicht, nur dass seine Familie nicht von der Insel kam. Lilo erzählte: „Verde hat früher auf dem Golfplatz gearbeitet. Außerdem kann ich mich undeutlich erinnern, dass er einmal vor längerer Zeit von einem Freund geredet hat. Einen Namen hat er allerdings nicht genannt. Der Freund sei seine wahre Familie, hat er gesagt. Mit seiner eigentlichen Familie hatte er nichts mehr zu tun. Für die sei er gestorben, weil er nicht ‚normal' sei. Ich habe gespürt, dass er anders als andere Männer war. Daher habe ich nachgefragt und herausgehört, dass er wohl einen intimen Freund hatte, er also homosexuell gewesen war. Mehr weiß ich nicht, nur dass er immer gut und sorgfältig gearbeitet hat. Und ich habe überhaupt niemals einen Grund gehabt, ihn umzubringen."

Frau Neta und Lilo hatten zu Verde übereinstimmende

Aussagen gemacht, das schien also der Wahrheit zu entsprechen.

Und Barbara? Was wusste sie von Verde?

Sollte Ina Barbara anrufen und sie danach befragen? Nein, besser sie fuhr hin. Das war persönlicher. Sofort machte sich Ina auf den Weg zu Barbara und fragte sie nach Verde.

Doch die schüttelte nur den Kopf. „Ich weiß nichts über ihn. Nur, dass er als Gärtner gearbeitet hat. Ansonsten habe ich mich nicht für ihn interessiert, deshalb war mir seine sexuelle Orientierung egal."

„Und dein Mann? Wusste er nichts über seinen Gärtner?"

„Mein Mann Alexander war ein Snob. Er hat sich niemals näher für irgendwelche Angestellte interessiert. Er verbrachte ganze Tage auf dem Golfplatz. Da war Verde bestimmt nicht. So viel Geld hat er nicht verdient", versicherte Barbara.

„Golfplatz? Wusstest du, dass Verde dort früher gearbeitet hat? Kann es sein, dass er und dein Mann sich von dorther kannten? Wer hatte ihm die Stelle bei euch vermittelt?"

Barbara überlegte. „Die Gärtner vom Golfplatz tun ihre Arbeit morgens vor dem eigentlichen Golfbetrieb und wenn die Spieler abends gegangen sind. So stelle ich mir das jedenfalls vor. Ich weiß nicht, woher Alexander Verde kannte und warum er ihn eingestellt hat. Vielleicht hatte mein Mann ihn von einer Agentur. Das hat mich nie interessiert. Hauptsache war doch, dass der Gärtner seine Arbeit ordentlich gemacht hat. Ich selbst habe mich nie für Golf interessiert und war noch nie auf dem Golfplatz."

„Schade, dass du auch nichts Genaueres über Verde und seine Familie weißt, denn er ist jetzt vom Gerichtsmediziner zur Bestattung freigegeben worden. Keiner weiß, wer seine Verwandten sind und wer sein Freund war", bedauerte Ina.

„Falls sich niemand findet, werde ich die Kosten für seine Beerdigung übernehmen. Er hat immerhin für mich gearbeitet und viel Geld wird er nicht gespart haben", überlegte Barbara laut.

In diesem Moment klingelte Barbaras Telefon, das sie neben sich auf dem Terrassentisch liegen hatte. Sie meldete sich freundlich, doch von Sekunde zu Sekunde wurde ihr Gesicht ernster. Ina hörte nur Barbaras Stimme, die ungewohnt sachlich und ernst klang. „Ich weiß nichts Genaues. Ja, kommen Sie doch hier vorbei. Wir können alles besprechen und weitere Schritte überlegen. Natürlich werde ich alles von meiner Seite aus in die Wege leiten. Bis später dann."

Sie legte auf.

Ina hatte das Gefühl, als ob Barbara durch sie hindurchschaute.

„Was ist, Barbara? Hat sich ein neuer Liebhaber gemeldet?", wollte Ina scherzen.

Doch Barbara sah sie nur strafend an. „Nein, eine Frau. Sie will mich gleich besuchen."

„Das ist doch kein Grund, ein solch ernstes Gesicht zu machen."

Sollte sich Ina auf dem Golfplatz umsehen? Sie wusste, dass sie jetzt wieder von ihrer Neugier getrieben wurde. Sie hatte gelesen, wie großartig der Golfplatz gelegen war. Das wollte sie sich mit eigenen Augen ansehen. Damit man ihr nicht wieder Unprofessionalität vorwerfen könnte, schob sie einen beruflichen Grund vor: Verde hatte auf dem Golfplatz gearbeitet. Vielleicht konnte sich noch jemand an ihn erinnern. Vielleicht wusste auch jemand etwas Genaueres über ihn. Und über seinen Freund.

Da Barbara noch Besuch bekommen sollte, sie also keine Zeit mehr für Ina hatte, machte diese sich auf den Weg zum Golfplatz. Als sie an der Haarnadelkurve ankam, begegnete ihr ein Wagen, eine Frau saß am Steuer. Beide Wagen mussten auf der engen Serpentinenstraße langsam fahren, daher konnte sich Ina die Frau näher ansehen. Das wird Barbaras Besucherin sein. Eine Spanierin zweifellos, nicht mehr ganz jung, etwa in Barbaras Alter, sehr ernst blickend.

Wer könnte sie sein? Warum war Barbara so ernst geworden? Irgendwie hatte Ina das Gefühl, die Frau schon einmal gesehen zu haben. Vielleicht von einem Foto? Von dem Foto aus dem Polizeirevier, das in Verdes Wohnung sichergestellt worden war. Auf dem Verde als viel jüngerer Mann mit seiner Familie abgebildet war. Die Frau könnte Verdes Schwester sein. Wollte sie mit Barbara die Beerdigung des Bruders planen? Wieso wandte sie sich überhaupt an Barbara?

Auf der weiteren Fahrt gingen Ina viele Gedanken durch den Kopf: Dass Rico zum Mörder geworden war, schien ihr als zunehmend unwahrscheinlich. Ina glaubte, dass Lilo zwar ein Biest, aber keine Mörderin und keine Anstifterin zum Mord war. Sie hatte weder Rico noch einem anderen einen Mordauftrag erteilt. Aber bis jetzt stand Ina allein mit ihrer Meinung da.

Offensichtlich kam Ricos Geständnis allen sehr gelegen: Pablo, weil er sich nicht mehr mit Ina und seinen Gefühlen auseinandersetzen musste, und Sancho, der den Triumph auskostete, den Fall ohne seinen Chef Pablo gelöst zu haben. Und dem Mörder natürlich.

Unmittelbar an der Küste befand sich der Golfplatz. Das weitläufige Gelände zog sich von dem Hügel „La Perla" herunter bis zum Meer und einige Kilometer entlang der Küste. Als Ina auf dem Hügel ankam, wo das Clubhaus stand, sah sie, warum sich der Golfplatz „Perle von Grandaria" nannte. Von hier oben hatte man einen imposanten Blick über die Küste und das türkisfarbene Meer. Auch die Driving Range, der Bereich zum Üben langer Schläge mit einer großen Rasenfläche, wo die Bälle landeten, war in Richtung Meer angelegt, sodass man den Eindruck hatte, die Bälle ins Meer zu schlagen. Die meisten Fairways, die eigentlichen Spielbahnen zwischen dem Abschlag und dem Grün mit dem zu bespielenden Loch, führten entlang der Küste. So vernahm man das ständige Rauschen des Meeres und nicht selten bekam man auch von der aufspritzenden Gischt Tropfen oder sogar eine Dusche ab. Bei der meistens vorherrschenden Hitze war das eine willkommene Abkühlung.

Überall hatte man den Blick auf das Meer. Der Abschlag für Loch achtzehn war das eigentliche Highlight. Man musste über eine kleine Bucht hinweg auf einen gegenüber liegenden Hügel schlagen. Das war eine besondere Herausforderung für die Spieler. So mancher Golfball ging im Wasser verloren.

Ina würde es nicht wundern, Benno hier auf dem Golfplatz zu treffen. Denn als junger, aufstrebender Geschäftsmann, als gefragter Unternehmensberater, hielt er das Golfspiel für standesgemäß. So manches Mal hatte er Geschäftspartner auf dem Golfplatz getroffen und Geschäfte dort vorbereitet. Das war die Lebensart, die er liebte. Anfangs hatte er auch Ina dazu animiert, die Platzreife zu machen und mit ihm über den Golfplatz zu spazieren und mit möglichst wenigen Schlägen die ganze Runde zu absolvieren. Die Spaziergänge in der freien Natur hatten ihr gefallen, doch als sie sich für Hunde entschieden hatte, fehlte ihr die Zeit dazu. Immer versuchte Benno, sie wieder zum Golfspiel zu überreden.

Obwohl es verboten war, hatte er die Hunde einmal in einem unbeobachteten Moment mit auf den Golfplatz genommen, um es auszuprobieren. Amüsiert erzählte er später von dem Ergebnis des Experiments. Die Hunde waren den Bällen hinterhergelaufen und hatten sie ihm wieder vor die Füße gelegt. Das ersparte Benno die Suche nach verlorenen Bällen, nahm ihm aber auch die Möglichkeit des Einlochens auf dem Grün. Ina hatte sich fürchterlich aufgeregt, weil die Hunde versehentlich von den Golfbällen anderer Spieler hätten getroffen werden können. So war es bei dem ersten Versuch geblieben.

Immer wieder kam Benno auf solch verrückte Ideen. Bei ihm konnte man vor unangenehmen Überraschungen nicht sicher sein.

Auf der Terrasse des Grandaria-Golfclubs saßen einige Damen und Herren in vornehmem Weiß. Elektrische Caddies parkten neben dem Haus.

Ina fragte die Herrschaften nach José Verde. Doch sie erntete nur Kopfschütteln. Im Bistro könne man ihr vielleicht mehr sagen. Hinter der Theke stand ein junger Mann, ein durchtrainierter Schönling. Wohl Barkeeper und Golftrainer in einem, wahrscheinlich ein Pro, ein Profigolfer. Wieder ein Latin Lover?

Ina wandte sich an ihn. „Kennen Sie José Verde?"

Jetzt erhielt sie ein Lächeln und eine Antwort: „Natürlich! José hat früher hier gearbeitet. Später war er hier nicht mehr Gärtner, sondern hat selbst Golf gespielt. Aber ich habe ihn lange nicht mehr gesehen."

„Er hat Golf gespielt?", wunderte sich Ina. „Wie kam das?"

Lächelnd antwortete der Barkeeper: „Er hatte Glück, er lernte einen reichen Mann kennen. Die Beziehung wurde sehr eng, wenn Sie verstehen ..." Sein Lächeln vertiefte sich. „Verde hat das Golfspiel passabel gelernt und gehörte dann selbst zur Schickimicki auf dem Golfplatz."

„Also hat der reiche Mann ihn finanziert?"

„Ja, das kann man so sagen. Verdes Freund hat alles für ihn getan."

„Kennen Sie auch seinen Namen, er war doch nicht inkognito hier?", fragte Ina gespannt.

Den Namen von Verdes Liebhaber zu erfahren war eine Überraschung für Ina. Ihr wurden einige Zusammenhänge klarer. Der Besuch auf dem Golfplatz war also doch mehr Intuition als bloße Neugier, registrierte

Ina stolz für sich. Von wegen Unprofessionalität. Das war eindeutig Intuition.

Sie schrieb eine SMS an Pablo und teilte ihm mit: *„Ich weiß, wer Verdes Freund war. Wahrscheinlich weiß ich auch, wer Verdes Mörder ist. Melde dich bei mir, Ina."*

Dann machte sie sich auf den Weg. Ina fuhr mit ihrem Wagen auf der geteerten Straße der Golfanlage. Hier müsste irgendwo das spektakuläre achtzehnte Loch sein mit der vielgepriesenen Aussicht auf das Meer und das der Küste vorgelagerte Inselchen. Ina hätte aussteigen müssen, um dann wenige Meter über das Grün zu gehen. Doch jetzt hatte sie keine Zeit mehr, das wollte sie sich für einen späteren Zeitpunkt vornehmen.

Wen sah sie da? Wie erwartet, musste sie sagen: Benno. Tatsächlich hatte er die Gelegenheit ergriffen, um hier eine Runde zu spielen. Er hatte sich alles gegönnt, sogar einen Elektrocaddie.

Ina witzelte: „Mann, da hast du aber zugeschlagen. Wie viele Schläge hast du gebraucht?"

Seinerseits wunderte Benno sich, Ina hier zu sehen. „Hey, was machst du auf dem Golfplatz? Spielen wolltest du doch bestimmt nicht. Und dann mit den Hunden, na, na, na." Tadelnd bewegte Benno seinen rechten Zeigefinger hin und her.

„Nein, ich musste einige Erkundigungen einholen."

„Aha. Bei zweiundsiebzig Par habe ich sechsunddreißig Schläge mehr gebraucht! Ich bin leider nicht mehr so in Übung, bei uns hat die Saison auch gerade erst richtig angefangen. Und Hassfeld hat zwar einen Golfplatz, aber nur einen Neun-Loch, so dass man die großen Runden nicht üben kann", bedauerte Benno.

Darüber hatte er schon öfter gehadert. Dennoch war er zufrieden, dass er dort überhaupt Golf spielen konnte. Und so einfach waren die Löcher auch nicht zu spielen, davon hatte Ina sich selbst überzeugt.

„Wo fährst du jetzt hin?", wollte er wissen. „Ich habe keine Lust, mit dem Taxi zurückzufahren."

„Ich muss noch einen Besuch machen, aber ich müsste vorher noch die Hunde rauslassen. Hier geht es nicht." Beide mussten bei dem Gedanken an Bennos skurrilen Golfplatzscherz lachen.

„Das würden die Golfspieler mir ziemlich übelnehmen, wenn ich hier auf den schönen Platz Hunde mitbrächte." Benno grinste.

„Ich würde es dir auch übelnehmen", versicherte Ina.

„Ich weiß, ich werde es auch nie wieder tun! Warte doch einen Moment, bis ich den Caddy zurückgegeben habe. Dann kann ich dich fahren und in einer oder in zwei Stunden wieder abholen. In der Zwischenzeit fahre ich zum Meer und lasse die Hunde da laufen", schlug er vor.

Das schien Ina auch eine gute Alternative. Nachdem Benno alles im Clubhaus erledigt hatte, übernahm er das Steuer, um Ina zu fahren.

Gut gelaunt sang Benno: „Wir waren, wir waren bei der Perle von Grandaria."

Strafend sah Ina ihn an.

Doch Benno ließ sich seine gute Laune nicht verderben und sang: „Ina Helle, Ina Helle löst alle Fälle, alle Fälle auf die Schnelle, auf die Schnelle!"

Leicht amüsiert musterte Ina den singenden Benno. Doch dann schüttelte sie den Kopf. „Na ja, soweit ist es noch nicht, obwohl ich glaube, der Lösung sehr nahe zu sein. Aber höre auf zu singen. Du bist kein Tenor."

„Nun gut, dann eben kein Gesang. Aber der Golfplatz ‚Perle von Grandaria' macht seinem Namen alle Ehre. Auch wenn das Green-Fee eine Menge gekostet hat, allein schon die Ausblicke auf das Meer lohnen den Ausflug nach Grandaria", schwärmte Benno.

Ina sah ihn strafend an, sie hatte nicht gewollt, dass er ihr nachreiste, aber er nahm das in seiner Euphorie gar nicht zur Kenntnis.

Als sie die Serpentinen zum Goldhügel hochfuhren, mussten sie unweigerlich die Haarnadelkurve passieren. Von hier gab es einen atemberaubenden Blick auf das Meer, aber auch in die tiefe Schlucht.

„Es muss hier mindestens hundert Meter in die Tiefe gehen. Man wünscht keinem, dass er hier mit betrunkenem Kopf bergabwärts fahren muss. Selbst am hellen Tag stellt die Kurve höchste Ansprüche an die Fahrkünste. Vor allem langsam muss man fahren. Deshalb", schärfte Ina Benno ein, „bergab ganz vorsichtig fahren, möglichst nur in Schritttempo."

Über diese Unterweisung war Benno leicht ungehalten.

„Ich hab auch keine Lust, hier einen Abflug zu machen! Wenn man da herunterstürzt, wird man ziemlich zusammengestutzt oder zerfetzt unten ankommen", äußerte er respektvoll.

Pablo hatte anderes zu tun, als die SMS von Ina zu lesen, zumindest sagte er sich das selbst. Immer noch hatte er sich Ina-Abstinenz auferlegt. Es hatte ihm gereicht, sie morgens im Polizeirevier zu treffen. Sollte sie doch ihren Kram allein machen. Was wollte sie schon? Daher schaute er auch nicht nach, was sie geschrieben hatte. Sicher wollte sie wieder versuchen, ihm alles zu erklären. Darauf hatte er keine Lust. Was ein echter Spanier ist, dachte er sich, ist stolz und kann nicht einknicken, zumindest nicht zu schnell.

28. Kapitel

Als Ina zu Fuß in Barbaras großen Innenhof kam, wo auch die Autos abgestellt wurden, sah sie den Wagen, der ihr vorher an der Haarnadelkurve begegnet war, der Wagen, mit dem Verdes mutmaßliche Schwester gekommen war.

Diesmal klopfte und klingelte Ina nicht, sie ging gleich um das Haus herum. Auf der Terrasse war niemand. Zwei Gläser zeugten davon, dass Barbara ihren Besuch bewirtet hatte. In diesem Moment kam Barbara um die Ecke. Überrascht blieb sie stehen und fragte vorwurfsvoll: „Was willst du denn schon wieder hier?" Das klang nicht mehr freundlich, nichts war mehr von der netten Freundin zu merken. Ina spürte, dass sie ihr äußerst ungelegen kam.

„Bist du allein gekommen?", wollte Barbara unfreundlich wissen.

„Benno hat mich gebracht", antwortete Ina. „Er will mit den Hunden noch spazieren gehen, nachher holt er mich wieder ab. Aber jetzt zu dir: Dein Mann und Verde waren ein Liebespaar! Hast du es ihm nicht gegönnt? Du hattest doch auch deine Liebhaber."

„Es war mir doch egal, mit wem mein Mann was hatte! Er war es doch, der anfangs etwas gegen das Personal gesagt hat. Du willst mich doch nicht für irgendwas verantwortlich machen? Wie kommst du überhaupt darauf?" Barbaras Stimme klang vorwurfsvoll.

„Auf dem Golfplatz hat es mir jemand gesagt."

„Was da immer erzählt wird, das kann man doch nicht glauben. So ein Unsinn", urteilte Barbara.

„Wo ist Verdes Schwester? Barbara, sag es mir!"

„Verde hat keine Schwester, er hatte niemanden. Deshalb will ich seine Beerdigung bezahlen. Das weißt du doch!"

„Wo ist die Dame, die eben hier war? Deren Auto in deinem Hof steht. Die du erwartet hast." Ina ließ nicht locker.

„Sie kommt gleich wieder, sie wollte nur einen Spaziergang um das Gelände machen, ich hatte keine Lust mitzugehen."

„Warum will sie sich das Gelände ansehen?"

In diesem Moment kam eine SMS aus dem Polizeirevier. Ina las: *„Hier ist jemand, der dich dringend sprechen will. Er sagt, es geht um Dirksen."*

Sie antwortete sofort: *„Bin bei Barbara, muss mit ihr etwas klären. Ich komme gleich zurück."*

Sie drehte sich zu Barbara um und fragte ungeduldig: „Ich wollte gerne noch mit der Dame sprechen. Wann kommt sie zurück?"

„Sie wird gleich kommen. Du kannst ja hier warten. Komm, trinken wir doch einen Cocktail. Wieder einen ‚Sex on the beach'? Oder was kann ich dir sonst anbieten?"

„Nein, jetzt keinen Alkohol, ich muss gleich wieder in die Stadt. Eine wichtige Zeugenaussage. Übrigens gibt es etwas, was mir keine Ruhe lässt: Warum hatte Verde eine Badehose an, wenn er doch der Gärtner war?", überlegte Ina laut.

Barbara suchte nach einer Erklärung. „Vielleicht war ihm zu warm geworden. Auch schon Ende Mai kann es hier sehr heiß sein."

„Du kannst mir nicht einreden, dass das eine übliche Arbeitskleidung für einen Gärtner ist, auch nicht hier auf Grandaria", setzte Ina dagegen.

„Ich will dir nichts einreden", widersprach Barbara ärgerlich. „Vielleicht glaubte er sich unbeobachtet. Er wusste, dass Lilo abgereist war, er wusste, dass sonst niemand da war. Alle waren weg. Da kann doch ein Gärtner auf die Idee kommen, mal baden zu gehen."

„Da könntest du recht haben. Wenn das Personal unbeobachtet ist, macht es alles andere, nur nicht arbeiten. Ich habe mal so einen Film gesehen, wo Angestellte heimlich gefilmt wurden", erinnerte sich Ina. „Auf diese Idee sind wir überhaupt noch nicht gekommen. Es hat uns wirklich Kopfzerbrechen gemacht. Aber da war noch etwas Auffälliges: Verde hatte seit kurzem einige hunderttausend Euro auf dem Konto. Die wurden aber kurz nach seiner Ermordung auf ein anderes Konto überwiesen. Es ist ein Firma namens ‚Primavera', Frühling. Hättest du auch dafür eine Erklärung? Wir können es uns nicht erklären."

„Vielleicht hat er den Überweisungsauftrag schon vor seinem Tod geschrieben. Und eine Firma, die ‚Primavera' heißt, kenne ich nicht", erklärte Barbara.

„Ja, so wird es sein. Erstens muss überprüft werden, wer hinter der Firma Primavera steckt. Dann muss festgestellt werden, wann genau der Auftrag eingereicht wurde. Das dauert noch ein bisschen. Man muss kontrollieren, ob der Auftrag persönlich auf der Bank abgegeben wurde oder ob jemand das von einem Computer aus gemacht hat, dann kann man über die IP den Besitzer ermitteln."

„Aha, und wenn es in einem Internetcafé getätigt wurde? Dann kann man doch sicher nichts nachweisen?"

„Das ist natürlich schlau, da wird es wirklich schwierig. Man könnte dem Personal des Internetcafés eventuell Bilder vorlegen oder fragen, wer an dem betreffenden Tag dort ein- und ausgegangen ist. Stell dir mal vor, da war eine blonde Dame dabei, Anfang fünfzig, die dort einige Zeit verbracht hat", bluffte Ina. „Wer könnte das sein?"

„Ich war es jedenfalls nicht. Ein Internetcafé kenne ich nicht von innen. Mit einem Computer kann ich nichts anfangen. Mit der modernen Technik hab ich es gar nicht. Wozu auch? Wenn ich was erledigen will, gehe ich in die Bank. Aber auch da war ich in letzter Zeit nicht. Außerdem verstehe ich überhaupt nicht, warum du so tust, als ob ich was mit dem Mord zu tun habe. Euren Mörder habt ihr doch, es ist doch Rico", bemerkte Barbara vorwurfsvoll.

„Es kam dir gerade recht, dass Rico die Schuld auf sich genommen hatte. Der arme Junge wollte sich allerdings nur an Lilo rächen. Aber heute Morgen hat er widerrufen: Er hat den Mord nicht begangen und Lilo hat ihn nicht angestiftet", konterte Ina.

„Aber er hatte doch die Pistole, mit der Verde erschossen wurde. Und er wollte damit Lilo und ihren Freund erschießen. Das sagt doch deutlich, dass er der Mörder sein muss." Davon war Barbara überzeugt und sie fügte hinzu: „Wenn du ihm glaubst, ist dir nicht zu helfen. Aber trink doch noch etwas. Auf unsere Freundschaft! Lassen wir uns die doch nicht kaputtmachen. Wenn du schon keinen von meinen wunderbaren Cocktails haben willst, dann trink doch Kaffee oder Mineralwasser. Bei der Hitze hält man das sonst nicht aus."

Barbara stellte Tasse und Glas vor Ina hin. Sie selbst hatte sich einen Cocktail gemixt. „Das brauche ich manchmal, um mir das Leben schön zu trinken, es kann so verdammt schwer sein", klagte Barbara.

„Ohne Mann, ohne echten Freund. Ich verstehe", bekundete Ina.

„Du verstehst gar nichts. Du könntest Pablo haben, deinen Mann Benno sowieso und sonst noch einige." Barbaras Ton klang missgünstig.

„Trink doch ein bisschen Kaffee, das macht munter. Das ist eine neue Sorte aus Costa Rica, besonders fein und geschmackvoll."

Ina war eigentlich nicht abgeneigt. In der letzten Nacht hatte sie wenig geschlafen, viele Gedanken waren ihr durch den Kopf gegangen. Als sie dann gegen Morgen eingeschlafen war, spukten Pablo und Benno durch ihre Träume. Sogar Dirksen tauchte irgendwann auf, er lachte so laut, dass es bis in ihren Wachzustand nachhallte. Was wollte er und was hatte er gesagt? Es klang wie „Ich bin davongefahren". Sie wollte ihm noch nachrufen: „Wohin denn?" Aber er war weg, sie konnte ihn nicht mehr fassen. Nach dem Aufwachen war Ina beunruhigt. Aber Träume sind Schäume, heißt es doch.

„Für mich jetzt keinen Kaffee", entschied Ina. „Vielleicht etwas Mineralwasser. Was hast du mit José Verde gemacht?"

„Ina, was meinst du?", fragte Barbara zurück. „Die Phantasie geht wohl mit dir durch." Sie öffnete die Mineralwasserflasche und goss Inas Glas voll.

„Du hast ihn getötet. Aber warum? Und wo? Du musst noch einmal zu Lilos Villa gefahren sein, nachdem du sie zum Flughafen gebracht hast", überlegte Ina laut und nahm ein großen Schluck des erfrischend kühlen Mineralwassers.

Barbara sah sie überrascht an. „Wenn du es sagst.“

„Warum?“, fragte Ina nach.

„Ich will dir etwas erzählen“, begann Barbara. „Es geht um eine Frau, die hoffnungsvoll angefangen hat, sich dann aber in immer aussichtslosere Situationen gebracht hat, teils selbst verschuldet, teils hineingetrieben.“

„Du meinst dich selbst?“, lallte Ina. Sie verstand nicht, warum ihre Zunge jetzt so schwer geworden war. Was ist mit mir, dachte sie. Hat sie mir etwas ins Getränk getan? Aber die Wasserflasche war doch noch verschlossen gewesen.

„Du hast es erraten, ich bin das. Weil ich das Leben, das mir meine Familie vorbestimmte, nicht wollte, habe ich angefangen, das Geld auszugeben, zuerst ein bisschen, dann immer mehr, es wurde zu einer Sucht. Ich habe im Casino gespielt und an der Börse. Zuerst gewann ich sogar, aber das machte alles noch schlimmer. Umso mehr gab ich aus. Dann hatte ich alles verloren, ich war so arm wie eine Kirchenmaus. Meine Eltern hatte ich in den Strudel mitgezogen. Dann traf ich Alexander. Er wollte mich heiraten, weil er sich vor seiner Familie nicht bloßstellen wollte. Alle hielten es für eine gute Heirat, keiner schaute hinter die Kulissen. Ich war bankrott, er war schwul. Ich ließ mich auf eine Ehe mit Gütertrennung ein, im Falle einer Scheidung sollte ich nichts bekommen. Im Falle seines Todes alles, falls er sein Testament nicht ändern würde. Aber er hat sein Testament geändert und das wegen eines Lakaien.“ Barbara lachte bitter.

Ina konnte sich nur noch mit Mühe aufrechthalten.

Barbara betrachtete sie abfällig. „He, Ina, was ist los? Schlaf nicht ein! Ich muss dir noch einiges erzählen."

Barbara schüttelte Ina und meinte: „Ich habe dir vielleicht zu viel gegeben. Jetzt kannst du mir gar nicht mehr zuhören."

Ina konnte sich noch einmal aufraffen. „Barbara, was hast du mit mir gemacht?" Die Worte bekam sie kaum klar heraus.

„Nichts, noch nichts, nur ein bisschen zur Beruhigung", beteuerte Barbara. „Lass mich weitererzählen. Ich muss es loswerden. Auf Alexanders Konto war nichts mehr, als ich nach seinem Tod etwas abheben wollte. Er muss vorher alles seinem Geliebten geschenkt oder das Geld auf ein geheimes Konto übertragen haben. Und das Haus und das Grundstück hatte er Verde vermacht. Was für eine Schmach! Dem Gärtner! Und was sollte aus mir werden? Nur die Yacht sollte ich behalten. Immerhin etwas."

Wieder lacht Barbara bitter. „Aber ich muss sie verkaufen, um überhaupt weiterleben zu können. Nicht einmal den Liegeplatz hätte ich mir länger leisten können. Dann kam ich nach Hause, als ich Lilo zum Flughafen gebracht hatte, und wer ist hier auf meiner Terrasse und in meinem Pool: Verde. Er lachte mich aus und stellte mir das Ultimatum, innerhalb von vierundzwanzig Stunden weg zu sein. Nur meine Kleidung und ein paar persönliche Sachen dürfte ich mitnehmen. Als Alexander starb, hatte ich zwar Einspruch gegen das Testament erhoben, aber jetzt wurde doch alles Verde zugesprochen. Was für ein Hohn!

Ich ging also ins Haus, holte die Pistole, die ich mal meinem Vater gestohlen hatte, und habe dann Verde erschossen. Das verstehst du doch? Was hättest du gemacht? Ina, hast du zugehört?"

Wieder rüttelte Barbara an Ina herum, diesmal so heftig, dass diese vom Stuhl und wie in Zeitlupe auf den Terrassenboden rutschte, wo sie liegenblieb, unfähig, wieder aufzustehen. „Was ...was ...?", war das einzige, was sie von sich geben konnte. Sie wird mich auch umbringen, dachte Ina noch.

„Dann habe ich mir Verde, wie er war, ins Auto gepackt. Die Polster hatte ich mit Plastikfolie abgedeckt, damit er mir nicht alles schmutzig machte, und ich habe ihn zu Lilo herübergebracht. Den Schlüssel fand ich an seinem Schlüsselbund. Verde war schwer, aber ich schaffte es. Ich habe ihn mit seiner Schubkarre bis zum Loch gebracht, das er für eine Palme ausgehoben hatte. Dort habe ich ihn vergraben, aber so, dass er direkt gefunden wurde. Rico habe ich die Schlüssel, zwanzigtausend Euro und den Auftrag geschickt. Das konnte er nicht ablehnen. Er hat Verde gefunden, wie beabsichtigt. Im Gartenhaus hatte ich auch die Pistole gelassen, damit Rico sie findet. Wie gut, dass er sie nicht der Polizei abgegeben hat."

Sie nahm noch einen großen Schluck von ihrem Cocktail. Ihr Gesicht rötete sich und nahm einen euphorischen Ausdruck an. „Dann bin ich zu Verdes Wohnung gefahren und habe alles, was ich gebrauchen konnte, mitgenommen, vor allem seine Bankunterlagen. Alles Geld habe ich auf das Konto von meiner Firma Primavera überwiesen, die hatte ich extra gegründet. Von seinem Computer. Ganz so doof bin ich da doch nicht. Dummerweise hatte er seiner Schwester, obwohl er nie Kontakt mit ihr hatte, geschrieben, wie viel Geld und was er geerbt hatte. Sie wollte ihn besuchen und wusste noch gar nicht, dass er tot war. Was sollte ich machen? Sie wäre seine Erbin gewesen. Für mich wäre wieder nichts übriggeblieben. Ich habe ihr dasselbe Mittelchen gegeben wie dir. Ihr werdet ein bisschen schlafen. Ich packe euch in ihr Auto und unten an der Serpentine habt ihr leider einen Verkehrsunfall. Du weißt, da gibt es die Klippe, etwa hundert Meter tief. Und mein Problem ist gelöst."

Ina konnte nicht reden, sah aber Barbara entsetzt und fassungslos an. „Dirks…", versuchte sie zu sagen.

„Du sollst auch noch wissen, was aus dem geworden ist. Am Tag, als Verde starb – wie poetisch sich das anhört –, da starb auch Dirksen. Das tat mir schon gewissermaßen leid, er war ja mein Liebhaber, wie du weißt. Aber dann tat es mir doch nicht leid, weil er immer noch hinter Lilo her war. Dieses Flittchen! Was für eine Schande! Er rief mich an und sagte, dass er mich auf Lilos Grundstück mit Verde im Auto gesehen hatte. Das hätte mich verraten! Ich tat also so, als ob ich ihn unbedingt sprechen wollte, und lud ihn auf die Yacht ein. Wir feierten mit Champagner, und dann sind wir noch einmal gemeinsam in die Koje gekrochen, zum Abschied sozusagen, danach noch mal Champagner. Es war richtig romantisch. Ich wusste auch, dass es das letzte Mal war. Dann habe ich ihm auch von den Wundertropfen gegeben und Mann über Bord, mit einem schweren Stein am Bein. Auf Nimmerwiedersehen!

Ina, hast du meine ganze Geschichte mitbekommen? Nicht? Eigentlich schade. Aber auch egal. Jetzt muss ich dafür sorgen, Verdes Schwester Ines auf den Vordersitz meines Wagens zu bekommen, sie muss hinter das Steuer. Daneben sollst du sitzen", sagte Barbara zu Ina, die jedoch nicht mehr zuhören konnte.

Barbara musste schwer schuften, denn vor allem Verdes Schwester war schwerer als gedacht. Dummerweise hatte sie nicht bedacht, wie sie den Wagen bis zur Klippe bekommen konnte. Sie musste sich selbst eingestehen, dass alles viel zu spontan war, sie hatte keine Zeit gehabt zu planen.

Die Schlucht war etwa zweihundert Meter von ihrem Haus entfernt. Sie konnte unmöglich das Auto von hier bergabwärts rollen lassen. Es hätte sein können, dass es zu früh vom Weg abkam und in einem Gebüsch hängenblieb. Dann würden die beiden Damen Ina und Ines in zwei Stunden wieder munter aus dem Wagen steigen, als sei nie etwas geschehen. In diesem Fall könnten sie sich zumindest ansatzweise an die Umstände ihres Unfalls erinnern und Barbara wäre geliefert. Also verfrachtete Barbara Ina auf den Beifahrersitz und Ines zunächst auf den Rücksitz. Später wollte sie dann Ines nach vorne auf den Fahrersitz holen. Barbara selbst musste den Wagen zunächst bis an die Klippe fahren. Dann alles so ausrichten, dass der Wagen in die Schlucht stürzte. Hundert Meter, das würde keiner überleben.

Glücklicherweise war Ina gebracht worden. Gott sei Dank waren auch die Hunde nicht bei ihr. Barbara hätte Skrupel empfunden, Tiere zu töten, aber bei Menschen machte ihr das nichts aus. Menschen waren fähig, das Böse zu wollen und zu tun und ihr das Leben schwerzumachen. Eigenes Verschulden, liebe Ina.

Wenn später Benno käme, würde sie sagen, dass Ina und Ines in die Stadt hinuntergefahren seien. Warum sie niemals dort angekommen wären, das würde sie nicht wissen.

Barbara war sich sicher, dass ihr Plan aufgehen würde. Aber sie hatte bestimmt nicht mehr viel Zeit, bevor Ina wieder abgeholt werden sollte.

Schade um Ina, sie war gewissermaßen zu einer Freundin geworden. Doch es war schlimmer gewesen, den Liebhaber zu verlieren.

„Jetzt habe ich dir noch gar nicht erzählt, dass ich mir einen Scherz mit dir und Pablo erlaubt habe: Der Überfall auf euch beide, als Pablo dich vom Flughafen abholte, entsprang auch meinem Drehbuch. Es war überhaupt kein Problem, zwei Typen zu finden, die sich bei Filmaufnahmen – das habe ich ihnen gegenüber behauptet – ein paar hundert Euros verdienen wollten."

Barbara lächelte bei der Erinnerung vor sich hin.

„Liebe Ina", fuhr sie fort, auf Ina einzureden, von der keine Reaktion kam, „deshalb lief das Ganze so glimpflich ab. Trotzdem war es doch professionell, müsstest du zugeben, wenn du das noch könntest. Ich habe mir den Überfall ein paarmal angeschaut, denn in dem schwarzen Mercedes waren einige Kameras eingebaut. Schade, Ina, schade, dass du dir das nicht mehr ansehen kannst, du als Filmstar", bedauerte Barbara.

„Und es hat mir einfach Spaß gemacht, der Polizei ein Schnippchen zu schlagen. Außerdem waren zunächst einmal die DNA-Proben aus der Welt geschafft. Kommt Zeit, kommt Rat, dachte ich mir." Barbara lachte stolz.

Mit einem Blick auf Inas Handy registrierte sie, dass Ina zwar in der Stadt erwartet wurde, aber keiner sich Sorgen um sie machte.

Wie gut, dass die Geschichte mit diesem Pablo nicht funktioniert hatte. Was hätte sie gemacht, wenn der auch noch aufgekreuzt wäre? Zwei Kommissare verschwinden zu lassen, wäre bei weitem schwieriger. Vor allem Pablo brachte doch entschieden zu viel Gewicht auf die Waage, das hätte auch die durchtrainierte Barbara nicht geschafft.

Barbara musste sich beeilen, niemand sollte ihr noch in die Quere kommen. Vielleicht würde Ina früher von ihrem Mann abgeholt. Barbara setzte sich hinter das Steuer und ließ den Wagen an. Wie lächerlich einfach war es, einen Menschen zu töten. Oder noch mehr. Zwei waren ihr schon gut gelungen. Nummer drei und vier folgten sogleich.

Langsam fuhr sie von ihrem Grundstück auf die Serpentinenstraße. Jetzt war es bald geschafft. Keine der beiden Damen gab einen Ton von sich. Die schliefen tief und fest, die würden nichts merken und dann ewig weiterschlafen. Wie theatralisch.

Plötzlich ein Schreck. Ihr kam ein Polizeiwagen entgegen. Pablo am Steuer. Damit sie nicht von Pablo erkannt wurde, zog sie sich ihren blauen Seidenschal etwas mehr über den Kopf. Aber wegen des fremden Wagens hatte Pablo sie ohnehin nicht erkannt, nahm keine Notiz von ihr und fuhr weiter. So, geschafft. Pablo war vorbei. Was will der, fragte sich Barbara. Der hat Ina doch abgeschossen. Im übertragenen Sinne natürlich. So richtig verhelfe ich ihm dazu, triumphierte Barbara.

Barbara sah dem Polizeiwagen hinterher. Pablo fuhr sehr vorsichtig. Typisch für ihn, der Langweiler, dachte sie abfällig. Neben ihm saß ein Typ, den sie nicht kannte. Was wollten die von ihr? Die sollten ruhig zur Villa fahren. Niemand war da.

Barbara atmete auf, jetzt war sie an der äußersten Kehre der Haarnadelkurve angekommen. Weit und breit war kein anderes Auto zu sehen. Ansonsten hätte sie ihr Vorhaben zumindest nicht direkt durchführen können.

Barbara hielt den Wagen an und zog die Handbremse fest. Auf keinen Fall wollte sie selbst noch mit in den Abgrund gerissen werden. Die Fahrertür ließ sie vorerst offen. Dann öffnete sie die hintere Seitentür, wo Verdes Schwester Ines schlief. Barbara versuchte diese aus dem Wagen zu ziehen. Jetzt schien Ines noch schwerer. Schlaff hing Ines in ihren Armen.

Aber Barbara würde sich von dem Gewicht der Frau nicht irritieren lassen. Ohne Fleiß, kein Preis, liebe Barbara. Das hatte ihr Vater ihr beigebracht. Ihr Preis war es, die Villa und allen Besitz zu behalten. Was hatte sie für Möglichkeiten? Nach Deutschland zurückzugehen? Zu ihrer Schwester? Die dort in Frieden lebte und auf ihre Art glücklich war. Auch wenn Barbaras Eltern noch gelebt hätten, wäre sie nicht zu ihnen zurückgegangen. Wie hätte sie ihnen unter die Augen treten sollen? Sie hatte alles Geld verprasst. Es war nichts mehr übrig.

In der Zwischenzeit hatten Pablo und sein Begleiter die Villa erreicht. Das Tor stand weit offen. Kein Auto war im Innenhof, die Garage war geschlossen. Keine Menschenseele war zu sehen.

„Ich bin mir sicher, dass ich die Frau gesehen habe, die mit Dirksen zusammen war. Eben im Auto hat sie gesessen. Ich hab es Ihnen doch schon gesagt", beschwor Pablos Begleiter, der einen auffälligen Ohrring trug und ansonsten wie ein Penner aussah.

„In dem Auto? Aber wieso?"

„Neben ihr saß eine Frau und noch eine auf dem Rücksitz. Ich bin mir sicher", beteuerte Mattes.

„Es könnte sein, dass Barbara gefahren ist. Ina könnte neben ihr gesessen haben. Sie hatte geschrieben, dass sie den Mörder kennt. Ist das etwa Barbara? Was hat sie vor? Schnell zurück", rief Pablo laut.

Daher hielt er sich nicht lange in Barbaras Innenhof auf, sondern drehte sofort seinen Wagen, um dann Barbara und Ina zu folgen.

Das ganze ererbte Vermögen einfach verschleudert. Barbaras ganzes Leben bestand nur aus einer Kette von falschen Entscheidungen und Versagen auf ganzer Linie. Das einzig Gute war, sich als Königin von Grandaria zu fühlen. Wie gut sich das anhörte: „La Reina de Grandaria". Das war das einzige, was ihr noch geblieben war. Ihre Jugend, ihre Schönheit waren dahin und damit die Männer, die sich ernsthaft für sie interessierten. Selbstmitleid ließ Barbara von ganzem Herzen aufseufzen. Zudem war es die Last von Ines, mit der sie unerwarteter Weise nicht zurechtkam. Sie von dem Rücksitz herunterzuziehen, das war noch ziemlich leicht. Jetzt lag Ines auf der Straße, immer noch betäubt, aber sie begann zu stöhnen. Barbara stellte sich hinter die liegende Ines und fasste mit einem geübten Griff deren Oberarme und zog sie bis auf halbe Höhe hoch. Dann zerrte sie Ines Richtung Fahrersitz. Barbara atmete auf. Sie schaffte es, Ines jetzt auf das Bodenteil des Autorahmens zu setzen. Das Problem war nur, dass Ines in sich zusammensackte und fast wieder auf die Straße rutschte. „Jetzt müsste ich sie vom Beifahrersitz aus zu packen bekommen und hinter das Steuer ziehen", redete Barbara vor sich hin. „Es ist nicht ganz schlimm, wenn sie nicht ganz senkrecht sitzen würde. Hauptsache, sie sitzt so, dass man später glaubt, sie wäre gefahren und hätte einen verhängnisvollen Fahrfehler an dieser gefährlichen Stelle begangen."

Mit Mühe und Not schaffte Barbara es vom Beifahrersitz aus, Ines ganz hinter das Steuer zu zerren. Dafür musste sie sich aber weit über Ina beugen. Jetzt stöhnte Ina so laut, dass Barbara herumschnellte und heftig mit dem Kopf an das Autodach stieß. „Mein Gott, auch das noch! Ina noch anzugurten hätte ich ja fast vergessen."

Wieder beugte sich Barbara über Ina, die in diesem Moment die Augen aufschlug, jedoch noch völlig benommen wirkte und fragte: „Barb..., Barba... Was ist los? Wo bin ich?"

„Alles in Ordnung", beruhigte sie Barbara, „gleich ist alles vorbei."

Als sich Barbara zurückzog, um die Beifahrertür von außen zu schließen, wurde sie plötzlich von zwei Hunden angesprungen. Nicht bösartig, eher freudig. Barbara konnte sich kaum dieses Überschwangs erwehren. Es waren Inas Hunde. Der jüngere der beiden sprang sogar ins Auto und schleckte Inas Gesicht ab. Wo kamen die her? Jetzt schnell, Barbara, bring es zu Ende, spornte sie sich selbst an.

„Komm raus da, du blöder Hund", befahl Barbara hysterisch. „Und du, lass mich in Ruhe! Nicht springen! Wie heißen die beiden noch? Chica und ...? Chica!"

Der ältere Hund ließ von ihr ab, den jüngeren versuchte sie aus dem Auto zu zerren. Dafür zog sie ihn am Halsband. Mio ließ es nicht gerne zu und knurrte unwillig. Nur widerstrebend ließ der Hund sich wegziehen.

„Dummer Hund, wenn du nicht sofort rauskommst, liegst du gleich auch da unten in der Schlucht!", drohte Barbara.

In diesem Moment gelang es ihr, Mio herauszuzerren und die Beifahrertür zuzuwerfen. Sie lief um den Wagen herum zur Fahrerseite, wo jetzt Ines anfing zu stöhnen und um sich zu schlagen.

„Lass mich an den Schlüssel!", herrschte Barbara Ines an.

Es wäre doch so einfach, den Schlüssel umzudrehen, den Gang einzulegen und die Handbremse zu lösen und Ines' Fuß auf das Gaspedal zu stellen. Dabei musste Barbara allerdings aufpassen, dass sie selbst nicht hängenblieb. Das drohte ihr jetzt, denn Ines krallte sich instinktiv an ihr fest, so dass Barbara weder den Wagen starten noch sich selbst wieder aus dem Wagen herausziehen konnte.

In dem Moment, als sie halb über Ines gebeugt war, hörte sie eine Stimme hinter sich. „Hallo, was ist denn hier los?"

Es war Benno. Zu spät!

Geistesgegenwärtig dreht sich Barbara zu ihm um und

sagte: „Ich befürchte, der Dame ist es hinter dem Steuer schlecht geworden. Ich habe ihr gerade geholfen, den Motor auszuschalten und die Bremse anzuziehen. Ich konnte sie doch nicht mit meiner Freundin Ina in die Schlucht stürzen lassen."

Benno sah, wie gefährlich nah der Wagen am Abgrund stand, und war vor allem darum bemüht, Ina aus dem Wagen zu ziehen. Sie war immer noch stark benommen und konnte nicht allein aussteigen. Er setzte sie auf die Straße, da sie sich noch nicht auf den Beinen halten konnte. Den Leihwagen hatte er einige Meter unterhalb der Todeskurve in einer kleinen Parkbucht abgestellt, so-dass Barbara ihn nicht bemerkt hatte. Eigentlich wollte Benno von da aus zu Fuß mit den Hunden zu Barbaras Villa gehen, um in aller Ruhe unterwegs noch einige Fotos zu machen. Doch dann hatte er Barbara in Aktion gesehen und musste eingreifen. Rechtzeitig genug, dachte Ina später erleichtert.

Kurze Zeit später war auch die Polizei zur Stelle. Pablo stieg aus und ging entschlossen auf Barbara zu, wobei er ihr die Handschellen zeigte. „Frau Barbara Schmidthoff, ich muss Sie festnehmen. Es besteht der Verdacht, dass Sie José Verde getötet haben. Ich weise Sie darauf hin, dass alles, was Sie aussagen, gegen Sie verwendet werden kann."

Barbara schien wie unter Schock zu stehen und sagte kein Wort.

Mattes zeigte auf sie und rief: „Ja, die war's! Die hat Doktor Dirksen mit auf ihre Yacht genommen. Ich war mit zwei Kumpeln im Hafen. Da kam Dirksen vorbei und machte noch ein paar Scherze mit mir. Von der Yacht winkte diese Frau mit ihrem blauen Schal, Dirksen ging zu ihr, sie fuhren aus dem Hafen, abends kam sie zurück, aber ohne ihn."

Jetzt erst äußerte sich Barbara: „Das könnt ihr mir nicht anlasten, ich hab ihn unterwegs ausgesetzt. Auf einem kleinen Inselchen. Er wollte zu einer anderen Frau. Ich war sauer, aber ich konnte ihn nicht zurückhalten."

Ina war wach geworden. „Sie hat gestanden, Dirksen und Verde getötet zu haben."

„Mädchen, das musst du geträumt haben, du hast alles falsch verstanden. Ihr habt keine Beweise", höhnte Barbara.

Pablo wiegte bedächtig den Kopf. „Sie kommen auf jeden Fall in Haft. Der Rest wird sich ergeben."

Nur widerwillig und unter Sträuben ließ sich Barbara in das Polizeiauto verfrachten. Hatte Barbara wirklich recht, dass man ihr nichts beweisen konnte? „Strenggenommen ist die Beobachtung des obdachlosen Mattes nicht ganz stichhaltig. Dirksens Leiche ist noch nicht aufgetaucht", bestätigte Sancho.

Apropos Mattes. Ina hatte nach ihm gesucht und, als sie ihn nicht fand, hatte sie ihn tot geglaubt, ermordet von Dirksen, als Stellvertreter von Hallstein im Sarg. Doch er lief munter durch die Gegend. Es schien ihm wirklich gutzugehen und der Ohrring war unverkennbar.

Also war Dirksen kein Mörder, aber anscheinend selbst zum Mordopfer geworden. Nur seine Leiche fehlte noch. Vielleicht ließ sich Barbara doch noch zu einem Geständnis bewegen, hoffte Ina.

Aber jetzt war man froh, dass Ines und Ina gerettet waren. Auf jeden Fall hatte Barbara beide Frauen betäubt und sicher nichts Gutes mit ihnen vor. Aber auch das stritt Barbara ab, sie war der reinste Unschuldsengel, was natürlich keiner glaubte. In einem Indizienprozess würde sie überführt werden. Aber gestehen, nein. Nicht Barbara.

Bevor Ina abreiste, besuchte sie Rico an seiner neuen Arbeitsstelle. Bei Lilo war er nicht mehr als Gärtner angestellt. Bei Barbara verständlicherweise auch nicht mehr. Stattdessen hatte er eine gute Stellung in der größten Gärtnerei der Insel gefunden. Da er wirklich gut war, hatte er die Chance, sich hochzuarbeiten und vielleicht eines Tages zum Abteilungsleiter aufzusteigen. Ina vergaß nicht, Rico die Grüße von Alicia auszurichten. Er machte einen zufriedenen Eindruck.

Dagegen kam Ina nicht dazu, sich richtig von Pablo zu verabschieden. Privat wich er ihr immer wieder aus. Was den Fall anging, war der Umgangston sachlich. Weil er nicht mehr zur Dienststelle kam, rief sie bei ihm zu Hause an. Seine Mutter war am Telefon. Ihre Stimme klang freundlich: „Pablo ist leider nicht zu sprechen. Er ist bei Carmen eingeladen. Sie ist eine junge und hübsche Nachbarin. Übrigens: Das freut mich sehr." Etwas bedrückt bedankte sich Ina und bat Pablos Mutter, ihm schöne Grüße von ihr auszurichten.

Zwei Tage nach Barbaras Festnahme flog sie zurück nach Deutschland. Sie hatte den Abflug so gelegt, dass sie gemeinsam mit Benno und den Hunden reisen konnte.

29. Kapitel

Dann war Ina wieder in Hassfeld. Voller unguter Gefühle betrat sie die Polizeidienststelle in Dannstein. Ihr Chef wollte sie sprechen. Sie wusste, er wollte nur einen Rapport, einen Rechenschaftsbericht, beruhigte sie sich selbst. Doch ihr Herz schien heftig und unregelmäßig zu schlagen. Warum konnte sie nicht so cool bleiben, wie es normal wäre, fragte sie sich. Wie es bei anderen ist. Das war vielleicht auch ein Teil der Unprofessionalität, die ihr nachgesagt wurde.

„Setzen Sie sich doch", sagte Inas Chef, als sie in sein Zimmer eintrat. Er sah nicht auf, sondern zeigte nur mit seiner Hand auf den Besucherstuhl. Dabei studierte er weiter die Akte, die vor ihm lag. „Ich lese gerade Ihren Bericht. Interessant zu lesen, das muss ich Ihnen lassen. Fast ein bisschen literarisch, fast ein bisschen zu sehr. Nun gut, es hält sich noch in Grenzen."

Jetzt sah er endlich auf.

„Eigentlich bin ich schon recht gut durch Ihre Ausführungen informiert. Aber ich wollte einiges von Ihnen selbst hören. Wie konnte es passieren, dass Sie sich selbst so sehr in Gefahr gebracht haben? War das wieder Ihre bekannte Unprofessionalität? Sie wird Ihnen eines Tages noch das Genick brechen."

Ina schluckte. Das war die übliche Zurechtweisung.

Sie musste noch einmal darlegen, wie Barbara Schmidthoff sie und Ines Verde überrumpeln konnte. Da waren sie beide tatsächlich in eine Falle getappt. Und das, obwohl Ina doch wusste, dass bei Barbara nicht alles stimmte.

Barbara hatte gelogen, sie hatte verschwiegen, dass ihr Mann homosexuell war. Nicht, weil sie das als peinlich oder zu intim empfand, sondern weil sie das hätte entlarven können.

„Ich sage Ihnen ja, dass Sie eines Tages das Opfer Ihrer eigenen Ermittlungen werden. Das war diesmal haarscharf", urteilte Inas Chef zusammenfassend.

Wieder schluckte Ina. Ihr Chef sagte nicht: „Das haben Sie gut gemacht, die Mörderin ist entlarvt." Stattdessen fragte er: „Und Frau Schmidthoff hatte wirklich überall Kameras angebracht? Rund um das riesige Grundstück, so dass sie auch sehen konnte, wie der spanische Kollege in den Brunnen fiel?"

„Ja, Frau Schmidthoff hatte das überaus starke Bedürfnis, alles zu kontrollieren. Daher hat sie sich von Anfang an jedem als gute Freundin angebiedert. Zusätzlich hat sie überall auf ihrem Grundstück Filmkameras angebracht, aber auch in dem Auto der angeblichen Gangster, die mich und meinen Kollege direkt nach meiner Ankunft überfallen haben, waren Kameras", antwortete Ina.

„Wie konnte Frau Schmidthoff wissen, wann Sie mit den DNA-Proben auf dem Flughafen ankamen?"

„Das hat sie wohl von dem spanischen Kollegen Sancho Delgado erfahren, dem sie sich mehr als freundschaftlich an den Hals geworfen hat."

„Was heißt ‚mehr als freundschaftlich'?", wollte Doktor Schulz wissen.

„Ich möchte nichts Negatives über einen Kollegen sagen", versuchte sich Ina herauszuwinden. Ihre Aussage hatte bereits zu viel enthalten. Einerseits mochte sie Sancho nicht, aber andererseits widerstrebte es ihr, dem Chef von den Verfehlungen eines Kollegen zu berichten.

„Das heißt, der spanische Kollege hat sich auf die Mörderin eingelassen, er hatte sogar eine sexuelle Beziehung zu ihr?", schlussfolgerte Doktor Schulz. Dabei schüttelte er entrüstet den Kopf. „Gibt es denn bei den jüngeren Kollegen nur noch dieses unprofessionelle Verhalten?"

Nur zu gerne überging Ina diese Frage, die sie ohnehin als rhetorisch abtat.

„Wenigstens ist Ihnen das nicht passiert. Sie als verheiratete Frau sind in dieser Hinsicht doch sicher integer?", äußerte der Chef. Sollte dies eine echte Frage sein? Wollte er sie testen?

„Es gab auch keinen männlichen Mörder, bei dem ich hätte in Versuchung geraten können", bemerkte sie spitz. Tatsache war, dass Sancho sich eindeutig unprofessionell verhalten hatte. Auch wenn er zu Anfang nicht wusste, dass Barbara die Mörderin war, hatte er auf jeden Fall gegen die goldene Regel der Kriminalpolizei verstoßen: Lass dich niemals mit einer Zeugin oder mit einem Zeugen ein. So sehr wie Sancho hatte Ina die Regel nicht missachtet, aber sie hatte sich auch von Barbaras Freundlichkeit einlullen, sich sogar von Barbara beschenken lassen. Das könnte man auch als Bestechung und Bestechlichkeit auslegen. Wie gut, dass der Chef nicht nach ihrer Beziehung zu Barbara fragte, folgerte Ina.

„Sie sind direkt nach Ihrer Ankunft in Grandaria überfallen worden. Dabei wurde Ihnen Ihr ganzes Gepäck mit Ihrer Kleidung gestohlen. Das waren doch unvorhergesehene Schwierigkeiten. Wie haben Sie sich da beholfen?", fragte der Chef.

Verdammt, konnte der in ihren Kopf gucken, fragte sich Ina. Diesen Eindruck hatte sie öfter bei ihm. Also, in Acht nehmen, Ina!

„Die Kollegen haben mir etwas geliehen. Das ging schon. Dann war nach ein paar Tagen alles wieder da", erklärte Ina ausweichend.

Glücklicherweise gab der Chef sich damit zufrieden.

„Und unsere Eifeler Mitbürgerin Lilo Hallstein ist völlig unbescholten?", wollte der Chef wissen.

„Soweit wir das festgestellt haben, ja", bestätigte Ina. „Sie hatte zumindest nichts mit den Morden an dem Gärtner Verde und Doktor Dirksen zu tun. Dessen Leiche ist bisher jedoch noch nicht gefunden worden. Deshalb ist Frau Schmidthoff noch nicht vollständig überführt. Was den vermeintlichen Versicherungsbetrug angeht, kann man Frau Hallstein ebenfalls nichts nachweisen. Alle möglichen Spuren sind beseitigt. Herr Horst Hallstein ist persönlich nicht mehr aufgetaucht, aber sein Cousin Ludwig. Bei ihm wurden DNA-Proben analysiert, die ihn als verwandt, aber nicht identisch mit Horst Hallstein ausweisen. Auf jeden Fall genießt Frau Lilo Hallstein jetzt ihr Leben. Herr Hallstein hat ihr ganz schön viel hinterlassen."

Am Abend hatte Ina noch einen wichtigen Termin. Sie war froh, dass sie den Gesangsabend mit dem Tenor Edmond Hilger hatte organisieren können. Gleich hatte er seinen Auftritt in der Gaststätte „Goldene Lampe".

Alle freuten sich, dass endlich ein bisschen Kultur in Hassfeld einzog. Dora Beltheim und die Arzthelferin Maria saßen mit Ina am Tisch. Sogar Benno hatte sich entschieden, zu erscheinen, obwohl er eigentlich nicht der Klassikfreund war. Er hatte sich in der Nähe der Theke gesetzt, nicht an Inas Tisch. Warum, fragte Ina sich. Vielleicht wollte er nicht so tun, als ob alles in bester Ordnung sei, sie waren im Moment ja getrennt. Würde er später doch noch an ihren Tisch kommen?

Der Inhaber der „Goldenen Lampe" hatte, als Ina ihm den Event vorgeschlagen hatte, Bedenken geäußert. „Opernarien. So was läuft doch bei uns nicht. Und dann gesungen von einem Penner", urteilte er geringschätzig. Aber als er merkte, dass sein großer Saal schnell ausverkauft war, hielt er das Ganze für eine gute Idee, die ihm hätte selber kommen können. Es mussten viele Tische in den großen Saal geschleppt werden, denn etwa hundert Personen wollten an dem Ereignis teilnehmen. Es gab ein Dinner: eine Gemüsesuppe als Vorspeise, als Hauptgericht einen Braten mit Rosmarinkartoffeln und Salat oder für Vegetarier eine Spinatlasagne mit Tsatsiki, zum Dessert Vanilleeis mit Schokosoße. Alles war rustikal, aber recht schmackhaft.

Mitten im Saal befand sich eine Bühne, auf die sich der Tenor Edmond Hilger stellte, ungewohnt elegant mit schwarzem Anzug und edlem weißen Hemd. Für die Musik sorgte eine Anlage, die von Edmonds altem Kumpel Alwin ausgesteuert wurde. Schon als Begleitung zur Vorspeise ließ Edmond zwei schöne italienische Arien hören. Das Publikum war begeistert und bestellte eifrig Getränke. Zum Hauptgericht erfreute Edmond die Zuhörer mit weiteren Arien. Er bekam viel Applaus. Der Wirt wurde wegen der guten Idee des „Gesangs bei Speis und Trank" in höchsten Tönen gelobt. Den Abend verbuchte er als vollen Erfolg. Zu Ina, die er als Edmond Hilgers Managerin ansah, sagte er, dass man bei schönem Wetter einen solchen Abend auf der großen Bierterrasse mit vielen romantischen Lämpchen machen müsse. Ina stimmte ihm zu, verwies ihn aber an den Tenor selbst.

Die Kellner hatten alle Hände voll zu tun und liefen eifrig hin und her.

Als das Dessert serviert wurde, öffnete sich die Tür und ein verspäteter Gast trat ein. Durch den ganzen Saal ließ er seine Augen schweifen, bis er Ina mit ihren neuen Freundinnen Dora und Maria sah. Sie war so ins Gespräch vertieft, dass sie gar nicht merkte, wer auf sie zusteuerte. Es war Pablo! Ina bekam einen freudigen Schreck. Sie stand auf und küsste ihn zur Begrüßung wie einen alten Freund auf die Wange. Um besser miteinander reden zu können, ging sie mit ihm nach draußen in den Garten. Beide fühlten sich sehr befangen.

„Ich habe dich überall gesucht", erklärte Pablo. „Deine Vermieterin hat mir gesagt, dass ihr alle hier seid."

„Wo wohnst du hier in Hassfeld? Hast du ein Hotelzimmer gebucht?"

„Ja, es wurde ein Zimmer für mich gebucht. Ich bin dienstlich hier."

„Dienstlich?" Ina war enttäuscht. „Aber was gibt es zu besprechen, was du nicht per Mail hättest erledigen können?"

„Hätte ich nicht kommen sollen?" Auch ihm stand die Enttäuschung auf der Stirn geschrieben.

„Doch, doch, natürlich. Aber ich dachte, dass du überhaupt keinen Kontakt mehr mit mir haben willst. Du hast dich doch schon anderweitig getröstet."

Pablo sah sie vorwurfsvoll an. „Was meinst du?"

„Ich habe bei dir angerufen. Deine Mutter hat gesagt, dass du bei deiner jungen und hübschen Nachbarin Carmen bist und dass sie froh darüber ist. Aber lass uns später darüber reden. Gehen wir jetzt zurück in den Saal, die anderen werden uns vermissen. Ich muss auch noch mal mit dem Tenor reden."

An Inas Tisch wurden für Pablo schnell noch ein Stuhl, ein Gedeck und Essen organisiert, so dass er ebenfalls noch etwas von dem Klassikabend hatte. Edmond musste mehrere Zugaben singen, dann konnte er seinen Nachtisch genießen. Alle beglückwünschten ihn zu seiner schönen Stimme. Offensichtlich erfüllte ihn das mit Stolz.

„Ina", wandte sich Edmond an sie, „ich habe ein Problem: Ich habe diesen feinen Anzug an. Auch wenn er nur geliehen ist und ich ihn nachher wieder abgeben muss, geht es mir gegen den Strich, im Freien zu übernachten. Hättest du da eine Möglichkeit?"

Ina und Pablo sahen sich fragend an, sie hatten wohl denselben Gedanken.

„Du kannst gerne in Pablos Hotelzimmer übernachten. Wenigstens diese Nacht", schlug Ina ihm vor und Pablo stimmte eifrig zu.

„Einverstanden!", bestätigte Edmond strahlend. So bezog er diese Nacht das für Pablo bestimmte Hotelzimmer. Es war nicht in dem sehr teuren „Dorian", sondern in einem guten Mittelklassehotel. Er freute sich besonders auf das angebotene reichhaltige Frühstück.

Ina nahm Pablo mit zu sich nach Hause, die beiden Hunde begrüßten auch ihn freundlich. Schließlich kannten sie ihn, wenn sie ihm auch nur kurz begegnet waren. „Das ist der Unterschied zwischen Menschen und Hunden", sagte Ina. Ihre Stimme klang vorwurfsvoll. „Wenn sie jemanden nett finden, sind sie es ohne Einschränkungen. Menschen dagegen zeigen sich nett, wenn und wann es ihnen passt."

Pablo konnte Inas Bitterkeit nachempfinden, weil er selbst stark betroffen war. „Ja, es ist alles nicht optimal gelaufen. Das hat verschiedene Gründe, ich möchte aber niemandem Vorwürfe machen. Jedenfalls war ich in meinem Innersten zu Tode getroffen."

Er machte ein so trauriges Gesicht, dass Ina ihn tröstend in die Arme nahm. Sie saßen eine Weile schweigend auf dem Sofa, jeder war mit seinen eigenen Gedanken beschäftigt. Aber gemeinsames Trauern war jetzt nicht angebracht.

„Wollen wir jetzt das Dienstliche erledigen, soweit es geht? Es interessiert mich doch, wie es in Grandaria weitergegangen ist", schlug Ina schließlich vor.

„Wir hatten – wie du weißt – das Problem, dass wir Barbara nichts richtig nachweisen konnten. Gestehen wollte sie immer noch nicht.

So spielte Kommissar Zufall seine Rolle. Barbaras Yachtnachbarn wollten ihr Boot streichen lassen. Die beauftragten Handwerker versuchten das Boot hin und her zu manövrieren. Dabei stieß es so heftig gegen Barbaras ‚Reina de Mar‘, dass diese Schlagseite bekam und fast umkippte. Die jungen Handwerker waren entsetzt und wollten das Boot wieder in die richtige Position bringen.

Doch das Entsetzen wurde noch viel größer, als sie etwas Ungeheuerliches erblickten: Ein Stein, befestigt an einem Strick, hing an Barbaras Boot, am anderen Ende des Seils waren ein Fuß, aber nicht nur das, ein Bein, ein ganzer Mensch zu sehen. Barbara hat Dirksen auf See über Bord geworfen, ihn dann aber ungewollt in den Hafen geschleift."

„Oh!" Ina gruselte es. „So gab es auch bei Barbara das Böse unter der Sonne. Und die Sonne war Zeuge. Das sind Filme, die ich mal gesehen habe. Auf jeden Fall braucht sich Barbara keine Sorgen zu machen, dass sie zukünftig kein Dach mehr über dem Kopf hat. In dieser Hinsicht war sie wenigstens erfolgreich."

„Den Mord an Dirksen bestritt sie weiterhin und behauptete dann, dass es ein Unfall war. Das ist verständlicherweise nicht nachvollziehbar und kann nicht der Wahrheit entsprechen. Dirksen wurde mit einem Stein am Bein aufgefunden, der Strick hatte Knoten, die sich nicht von selbst knüpften. Als wir Barbara das vorwarfen, behauptete sie, dass Dirksen sich selbst getötet hat. Sie wollte mit ihm Schluss machen, worauf er sich vor ihren Augen das Seil mit einem Stein ans Bein band und sich ins Wasser stürzte."

„Ach", kommentierte Ina, „ich glaube nicht, dass Dirksen Selbstmord begangen, schon gar nicht auf diese irre Art und Weise."

„Auf jeden Fall bekommt Barbara ihren Prozess. Keiner zweifelt daran, dass sie sowohl Verde als auch Dirksen getötet hat. In ihrem Wagen wurden auf dem Beifahrersitz Spuren von Verde gefunden: Blut, Haare, Hautschuppen. Er war eindeutig in Barbaras Wagen, wahrscheinlich hat sie ihn damit transportiert. Sie hat dazu eine harmlose Erklärung: Sie habe Verde beauftragt, etwas in ihren Wagen zu laden, er müsse sich dabei verletzt haben", führte Pablo aus.

„Wer wird die Villa ‚Reina de Grandaria' bekommen?", wollte Ina wissen.

„Voraussichtlich Verdes Schwester und Eltern, aber darauf müssen sie noch warten. Auch das muss gerichtlich verhandelt werden. Ich würde es ihnen gönnen, mit dem großen Besitz und dem vielen Geld könnten sie alle ein sorgloses Leben führen. Endlich könnte sich die Familie mit dem verlorenen Sohn über seinen Tod hinaus aussöhnen."

„Schlimm, dass die Eltern ihn früher nicht akzeptiert haben. Er war doch ihr Sohn. Dann müsste es doch egal sein, mit wem er zusammenleben will", überlegte Ina laut.

„Du hast recht, aber die Familie wohnt in einem extrem konservativen Dorf. Da kann man kaum Toleranz erwarten. Um anders leben zu können, muss man dann weggehen, wie es Verde gemacht hat. Leider ist er der ‚Königin von Grandaria' begegnet, einer Löwin, die ihr Revier mit aller Gewalt verteidigte und ihre Gegner zerfleischte", resümierte Pablo.

„Das ist ein passender Vergleich. Pech für Verde, Pech für Dirksen, in die Fänge von Barbara geraten zu sein. Beinahe wäre ich auch ihr Opfer geworden und Verdes Schwester natürlich." Noch im Nachhinein schauderte es Ina.

Als Ina spät am Abend die Vorhänge in ihrem Wohnzimmer zuzog, sah sie einen Schatten hinter dem Baum an der Wiese. Wurde sie beobachtet? Wer könnte das sein? Benno, der gesehen hatte, dass Pablo mit ihr gefahren war? Wer könnte es sonst sein?

„Übrigens hatte ich, als du abgereist warst", begann Pablo zu erzählen, „dir einen Brief geschrieben. Ich habe ihn nicht abgeschickt. Aber jetzt will ich ihn dir gerne geben, damit du weißt, wie es um mich steht." Er reichte ihr einen Brief, der in einer kunstvollen Handschrift geschrieben war.

Ina nahm ihn und las:

„Meine Liebste,

ich sitze hier auf der Terrasse, allein, ohne dich und starre in die Strahlen der untergehenden Sonne. Ich sehe in den Lichtern deine Augen, wie sie auf mir ruhen und mich herausfordern. Und mir wird ganz seltsam zumute, ein unbeschreibliches Gefühl der Sanftheit und des Friedens steigt in mir auf. So wie die Glut der Sonne so schwelt das Verlangen meiner Seele nach dir weiter, eine traurige und zugleich freudige Sehnsucht. Ich kann es kaum beschreiben. Ich liebe dich. Das ist alles, aber das ist alles.

Dein P.

„O, das hast du aber schön ausgedrückt, richtig poetisch", bewunderte ihn Ina und sie sah Pablo zärtlich an. „Komm, lass uns ins Bett gehen", sagte sie und nahm ihn bei der Hand.

„Aber sollen wir nicht einmal über uns reden? Was aus uns wird?", fragte er.

Sie schüttelte leicht den Kopf und küsste ihn sanft auf die Wange. „Das hat Zeit. Morgen ist auch noch ein Tag."

Danksagung

Mein Dank gilt meiner Krimifreundin Anne Poettgen, die ebenfalls Krimis schreibt und meine Texte stets konstruktiv begleitet hat, Isa Schikorsky für die Anregungen im Krimiseminar und als Lektorin, Boen für die Hilfe bei der Covergestaltung und meinen Freunden und Testlesern Hélène, Dieter, Dirk, Regina, Reinhard, Marga auch für die psychologische Beratung.